敦煌与丝绸之路研究丛书
郑炳林 主编

唐五代敦煌诗歌写本的传播及其接受研究

张利亚——著

『十三五』国家重点图书出版规划项目
教育部人文社会科学重点研究基地兰州大学敦煌学研究所项目

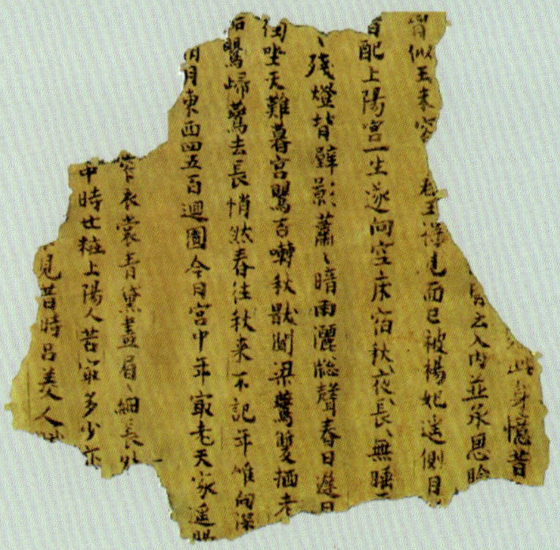

甘肃文化出版社

图书在版编目（C I P）数据

唐五代敦煌诗歌写本的传播及其接受研究 / 张利亚著. -- 兰州 : 甘肃文化出版社, 2022.12
(敦煌与丝绸之路研究丛书 / 郑炳林主编)
ISBN 978-7-5490-2409-4

Ⅰ. ①唐… Ⅱ. ①张… Ⅲ. ①唐诗—诗歌研究②古典诗歌—诗歌研究—中国—五代（907-960）Ⅳ. ①I207.22

中国版本图书馆CIP数据核字(2022)第198728号

唐五代敦煌诗歌写本的传播及其接受研究
TANGWUDAI DUNHUANG SHIGE XIEBEN DE CHUANBO JI QI JIESHOU YANJIU
张利亚 | 著

策　　划 | 郧军涛
项目负责 | 甄惠娟
责任编辑 | 周乾隆
封面设计 | 马吉庆

出版发行 | 甘肃文化出版社
网　　址 | http://www.gswenhua.cn
投稿邮箱 | gswenhuapress@163.com
地　　址 | 兰州市城关区曹家巷 1 号 | 730030(邮编)

营销中心 | 贾　莉　　王　俊
电　　话 | 0931-2131306

印　　刷 | 甘肃发展印刷公司
开　　本 | 787 毫米 × 1092 毫米　1/16
字　　数 | 180 千
印　　张 | 13.75
版　　次 | 2022 年 12 月第 1 版
印　　次 | 2022 年 12 月第 1 次
书　　号 | ISBN 978-7-5490-2409-4
定　　价 | 68.00 元

国家科技支撑计划国家文化科技创新工程项目“丝绸之路文化主题创意关键技术研究”
（项目编号：2013BAH40F01)

教育部哲学社会科学基金项目“唐五代河西地区儒学教育研究——以敦煌写本为中心”
（项目编号：18YJAZH130）

兰州大学中央高校基本科研业务费重点研究基地项目“敦煌与丝绸之路文明”
（项目编号：2021jbkyjd004）

总　序

丝绸之路是东西方文明之间碰撞、交融、接纳的通道，丝绸之路沿线产生了很多大大小小的文明，丝绸之路文明是这些文明的总汇。敦煌是丝绸之路上的一个明珠，它是丝绸之路文明最高水平的体现，敦煌的出现是丝绸之路开通的结果，而丝绸之路的发展结晶又在敦煌得到了充分的体现。

敦煌学，是一门以敦煌文献和敦煌石窟为研究对象的学科，由于敦煌学的外缘和内涵并不清楚，学术界至今仍然有相当一部分学者否认它的存在。有的学者根据敦煌学研究的进度和现状，将敦煌学分为狭义的敦煌学和广义的敦煌学。所谓狭义的敦煌学也称之为纯粹的敦煌学，即以敦煌藏经洞出土文献和敦煌石窟为研究对象的学术研究。而广义的敦煌学是以敦煌出土文献为主，包括敦煌汉简，及其相邻地区出土文献，如吐鲁番文书、黑水城出土文书为研究对象的文献研究；以敦煌石窟为主，包括河西石窟群、炳灵寺麦积山陇中石窟群、南北石窟为主的陇东石窟群等丝绸之路石窟群，以及关中石窟、龙门、云冈、大足等中原石窟，高昌石窟、龟兹石窟以及中亚印度石窟的石窟艺术与石窟考古研究；以敦煌历史地理为主，包括河西西域地区的历史地理研究，以及中古时期中外关系史研究等。严格意义上说，凡利用敦煌文献和敦煌石窟及其相关资料进行的一切学术研究，都可以称之为敦煌学研究的范畴。

敦煌学研究是随着敦煌文献的发现而兴起的一门学科，敦煌文献经斯坦因、伯希和、奥登堡、大谷探险队等先后劫掠，王道士及敦煌乡绅等人为流散，现分别收藏于英国、法国、俄罗斯、日本、瑞典、丹麦、印度、韩国、美国等国家博物馆和图书馆中，因此作为研究敦煌文献的敦煌学一开始兴起就是一门国际性的学术研究。留存中国的敦煌文献除了国家图书馆之外，还有十余省份的图书馆、博物馆、档案馆都收藏有敦煌文献，其次台北图书馆、台北故宫博物院、台湾“中央研究院”及香港也收藏有敦煌文献，敦煌文献的具体数量没有一个准确的数字，估计在五万卷号左右。敦煌学的研究随着敦煌文献的流散开始兴起，敦煌学一词随着敦煌学研究开始在学术界使用。

敦煌学的研究一般认为是从甘肃学政叶昌炽开始，这是中国学者的一般看法。而20世纪的敦煌学的发展，中国学者将其分为三个阶段：1949年前为敦煌学发展初期，主要是刊布敦煌文献资料；1979年中国敦煌吐鲁番学会成立之前，敦煌学研究停滞不前；1979年之后，由于中国敦煌吐鲁番学会的成立，中国学术界有计划地进行敦煌学研究，也是敦煌学发展最快、成绩最大的阶段。目前随着国家“一带一路”倡议的提出，作为丝路明珠的敦煌必将焕发出新的光彩。新时期的敦煌学在学术视野、研究内容拓展、学科交叉、研究方法和人才培养等诸多方面都面临一系列问题，我们将之归纳如下：

第一，敦煌文献资料的刊布和研究稳步进行。目前完成了俄藏、英藏、法藏以及甘肃藏、上博藏、天津艺博藏敦煌文献的刊布，展开了敦煌藏文文献的整理研究，再一次掀起了敦煌文献研究的热潮，推动了敦煌学研究的新进展。敦煌文献整理研究上，郝春文的英藏敦煌文献汉文非佛经部分辑录校勘工作已经出版了十五册，尽管敦煌学界对其录文格式提出不同看法，但不可否认这是敦煌学界水平最高的校勘，对敦煌学的研究起了很大的作用。其次敦煌经部、史部、子部文献整理和俄藏敦煌文献的整理正在有序进行。专题文献整理研究工作也出现成果，如关于敦煌写本解梦书、相书的整理研究，郑炳林、王晶波在黄正建先生的研究基础上已经有了很大进展，即将整理完成的还有敦煌占卜文献合集、敦煌类书合集等。文献编目工作有了很大进展，编撰《海内外所藏敦煌文献联合总目》也有了初步的可能。施萍婷先生的《敦煌遗书总目索引新编》在王重民先生目录的基础上，增补了许多内容。荣新江先生的《海外敦煌吐鲁番文献知见录》《英国国家图书馆藏敦煌汉文非佛经文献残卷目录（6981—13624）》为进一步编撰联合总目做了基础性工作。在已有可能全面认识藏经洞所藏敦煌文献的基础上，学术界对藏经洞性质的讨论也趋于理性和全面，基本上认为它是三界寺的藏书库。特别应当引起我们注意的是，甘肃藏敦煌藏文文献的整理研究工作逐渐开展起来，甘肃藏敦煌藏文文献一万余卷，分别收藏于甘肃省图书馆、甘肃省博物馆、酒泉市博物馆、敦煌市博物馆、敦煌研究院等单位，对这些单位收藏的敦煌藏文文献的编目定名工作已经有了一些新的进展，刊布了敦煌市档案局、甘肃省博物馆藏品，即将刊布的有敦煌市博物馆、甘肃省博物馆藏品目录，这些成果会对敦煌学研究产生很大推动作用。在少数民族文献的整理研究上还有杨富学《回鹘文献与回鹘文化》，这一研究成果填补了回鹘历史文化研究的空白，推动了敦煌民族史研究的进展。在敦煌文献的整理研究中有很多新成果和新发现，如唐代著名佛经翻译家义净和尚的《西方记》残卷，就收藏在俄藏敦煌文献中，由此我们可以知道义净和尚在印度巡礼的情况和遗迹；其次对《张议潮处置凉州进表》拼接复原的研究，证实敦煌文献的残缺不但是在流散中形成的，而且在唐五代的收藏中为修补佛经就已经对其进行分割，这个研究引起了日本著名敦煌学家池田温先生的高度重视。应当说敦煌各类文献的整理研究都有类似的发现和研究成果。敦煌学论著的出版出现了一种新的动向，试图对敦煌学进行总结性的出版计划正在实施，如2000年甘肃文化出版社出版的《敦煌学百年文库》、甘肃教育出版社出版的“敦煌学研究”丛书，但都没有达到应有的目的，所以目前还没有一部研究丛书能够反映敦煌学研究的整个进展情况。随着敦煌文献的全部影印刊布和陆续进行的释录工作，将敦煌文献研究与西域出土文献、敦煌汉简、黑水城文献及丝绸之路石窟等有机结合起来，进一步拓展敦煌学研究的领域，才能促生标志性的研究成果。

第二，敦煌史地研究成果突出。敦煌文献主要是归义军时期的文献档案，反映当时敦煌政治经济文化宗教状况，因此研究敦煌学首先是对敦煌历史特别是归义军历史的研究。前辈学者围绕这一领域做了大量工作，20世纪的最后二十年间成果很多，如荣新江的《归义军史研究》等。近年来敦煌历史研究围绕归义军史研究推出了一批显著的研究成果。在政治关系方面有冯培红、荣新江同志关于曹氏归义军族属研究，以往认为曹氏归义军政权是汉族所建，经过他们的详细考证认为曹议金属于敦煌粟特人的后裔，这是目前归义军史研究的最大进展。在敦煌粟特人研究方面，池田温先生认为敦煌地区的粟特人从吐蕃占领之后大部分闯到粟特和回鹘地区，少部分成为寺院的寺户，经过兰州大学各位学者的研究，认为归义军时期敦煌地区的粟特人并没有外迁，还生活在敦煌地区，吐蕃时期属于丝棉部落和行人部落，归义军时期保留有粟特人建立的村庄聚落，祆教赛神非常流行并逐渐成为官府行为，由蕃部落使来集中管理，粟特人与敦煌地区汉族大姓结成婚姻联盟，联合推翻吐蕃统治并建立归义军政权，担任了归义军政权的各级官吏。这一研究成果得到学术界的普遍认同。归义军职官制度是唐代藩镇缩影，归义军职官制度的研究实际上是唐代藩镇个案研究范例，我们对归义军职官制度的探讨，有益于这个问题的解决。归义军的妇女和婚姻问题研究交织在一起，归义军政权是在四面六蕃围的情况下建立的一个区域性政权，因此从一开始建立就注意将敦煌各个民族及大姓团结起来，借助的方式就是婚姻关系，婚姻与归义军政治关系密切，处理好婚姻关系归义军政权发展就顺利，反之就衰落。所以，归义军政权不但通过联姻加强了与粟特人的关系，得到了敦煌粟特人的全力支持，而且用多妻制的方式建立了与各个大姓之间的血缘关系，得到他们的扶持。在敦煌区域经济与历史地理研究上，搞清楚了归义军疆域政区演变以及市场外来商品和交换中的等价物，探讨出晚唐五代敦煌是一个国际性的商业都会城市，商品来自于内地及其中亚南亚和东罗马等地，商人以粟特人为主并有印度、波斯等世界各地的商人云集敦煌，货币以金银和丝绸为主，特别值得我们注意的是棉花种植问题，敦煌与高昌气候条件基本相同，民族成分相近，交往密切，高昌地区从汉代开始种植棉花，但是敦煌到五代时仍没有种植。经研究，晚唐五代敦煌地区已经开始种植棉花，并将棉花作为政府税收的对象加以征收，证实棉花北传路线进展虽然缓慢但并没有停止。归义军佛教史的研究逐渐展开，目前在归义军政权的佛教关系、晚唐五代敦煌佛教教团的清规戒律、科罚制度、藏经状况、发展特点、民间信仰等方面进行多方研究，出产了一批研究成果，得到学术界高度关注。这些研究成果主要体现在《敦煌归义军史专题研究续编》《敦煌归义军史专题研究三编》和《敦煌归义军史专题研究四编》中。如果今后归义军史的研究有新的突破，主要体现在佛教等研究点上。

第三，丝绸之路也可以称之为艺术之路，景教艺术因景教而传入，中世纪西方艺术风格随着中亚艺术风格一起传入中国，并影响了中古时期中国社会生活的方方面面。中国的汉文化和艺术也流传到西域地区，对西域地区产生巨大影响。如孝道思想和艺术、西王母和伏羲女娲传说和艺术等。通过这条道路，产生于印度的天竺乐和中亚的康国乐、安国乐和新疆地区龟兹乐、疏勒乐、高昌乐等音乐舞蹈也传入中原，迅速在中原传播开来。由外来音乐舞蹈和中国古代清乐融合而产生的西凉乐，成为中古中国乐舞的重要组成部分，推进了中国音乐舞蹈的发展。佛教艺术进入中原之后，形成自己的特色又回传到河西、敦煌及西域地区。丝绸之路上石窟众多，佛教艺术各有特色，著名的有麦积山石窟、北石窟、南石窟、大象山石窟、水帘洞石窟、炳灵寺石窟、天梯山石窟、马蹄寺石窟、金塔寺石窟、文殊山石窟、榆林窟、莫高窟、西千佛洞等。祆教艺术通过粟特人的墓葬石刻表现出来并保留下来，沿着丝绸之路和中原商业城市分布。所以将丝绸之路称之为艺术之路，一点也不为过，更能体现其特色。丝绸之路石窟艺术研究虽已经有近百年的历史，但是制约其发展的因素并没有多大改善，即石窟艺术资料刊布不足，除了敦煌石窟之外，其他石窟艺术资料没有完整系统地刊布，麦积山石窟、炳灵寺石窟、榆林窟等只有一册图版，北石窟、南石窟、拉梢寺石窟、马蹄寺石窟、文殊山石窟等几乎没有一个完整的介绍，所以刊布一个完整系统的图册是学术界迫切需要。敦煌是丝绸之路上的一颗明珠，敦煌石窟在中国石窟和世界石窟上也有着特殊的地位，敦煌石窟艺术是中外文化交融和碰撞的结果。在敦煌佛教艺术中有从西域传入的内容和风格，但更丰富的是从中原地区传入的佛教内容和风格。佛教进入中国之后，在中国化过程中产生很多新的内容，如报恩经经变和报父母恩重经变，以及十王经变图等，是佛教壁画的新增内容。对敦煌石窟进行深入的研究，必将对整个石窟佛教艺术的研究起到推动作用。20世纪敦煌石窟研究的专家特别是敦煌研究院的专家做了大量的工作，特别是在敦煌石窟基本资料的介绍、壁画内容的释读和分类研究等基础研究上，做出很大贡献，成果突出。佛教石窟是由彩塑、壁画和建筑三位一体构成的艺术组合整体，其内容和形式，深受当时、当地的佛教思想、佛教信仰、艺术传统和审美观的影响。过去对壁画内容释读研究较多，但对敦煌石窟整体进行综合研究以及石窟艺术同敦煌文献的结合研究还不够。关于这方面的研究工作，兰州大学敦煌学研究所编辑出版了一套“敦煌与丝绸之路石窟艺术”丛书，比较完整地刊布了这方面的研究成果，目前完成了第一辑20册。

第四，敦煌学研究领域的开拓。敦煌学是一门以地名命名的学科，研究对象以敦煌文献和敦煌壁画为主。随着敦煌学研究的不断深入，敦煌学与相邻研究领域的关系越来越密切，这就要求敦煌学将自身的研究领域不断扩大，以适应敦煌学发展的需要。从敦煌石窟艺术上看，敦煌学研究对象与中古丝绸之路石窟艺术密切相关，血肉相连。敦煌石窟艺术与中原地区石窟如云冈石窟、龙门石窟、大足石窟乃至中亚石窟等关系密切。因此敦煌学要取得新的突破性进展，就要和其他石窟艺术研究有机结合起来。敦煌石窟艺术与中古石窟艺术关系密切，但是研究显然很不平衡，如甘肃地区除了敦煌石窟外，其他石窟研究无论是深度还是广度都还不够，因此这些石窟的研究前景非常好，只要投入一定的人力物力就会取得很大的突破和成果。2000年以来敦煌学界召开了一系列学术会议，这些学术会议集中反映敦煌学界的未来发展趋势，一是石窟艺术研究与敦煌文献研究的有力结合，二是敦煌石窟艺术与其他石窟艺术研究的结合。敦煌学研究与西域史、中外关系史、中古民族关系史、唐史研究存在内在联系，因此敦煌学界在研究敦煌学时，在关注敦煌学新的突破性进展的同时，非常关注相邻学科研究的新进展和新发现。如考古学的新发现，近年来考古学界在西安、太原、固原等地发现很多粟特人墓葬，出土了很多珍贵的文物，对研究粟特人提供了新的资料，也提出了新问题。2004 年、2014 年两次“粟特人在中国”学术研讨会，反映了一个新的学术研究趋势，敦煌学已经形成多学科交叉研究的新局面。目前的丝绸之路研究，就是将敦煌学研究沿着丝绸之路推动到古代文明研究的各个领域，不仅仅是一个学术视野的拓展，而且是研究领域的拓展。

第五，敦煌学学科建设和人才培养得到新发展。敦煌学的发展关键是人才培养和学科建设，早在 1983 年中国敦煌吐鲁番学会成立初期，老一代敦煌学家季羡林、姜亮夫、唐长孺等就非常注意人才培养问题，在兰州大学和杭州大学举办两期敦煌学讲习班，并在兰州大学设立敦煌学硕士学位点。近年来，敦煌学学科建设得到了充分发展，1998 年兰州大学与敦煌研究院联合共建敦煌学博士学位授予权点，1999 年兰州大学与敦煌研究院共建成教育部敦煌学重点研究基地，2003 年人事部博士后科研流动站设立，这些都是敦煌学人才建设中的突破性发展，特别是兰州大学将敦煌学重点研究列入国家 985 计划建设平台——敦煌学创新基地得到国家财政部、教育部和学校的 1000 万经费支持，将在资料建设和学术研究上以国际研究中心为目标进行重建，为敦煌学重点研究基地走向国际创造物质基础。同时国家也在敦煌研究院加大资金和人力投入，经过学术队伍的整合和科研项目带动，敦煌学研究呈现出一个新的发展态势。随着国家资助力度的加大，敦煌学发展的步伐也随之加大。甘肃敦煌学发展逐渐与东部地区研究拉平，部分领域超过东部地区，与国外交流合作不断加强，研究水平不断提高，研究领域逐渐得到拓展。研究生的培养由单一模式向复合型模式过渡，研究生从事领域也由以前的历史文献学逐渐向宗教学、文学、文字学、艺术史等研究领域拓展，特别是为国外培养的一批青年敦煌学家也崭露头角，成果显著。我们相信在国家和学校的支持下，敦煌学重点研究基地一定会成为敦煌学的人才培养、学术研究、信息资料和国际交流中心。在 2008 年兰州“中国敦煌吐鲁番学会”

年会上，马世长、徐自强提出在兰州大学建立中国石窟研究基地，因各种原因没有实现，但是这个建议是非常有意义的，很有前瞻性。当然敦煌学在学科建设和人才培养中也存在问题，如教材建设就远远跟不上需要，综合培养中缺乏一定的协调。在国家新的“双一流”建设中，敦煌学和民族学牵头的敦煌丝路文明与西北民族社会学科群成功入选，是兰州大学敦煌学研究发展遇到的又一个契机，相信敦煌学在这个机遇中会得到巨大的发展。

第六，敦煌是丝绸之路上的一颗明珠，敦煌与吐鲁番、龟兹、于阗、黑水城一样出土了大量的文物资料，留下了很多文化遗迹，对于我们了解古代丝绸之路文明非常珍贵。在张骞出使西域之前，敦煌就是丝绸之路必经之地，它同河西、罗布泊、昆仑山等因中外交通而名留史籍。汉唐以来敦煌出土简牍、文书，保留下来的石窟和遗迹，是我们研究和揭示古代文明交往的珍贵资料，通过研究我们可以得知丝绸之路上文明交往的轨迹和方式。因此无论从哪个角度分析，敦煌学研究就是丝绸之路文明的研究，而且是丝绸之路文明研究的核心。古代敦煌为中外文化交流做出了巨大的贡献，在今天也必将为“一带一路”的研究做出更大的贡献。

由兰州大学敦煌学研究所资助出版的《敦煌与丝绸之路研究丛书》，囊括了兰州大学敦煌学研究所这个群体二十年来的研究成果，尽管这个群体经历了很多磨难和洗礼，但仍然是敦煌学研究规模最大的群体，也是敦煌学研究成果最多的群体。目前，敦煌学研究所将研究领域往西域中亚与丝绸之路方面拓展，很多成果也展现了这方面的最新研究水平。我们将这些研究成果结集出版，一方面将这个研究群体介绍给学术界，引起学者关注；另一方面这个群体基本上都是我们培养出来的，我们有责任和义务督促他们不断进行研究，力争研究出新的成果，使他们成长为敦煌学界的优秀专家。

郑炳林

前　言

敦煌文献存有近两千首唐人诗歌，经徐俊的《敦煌诗集残卷辑考》整理，敦煌诗歌写本有 63 种。这些写本反映了唐五代敦煌地区诗歌创作和流传的大致情况，是中原文化渗透到敦煌地区民间生活的直接证据。相关学者非常重视这些诗歌写本的价值，对其校勘、释录、辑佚颇为用力，而对唐人诗歌写本中隐含的传抄信息关注较少。

本书以唐五代敦煌诗歌写本为研究对象，从写本学的视角对写本时代诗歌的传播方式进行深入研究，分别从写本的特征、形制、抄写人，敦煌诗歌写本中的诗抄和唐人别集等不同的辑纂方式，认识民间写本的特征；从写本传播的载体、场所及传播者三个方面分析写本传播的具体方式和途径；敦煌地区流传的《李峤杂咏诗注》、各类韵书等诗歌工具书性质的写本显示出民间对唐诗的接受、尊重；写本中出现的各类诗体和各种文艺娱乐中的诗抄，体现了诗歌文化渗透到敦煌民间生活中，是唐文化被敦煌民间认可、接受的具体体现。

敦煌诗歌写本常见的有卷轴、折页装两种形式，写本中随意抄写的情况虽普遍存在，但也隐约可见有些抄写者开始有意遵循一定的规律。写本大多诗题接抄于前诗之后，另行抄写诗歌；写本中的各类诗抄编纂体例未逾越传世本范围；五七言诗歌、诗文大致分开抄写；《珠英学士集》《瑶池新咏》《李峤诗杂咏》等经过文人编纂的诗集更易传播。P.t.1208、P.t.1221 是抄写唐诗的藏文写本。卷背为岑参和大历诗人诗抄，质量上乘，底抄本早在吐蕃统治前传入敦煌。此写本表明,在吐蕃统治时期中原文化传播虽受到限制,但早期传入的诗歌仍被民间记忆、抄写、传唱。

文人诗集和僧侣诗集为两大别集类写本。严格意义上的唐人别集在敦煌写本中较少。《王勃集》《陈子昂集》之题署,是以高适、岑参、白居易、张祜、云辩诗为主的写本,表明唐人别集单行本曾在敦煌流传。岑参早期诗歌与其河西纪行诗同卷出现,可能是河碛行人辨认路途之需要,将岑参诗集回传至敦煌。

敦煌多个诗歌写本内容相似,有些写本为非同源抄本,表明敦煌流传着各种不同抄本;有些为同源抄本,各写本辗转抄写,使某些诗歌在民间盛传,推动了诗歌的持续传播。

受抄写工具的限制,写本传播的数量难以和刻本相比,但写本传播途径极具特色。驿站、寺庙等人口流动处是写本传播的场域,题壁、习字帖、碑刻、瓷器瓶等载体是写本传播的有效媒介。通过分析 P.2492+Дx.3865 卷,发现此写本可能传自蓝武关上驿亭中所留诗,经人辑录成集,传播到敦煌而被抄写保存的。

寺院是唐代文化传播的主要场所。写本记载了敦煌僧侣、使节与中原的文化互动。敦煌高僧悟真与归义军使节李琬抄录中原高僧酬赠、送别的诗作在敦煌盛传,分别被 P.3720、P.3886、S.4654 和 P.3676 传抄,这是僧侣使节传播诗歌的直接证据。S.5648 是寺院杂写本,吴僧政是抄写人之一,此卷《道情诗》是说唱者执大拍板表演的唱词,被观看人记录下来。唐代寺院的各类说唱韵文表演带动了诗歌的传抄和流传。

敦煌幕府各级官吏是写本传播和保存的重要群体。中央秘书省的校书郎、正字等官吏极可能在括书使命中获得民间写本。持有各类写本的官吏到河西等地任职,可能携带个人收藏本。幕僚间相互抄阅,使一些质量上乘写本在民间流传。P.3862 和 P.2567、P.2552 集中出现的高适诗可能是来自高适河西同僚间的传抄本。敦煌是唐代人口迁徙的主要地区,人口流动频繁,一定程度上带动了诗歌传播。

唐诗由各种途径传入敦煌。民间社会对诗歌的认同、接受是孕育诗歌文化发展的土壤。吐蕃统治敦煌后,民间诗歌走向了自我发展的道路,中原传入诗歌的数量逐渐减少。写本中大量出现敦煌诗人和当地诗歌。敦煌诗人所作诗歌绝大多数为律诗，证实民间诗人已熟练掌握了律诗的创作规律，《李峤诗杂咏》注本、各类韵书及写本中大量出现抄在儒家经典、书仪、诗赋背后的学郎题记，表明诗歌创作是敦煌学校教育的主要内容之一，学郎是诗歌写本重要的抄写者。

唐代的民间宴饮、游艺等无不渗透着诗意。敦煌写本中出现了刘希夷《洛阳篇》、刘长卿《酒赋》等唐人七言歌行体的多个卷本，此类诗歌在敦煌广为流传，既是唐人宴饮文化生活的需要，也是七言古体诗在律化过程中受到民歌影响而造成的，体现了唐代敦煌地区的审美趣味及对中原传入诗歌的选择和接受。

目 录

绪 论

第一节 研究对象及意义

一、研究对象

1900 年 6 月 22 日，道士王圆箓在敦煌莫高窟第 16 窟甬道北壁发现了一个复洞——敦煌莫高窟藏经洞，洞中放置了从十六国到北宋初期的经卷和文书。[①]这些文书有五万多件，90%为佛教典籍和其他宗教文献。在宗教文献之外，有少量的文学文书，其中就有诗歌写本。这是中原文化传入敦煌被接受、被认可的直接例证，也是唐代民间诗歌文化的活化石。

敦煌文献中发现的诗歌数量非常可观。张锡厚主编的《全敦煌诗》收录敦煌俗诗、歌谣、曲子词、诗偈多达 4501 首，而剔除王梵志诗和曲子词、宗教偈颂等作品，徐俊在《敦煌诗集残卷辑考》中收录的唐人诗歌有 1925 首，其中较为

① 莫高窟藏经洞的具体发现时间有 1899 年和 1900 年两种说法，本文采纳了 1900 年 6 月 22 日这一普遍被敦煌学界认可的时间，具体可参阅王冀青《斯坦因考古档案研究》，兰州：敦煌文艺出版社，2020 年，第 51—54 页。

系统、可以视为诗歌写卷的有 63 种。

本书以唐五代时期敦煌文献中的诗歌写本为研究对象，写本中有诗文杂抄、唐人别集、民间诗歌。为了不孤立认识一首或某类诗歌的传播现象，笔者在写本学的研究视野下，从写本入手，深入分析诗歌抄写中出现的细节，从唐人抄写的特点认识民间写本。同时，继承传统校勘学的研究方式，注重不同诗歌写本之间的区别和联系。故本书采纳徐俊《敦煌诗集残卷辑考》61 种唐诗写本①的辑录方式，对有研究价值的写本单独进行分析。写本中的散诗、散句仅作为唐诗传播中的某些必要证据和论证的补充材料。

敦煌诗歌写本多为残卷，其中有王绩、陈子昂、高适、岑参、白居易、张祜、王梵志等唐人的诗集，它们为研究唐人别集的流传提供了非常有价值的线索，是研究唐人诗歌传播的重要证据。

《珠英学士集》《瑶池新咏》《唐人选唐诗》等选集性质的唐诗写本在敦煌文献中数量较多，此类写本展现了诗歌分类编纂对唐诗传播的意义，提供了民间抄本流传中丰富而复杂的细节。唐代敦煌民间的诗歌审美表现和要求，敦煌地区对诗歌在文化传播过程中的选择、接受，均在这类写本中有所体现。

伏俊琏提出敦煌写本中的诗歌"或为中原人抄写而辗转流散到敦煌，或为河西本地人抄写而保存于石室，或为有文化的文士抄写，或为粗通文墨的学郎书写，它是当朝人抄当朝诗，其中蕴含的很多信息，是后世的刻本所无法保存的"。②本文通过对写本中蕴含信息的挖掘，力图探讨中古时期在写本背后隐藏的特殊文化传播方式。

二、研究意义

唐朝从公元 618 年到 907 年，在近三个世纪的历史长河中，唐诗达到了中

① 徐俊的《敦煌诗集残卷辑考》辑录 63 种诗歌写卷，因 Дx.2173 南朝诗人《吴均诗集》和 P.3130、S.4644 宋太宗《御制莲花心轮回文偈颂》两种写卷非唐五代范围，故不在本书讨论之列。

② 伏俊琏著：《敦煌文学总论》，兰州：甘肃教育出版社，2013 年，第 129 页。

国古代诗歌创作的顶峰,其艺术成就后世难以超越。清人彭定求《全唐诗》和今人陈尚君《全唐诗补编》收录的唐诗多达53000首,诗人近3000个。这个数量是西周到南北朝1600多年流传诗歌总量的三倍。唐代诗人名家辈出,盛唐出现了中国诗歌史上伟大的诗人李白、杜甫,以及“初唐四杰”、陈子昂、沈佺期、宋之问、王维、孟浩然、高适、岑参、王昌龄、韩愈、白居易、元稹、刘禹锡、柳宗元、温庭筠、李商隐、杜牧等人,他们将中国古代诗歌的艺术创作水平推向一个新的高度。唐诗深入社会生活的深度和广度也大大超过了前代,故闻一多先生称之为“诗唐”。诗歌作为唐代最具时代特色的文化符号,伴随着唐帝国的势力,从中原向周边辐射,“诗播鸡林”。频繁往来于丝绸之路上的使者、僧侣、商队也将代表中原文化的诗歌带到西陲,播撒下诗意的种子,中原诗歌文化扎根于戈壁沙漠、绿洲关卡。

季羡林提出敦煌是中原文化和印度文化、伊斯兰文化、希腊文化交会的地方。本书以敦煌藏经洞出土写本为研究对象,选取唐五代这个最能体现古代诗歌艺术成就的历史时期,力图探讨写本时代文化传播的途径和种种可能性。本书最终关注的是在信息传播受到极大限制的写本时代,唐人是怎样把中原的主流文化传播到遥远的西陲。尤其是吐蕃统治敦煌时期,中原的文化影响力又是怎样在敦煌持续百年并渗透于民间的。

诗歌写本是最具中原特色的文学形式,在唐代政治和社会生活中扮演着重要的角色。敦煌文献中出现的诗歌写本,未经后世文人之手篡改,最大限度保留了唐诗的原貌,也隐含着古代诗歌流传的复杂过程,其传播文化的完整性虽难以还原,但在传抄中传播载体多种多样,抄写人在书写工具匮乏情况下的苦心经营、抄写者栩栩如生的个性等跃然纸上,犹如一幅幅恢宏的民间生活画卷。本书力图深入探索唐代诗歌文化对敦煌民间社会生活的渗透力,以及中国传统的“诗教”观念在民间的影响与意义。

第二节　研究的思路和方法

日本著名汉学家藤枝晃提出："本世纪前半叶，对敦煌写本残卷的传统研究方法是'觅宝'式的。现在，随着遗书的陆续公布，必须让位于一种新的研究方法，即将写本残卷重建为一个整体，并且找出个别写本或写本群在全部遗书中的位置。这种研究途径将对中国目录学做出新的变更（过去常局限于印本书籍），并且将中国古文书学研究置于坚实的基础上。"①藤枝氏提出的"将写本残卷重建为一个整体，并且找出个别写本或写本群在全部遗书中的位置"的研究途径逐渐被研究者接受和采纳。本书将前后有联系的残卷作为一个整体，采用写本学的研究方法，将抄写的内容、方式，写本正背面的联系，抄写人题记、小序，写本的装帧方式、纸张、书法等纳入研究范畴。同时重视不同写本之间的关系，如相同内容的诗歌在不同写本中的差异，以及同一抄写人抄写的多卷本等情况。本书对写在藏文文书背后的唐诗抄本、岑参诗歌在多个写本中的抄写情况、高适诗写本在敦煌的广泛流传等进行具体分析。除了对写本进行个案研究之外，本书力图通过发现不同写本的共性和个性寻找其背后隐含的价值和意义。

本书采用传统版本校勘学的方式，借助诗歌流传的不同版本，通过对写本与刻本、民间抄本和传世本、东传本和西传抄本等的勘对，分析唐诗西传过程中，诗歌写本借助的物质载体、传播得以实现的途径等问题。因涉及一些具体的细节问题，个别写本照录原件，包括抄写的格式、异体字、涂抹甚至抄写中存在的舛误等。

郑振满提出民间文献从口述文本转化成文字文本会发生变化的理论。②不

---

① ［日］藤枝晃著，徐庆全、李树清译，荣新江校：《敦煌写本概述》，《敦煌研究》1996年2期，第96页。
② 郑振满、郑莉、梁勇：《新史料与新史学——郑振满教授访谈》，《学术月刊》2012年第4期，第159页。

同的文本在不同的语境下是有差异的。敦煌诗歌写本中还存在由文字文本转化为口述文本,继而再次被还原为文字文本的现象。口述文本转化为文字文本并不是直接生成,而是有所变化。敦煌诗歌写本的一个重要来源是口头文本,口头文本转化为写本存在一个文本化的过程，这中间抄写者也不自觉地参与了诗歌的再创作。敦煌写本与传世本虽存在一定的差异,但是它们之间也有传承。倘若没有差异,民间写本的传抄会失去具体生动的个性书写而走向沉寂,传世文献也会在传播中因失去再次被创作的机会而变得刻板。刻本取代写本之后,很难看到文学作品在民间传播中再度被创造的生命力,而民间写本也消失在历史长河中了。这是本书研究民间写本有别于传世本的意义之所在。

敦煌诗歌写本是经民间抄写者编辑而得以保存并传播的。诗歌写本来自口述文献和文本文献，是民间和官方两套文献记载体系的融汇和再创造。因此,本书分别从传世文献和民间记忆两个层面分析诗歌写本传播的路径,利用各类传世文献对唐人选集、别集的记载,分析唐代俗讲、变文、说唱形式对写本传播的影响。对抄写传播人的社会身份,既从唐代边镇的幕僚制度、归义军使节在长安的活动等正史层面进行探讨,也将写本中出现的各类学郎题署、杂写作为抄写传播证据予以研究。

诗歌不仅仅是诗人个体情感的抒发,也是其生活时间和空间的记忆形式。高适、王维、岑参等诗人到过西北边塞。岑参曾路过敦煌,他采用纪行诗的形式记载了西行途经之地。安史之乱后,杜甫也非常详细地记载了从秦州入蜀路途所见所闻。可见,用纪行诗记载旅途绝非某些诗人的个人爱好,乃民族文化书写记载的习惯使然。在敦煌写本中,岑参的诗歌被抄写于各处,唯独敦煌纪行诗非常集中地出现在一个写本上。唐人写纪行诗,是为了帮助记忆途经路线,有指导行人避免误入歧途的作用。纪行诗在某种程度上等同于地图,行人可借助前人的纪行诗完成羁旅行役。诗歌成为漫漫旅途中的行路标记。较早觉醒的诗人会更加主动地创作纪行诗,作为地图路标。频繁往来的商旅、行人无形中传播着诗歌。

唐人已经意识到“赢得身后名”对其创作的意义,出于传世目的有意整理编纂诗集的诗人不在少数。例如李白、岑参、白居易等人,或亲自收集编著个人文集,或由朋友、子孙整理。唐代收集本朝诗人的作品也非常普遍,出现了上百种唐人选本诗集,因此才有敦煌民间流传的大量选本。民间的广泛传播乃至远播,又刺激了编纂者辑纂诗歌的热情,文化的传播带动了文化的创造。唐帝国和周边地区往来频繁,促进了文化传播,唐代诗歌的辉煌成就与此不无关系。本书试图从文化消费的层面认识诗歌传播,七言诗在逐渐律化的过程中,是如何反映在生活的具体情节中,被民间接受、消费,从而造成了此类诗歌写本的盛传。

敦煌诗歌选本和传世本在编纂体例上存在明显差异。传世本都有一定入选标准,在文学审美上有一定的旨趣,在编纂体例上有规律可循,甚至有些传世选本对诗歌作者事迹有详细的记载。敦煌诗歌选本中看不到诸如此类的内容,甚至无法寻觅入选的标准,看不到抄写的诗歌在美学评价中的某种相似性,入选的作者和诗歌也没有一定的规律可循,更无诗人个人事迹的记载。由此可见,敦煌的诗歌写本并非文学素养较高的文士精心编撰。抄写者可能仅仅是出于个人或者局部地区学习生活的需要,实用性远远大于传世性。这些写本无法直接体现抄写者在艺术上的审美趣味和独到见解。因此,本书的研究回归到民间抄本实用性的立场,尊重诗歌在社会生活中承担的功能性意义。通过深入、细致的研究,我们能更加全面、真实地认识和理解一千多年前的唐人诗歌写本。

第三节　研究史综述

法国汉学家伯希和公开部分敦煌文献之后,国内的硕学鸿儒相继开始收集保存、辑录整理敦煌遗书。上虞的罗振玉从事敦煌写卷的搜购珍藏、整理考校等工作,学术研究独树一帜,建树颇丰,乃敦煌学之大家。1909 年,在得知伯希和发现敦煌写卷后,罗氏立刻抄录了伯希和所获的敦煌写卷和部分拍成的写卷照片，撰写《敦煌石室书目及发见之原始》[①]，著录敦煌写本文献12种、书目31种（其中抄写唐诗写卷，如《故陈子昂集》《秦人吟》《敦煌十咏一卷》《敦煌廿咏》）。罗振玉是最早对敦煌诗歌写本进行著录和研究的中国学者，《敦煌石室书目及发见之原始》一文拉开敦煌写本研究的序幕。罗氏《莫高窟石室秘录》[②]校录释玄本《五台山圣境赞》诗12首，并考定了其与宋代张商英《续清凉传》之间的关系。罗氏相继从狩野直喜、大谷光瑞、橘瑞超等处抄录摹影写卷，并编辑校刊。罗氏辑之成书刊行了大约十种敦煌写卷[③]，1913年9月于日本宸翰楼影刊《鸣沙石室佚书》，其中辑有《唐人选唐诗残卷》[④]，对唐人诗歌写卷进行辑录考定。罗氏详细陈述写卷之情形，并采用写卷中的诗歌校《全唐诗》等传世本，对唐诗补遗及写卷考定均做出了不小贡献。《唐人选唐诗残卷》乃研究敦煌诗歌写卷的开山之作。1924年，罗福葆排印刊行其父罗振玉《敦煌零拾》[⑤]一书，这是第一部辑录敦煌集部文献的专著，共收七类十三种敦煌写本，著录《秦妇吟》《云谣集杂曲三十首》《季布歌》《佛曲三种》《叹五更》《天下传孝十二时》《禅门十二时》《渔歌子·上王次郎》《长相思》（3首）、《雀踏枝》（2首）、《搜神记》（1卷）。罗氏注意到了《秦妇吟》在敦煌写卷中存在多个写本，并考定韦庄《浣花集》不载《秦妇吟》之缘由及韦庄是否担任"右补阙"一职。罗振玉对敦煌诗歌写本的校读考定、整理刊行均做出了不朽之贡献。

早期的敦煌诗歌写卷研究者多对流传至海外的敦煌文献进行辑录。刘复的《敦煌掇琐》[⑥]辑录法藏敦煌文献，收录文书104件，其中有五言白话诗98首、王梵志诗38首、禅诗4首、王昭君怨1首。

1961年，美籍华裔佛教学者、斯里兰卡大学教授巴宙在阅读英国伦敦不列颠博物馆馆藏的敦煌写卷时，缮写校辑有关韵文写卷一百多件，分类编纂成

① 罗振玉：《敦煌石室书目及发见之原始》，《东方杂志》1909年第6卷第10期。
② 罗振玉：《莫高窟石室秘录》，选自东方杂志社编纂《考古学零简》，上海：商务印书馆，1924年，第1—42页。
③ 林平和：《罗振玉敦煌学析论》，台北：文史哲出版社，1988年，第3页。
④ 罗振玉：《鸣沙石室佚书正续编》，北京：北京图书馆出版社，2004年，第441—460页。
⑤ 罗振玉：《罗雪堂先生全集》，台北：大通书局，1989年，第2457—2511页。
⑥ 刘复：《敦煌掇琐》，见黄永武编：《敦煌丛刊初集》，台北：新文丰出版公司，1985年。

《敦煌韵文集》[1]，其甲篇“诗词集”辑录《读史编年诗》《四季诗》《敦煌二十咏》《敦煌杂咏》《灵岩莫高窟》《贰师泉》《山僧歌》《大乘五更转》《十二时》《丈夫百岁篇》等 42 题僧俗诗词作品。《敦煌韵文集》甲篇“诗词集”，雅俗兼收，很多作品为首次整理。巴宙较早注意到敦煌写卷中的僧俗诗歌，如收录唐五代云辩和尚《十慈悲偈》等。

台湾学者黄永武的《敦煌的唐诗》[2]《敦煌的唐诗续编》(黄永武、施淑婷合著)[3]偏重于今存诗歌的校勘，二书将敦煌 P.2567、P.3885、P.3619、P.2492、P.2555 等写卷所见李白、王昌龄、孟浩然、白居易、刘希夷、荆冬倩、丘为、陶翰、常建、刘商、岑参、高适等人诗歌，与诸家别集相互对勘，对其中的差别一一做了甄别；将唐诗字义、音律、修辞、辨伪和不同版本的异文都做了详细的说明，把文献校勘与诗歌鉴赏结合起来，在敦煌诗歌研究中另辟蹊径，使敦煌写本的文献学价值和文学性结合在一起。

20 世纪 80 年代，在许多敦煌学研究专家的努力下，敦煌诗歌的整理和研究成果显著。但正如柴剑虹所评价，此时期的研究“主要仍着眼于一些零星、单个的写本或某一类内容的诗篇，缺乏整体把握和系统梳理，其关键是在整理、考辨的思路和方法上没有新的突破”[4]。

项楚是敦煌文学研究领域的代表人物之一，他相继出版了《敦煌文学丛考》《王梵志诗校注》《敦煌变文选注》《敦煌诗歌导论》《敦煌歌辞总编匡补》五部专著。其中《敦煌诗歌导论》是一部对敦煌诗歌进行全面分类的理论研究专著。项楚凭借扎实的音韵文字学和文献学功底，廓清了敦煌诗歌辑录中的许多谬误。

1995 年，台北新文丰出版公司出版了张锡厚的《敦煌本唐集研究》[5]，书中对《王绩集》的流传及其历史贡献、敦煌本《王梵志诗集》《陈子昂集》《高适诗

---

① 巴宙：《敦煌韵文集》，台北：台北佛教文化服务处，1983 年。
② 黄永武：《敦煌的唐诗》，台北：洪范书店，1987 年。
③ 黄永武、施淑婷：《敦煌的唐诗续篇》，台北：文史哲出版社，1989 年。
④ 柴剑虹：《柴剑虹敦煌学人和书丛谈》，上海：上海古籍出版社，2013 年，第 194 页。
⑤ 张锡厚：《敦煌本唐集研究》，台北：新文丰出版公司，1995 年。

集》《李白诗集》《白香山诗集残卷》《甘棠集》等相关问题做了探讨，是敦煌写本中唐人诗集的深度研究著作。《敦煌本唐集研究》以敦煌文献中的唐集诗歌写卷为依据，通过和传世本的详细比对，深入探讨了敦煌本唐集的版本源流及敦煌地区唐人诗集的流传情况；对王绩、王梵志、陈子昂、刘邺生平的考证，填补了学术界的空白。非常可贵的是，《敦煌本唐集研究》能“以翔实可靠的唐人抄本为基础，较为深入地探考这部分唐人诗文集的版本源流及其传承关系，进而揭橥敦煌本唐集的历史真貌和文学文献价值”①，此书“从不同角度认真审视敦煌残卷的原始状态，抄写内容以及与被割裂写本之间的重新缀合，进而探考这些残卷的来龙去脉，或补正旧说，或澄清某些残卷在定名上历来存在的不同意见，为考证敦煌遗书所藏秘籍孤本的学术价值提供了不少难得的材料”②。

2000 年，徐俊《敦煌诗集残卷辑考》③问世，代表着敦煌诗歌写卷研究的新成就。此书辑录敦煌写本中所见诗 1923 首（重出诗 71 首，王梵志诗未收录），对敦煌文献中的 63 种诗歌写本采用叙录和校录的形式辑校，从写本学的角度对敦煌写卷进行研究，完整保留了敦煌写卷抄写和传递的相关信息。《敦煌诗集残卷辑考》厘清了敦煌诗的全貌，“既遵循了一般古文献辑佚、校勘的通则，又特别注意探求敦煌写本（尤其是残卷）整理中必须把握的特征（特殊性规则）”④，为研究唐代诗歌在当时的流传、敦煌写卷与传世本之间的关系提供非常有价值的研究，是 20 世纪敦煌诗歌整理的集大成之作。

2006 年，作家出版社出版了张锡厚编纂的《全敦煌诗》。此书囊括了敦煌写卷中诸多体类的诗歌作品，收录诗歌 4500 多首，涉及 1000 多卷的敦煌写卷，上起先秦，下讫宋初，是目前为止收录最为齐全、规模最大的敦煌诗歌总集。《全敦煌诗》全面收集敦煌诗歌，许多不为人知的诗抄都被此书刊布，在一定程

①② 傅璇琮、罗联添主编：《唐代文学研究论著集成》（第五卷），西安：三秦出版社，2004 年，第 83 页。
③ 徐俊：《敦煌诗集残卷辑考》，北京：中华书局，2000 年。
④ 柴剑虹：《柴剑虹敦煌学人和书丛谈》，上海：上海古籍出版社，2013 年，第 195 页。

度上可以视为足本，有重大的学术价值。[①]此书按照时代顺序，对出现在敦煌写卷的每首诗歌抄写存佚，并对其所在原卷的面貌加以记述，尽可能地列举已有的校勘成果，校记中并存各家见解。不足之处是对敦煌写卷中的韵文未做详细分类，有些不属于诗的内容也被收录。

王重民据敦煌写卷校补唐诗，筚路蓝缕，耗廿载之心血，利用敦煌文献对《全唐诗》进行整理补遗。《补全唐诗》《敦煌唐人诗集残卷》《〈补全唐诗〉拾遗》三种辑本，共收录唐代 52 位诗人 231 首诗歌。[②]其经王仲文、俞平伯、刘盼遂、阴法鲁校阅，也吸取了王尧、舒学、项楚等人的研究成果，在敦煌诗歌文献的校勘整理中可谓精审谨严，堪称敦煌诗歌辑录校正的典范。蒋礼鸿《〈补全唐诗〉校记》[③]、陈尚君《全唐诗补编》[④]、张涌泉《〈补全唐诗〉两种补校》[⑤]、周丕显《敦煌佚诗杂考》[⑥]对敦煌写卷中的唐代佚诗进行了收集考证。《唐写本唐人选唐诗》[⑦]、杨承祖《敦煌唐写本唐人选唐诗校记(伯二五六七)》[⑧]、潘重规《补全唐诗新校》[⑨]、项楚《〈补全唐诗〉二种续校》[⑩]等对敦煌唐诗选本进行整理校勘。陈尚君、徐俊、傅璇琮的《唐人选唐诗新编》[⑪]在前人研究成果基础上，整理编选 13 种唐人选唐诗集本，其中收录敦煌写本蔡省风《瑶池新咏》。

在学术界对敦煌文献辑录校勘的同时，敦煌写本学的出现和逐步发展为敦煌文献的学术规范研究提供了新的价值和意义。日本学者池田温的《中国古

① 颜廷亮：《〈全敦煌诗〉的重大贡献及其所提出的一些问题》，《敦煌研究》2008 年第 3 期，第 61—63 页。

② 王重民：《补全唐诗》，《中华文史论丛》第 3 辑，北京：中华书局，1963 年，第 301—346 页；王重民著、舒学整理：《敦煌唐人诗集残卷》，《文物资料丛刊》第 1 辑，1977 年，第 48—53 页；王重民著、刘修业整理《〈补全唐诗〉拾遗》，《中华文史论丛》1981 年第 4 辑，159—182 页。

③ 蒋礼鸿：《〈补全唐诗〉校记》，甘肃省社会科学院文学研究所编：《敦煌学论集》，兰州：甘肃人民出版社，1985 年，第 73—80 页。

④ 陈尚君集校：《全唐诗补编》，北京：中华书局，1992 年。

⑤ 张涌泉：《〈补全唐诗〉两种补校》，《敦煌学辑刊》1991 年第 2 期，第 13—25 页。

⑥ 周丕显：《敦煌佚诗杂考》，《敦煌学辑刊》1992 年第 1、2 合期，第 46—54 页。

⑦ 阙名：《唐写本唐人选唐诗》，《唐人选唐诗》(十种)，北京：中华书局，1958 年，第 1—24 页。

⑧ 杨承祖：《敦煌唐写本唐人选唐诗校记(伯二五六七)》，《南洋大学学报》1967 年第 1 期，第 41—68 页。

⑨ 潘重规：《补全唐诗新校》，《华冈文科学报》第 13 期，1981 年，第 171—227 页。

⑩ 项楚：《〈补全唐诗〉二种续校》，《四川大学学报》1983 年第 3 期，第 44—56 页。

⑪ 陈尚君、徐俊、傅璇琮：《唐人选唐诗新编》，北京：中华书局，2014 年。

代写本识语集录》[①]收录古写本识语2623条，其中唐朝写本题记1703条，多来自敦煌写本，自汉成帝阳朔元年（前24）至宋真宗天禧元年（1017）。该书对古代写本及写本识语进行提要式说明，介绍了古写本识语集录中所依据的文献，并对伪写本进行辨析。

日本学者藤枝晃在《敦煌写本概述》中提出新的写本研究方法，并对敦煌写本在世界各地的收藏情况、写本的外部特征、写本的年代及其抄写机构都做了深入分析，开辟了写本学研究的学术规范和新方法。[②]林聪明《敦煌文书学》具体讨论了敦煌文书的形态、装潢、用纸、出处和题记等形态问题。[③]荣新江在《敦煌学十八讲》中详细介绍了敦煌写本的纸张和形制、字体和年代，以及写本内部的关系，是国内较早提出"写本学"的专家。[④]《敦煌写本文献学》[⑤]是张涌泉三十年来在敦煌写本文献校录整理方面的结晶之作，此书建构了敦煌写本文献学完整严密的理论体系，非常系统地归纳了敦煌写本在形制、内容、抄写符号、语言文字等方面的特征，总结了敦煌文献俗字、俗语词考释及写卷定名、残卷缀合、辨伪和断代的方法。[⑥]张涌泉的《敦煌文献的写本特征》从敦煌文献分卷、符号、内容、用字和文多疏误五个方面论述了敦煌文献的写本特征。[⑦]郑阿财《论敦煌俗字与敦煌写本学之关系》[⑧]论证了敦煌写本中的俗字与写本时代之间的关系。余欣在《索象于图，索理于书：写本时代图像与文本关系再思录》[⑨]《整体书写文化史构筑刍议：关于东西古写本研究的思考》[⑩]中提出从历史学、

---

① ［日］池田温：《中国古代写本识语集录》，东京：东京大学东洋文化研究所，1990年。

② ［日］藤枝晃著，徐庆全、李树清译，荣新江校：《敦煌写本概述》，《敦煌研究》1996年第2期，第96—111页。

③ 林聪明：《敦煌文书学》，台北：新文丰出版公司，1991年。

④ 荣新江：《敦煌学十八讲》，北京：北京大学出版社，2001年。

⑤ 张涌泉：《敦煌写本文献学》，兰州：甘肃教育出版社，2013年。

⑥ 张小艳：《稽故寻例三十载，写本文献铸成"学"——读〈敦煌写本文献学〉》，《敦煌学辑刊》2014年第4期，第171—180页。

⑦ 张涌泉：《敦煌文献的写本特征》，《敦煌学辑刊》2010年第1期，第1—10页。

⑧ 郑阿财：《论敦煌俗字与写本学之关系》，《敦煌研究》2006年第6期，第162—167页。

⑨ 余欣：《索象于图，索理于书：写本时代图像与文本关系再思录》，《复旦学报》2012年第4期，第61—68页。

⑩ 余欣：《整体书写文化史构筑刍议：关于东西古写本研究的思考》，《敦煌研究》2012年第3期，第52—62页。

宗教学、考古学等多学科角度研究中国写本，并将写本与印本、东西方写本进行比较研究，是研究写本学方法和理论一种全新的尝试。张宗品的《写本考略》[①]对写本学研究进行了较为详细的梳理。潘吉星从敦煌写卷纸张的情况对写卷材质进行研究，通过纸质判断其抄写年代等问题。[②]

对敦煌写本具体卷号校录勘补的有舒学《敦煌唐人诗集残卷》[③]、高嵩《敦煌唐人诗集残卷的文学价值》[④]、熊飞《〈敦煌唐人诗集残卷（伯 2555）补录〉校勘斠补》[⑤]、王锳《敦煌唐人诗集残卷考释注释部分商榷》[⑥]、王三庆《也谈蔡省风〈瑶池新咏〉》[⑦]、柴剑虹《俄藏敦煌诗词写卷经眼录》《敦煌唐人诗集残卷（伯 2555）初探》《研究唐代文学的珍贵资料——敦煌伯 2555 号唐人写卷分析》《敦煌唐人诗文选集残卷（伯 2555）补录》《敦煌伯 2555 卷"马云奇诗"辨》《敦煌题画诗》《读敦煌学士郎张宗之诗抄札记》《敦煌藏文 P.t.1208、1221 号写卷卷背的唐人诗抄》等文章，厘清了很多问题。[⑧]张鸿勋《敦煌写本〈清明日登张女郎神〉诗释证》[⑨]，施淑婷《敦煌写本高适诗研究》[⑩]，徐俊《敦煌伯 3597 唐诗写卷辑考——兼说"白侍郎"作品的托名问题》《敦煌伯 3619 唐诗写卷校录平议》《敦煌写本诗歌续考》《敦煌学朗诗作者问题考略》《敦煌本〈珠英集〉考补》《敦煌写本张祜诗集二种》[⑪]，张锡厚《敦煌诗歌考论》《敦煌本〈故陈子昂集〉补说》《敦煌本

① 张宗品：《写本考略》，《中国典籍与文化》2014 年第 2 期，第 39—47 页。

② 潘吉星：《敦煌石室写经纸的研究》，《文物》1966 年第 3 期，第 39—47 页。

③ 舒学：《敦煌唐人诗集残卷》，文物编辑委员会编《文物资料丛刊》，北京：文物出版社，1977 年，第 48—53 页。

④ 高嵩：《敦煌唐人诗集残卷的文学价值》，《社会科学》1980 年第 3 期，第 81—84 页。

⑤ 熊飞：《〈敦煌唐人诗集残卷（伯 2555）补录〉校勘斠补》，《敦煌研究》1991 年第 2 期，第 93—94 页。

⑥ 王锳：《敦煌唐人诗集残卷考释注释部分商榷》，《文献》1992 年第 3 期，第 20—25 页。

⑦ 王三庆：《也谈蔡省风〈瑶池新咏〉》，北京大学中国古文献研究中心编：《北京大学中国古文献研究中心集刊·第七辑》，北京：北京大学出版社，2008 年，第 407—430 页。

⑧ 柴剑虹：《敦煌吐鲁番学论稿》，杭州：浙江教育出版社，2000 年，第 215—238 页。

⑨ 李羡林、饶宇颐、周一良主编：《敦煌吐鲁番研究》（第二卷），北京：北京大学出版社，1997 年，第 59—70 页。

⑩ 黄永武主编：《敦煌的唐诗续编》，台北：文史哲出版社，1989 年。

⑪ 徐俊：《敦煌学朗诗作者问题考略》，《文献》1994 年第 2 期，第 14—23 页；《敦煌本〈珠英集〉考补》，《文献》1992 年第 4 期，第 17—25 页；《敦煌写本张祜诗集二种》，《文献》1993 年第 2 期，第 254—257 页。

〈高适诗集〉考述》[①]，汤君《敦煌唐人诗集残卷作者考辨》[②]，高国藩《谈敦煌唐人诗》[③]《敦煌遗书中唐诗研究的进展》[④]，周丕显《敦煌佚诗杂考》[⑤]，荣新江、徐俊《新见俄藏敦煌唐诗写本三种考证及校录》[⑥]，邵文实《敦煌P.2762 等卷诗集试探》[⑦]，吕光华《敦煌本唐人选唐诗考》[⑧]，胡大浚《敦煌遗书伯·3619 号唐诗选残卷校证述略》《敦煌写卷中几首佚名诗的考释》[⑨]，张先堂《〈敦煌写本晚唐佚名氏残诗集新校〉》[⑩]，王志鹏《敦煌写卷 P.2555〈白云歌〉再探》[⑪]，高国藩《敦煌唐人诗〈白云歌〉与〈周易〉考述》[⑫]，吴其昱《李翔及其涉道诗》[⑬]，林聪明《敦煌本李翔涉道诗考释》[⑭]，吴其昱《敦煌本〈故陈子昂集〉残卷研究》[⑮]《〈珠英集〉残卷研究》[⑯]《〈甘棠集〉与刘邺传研究》[⑰]，陈祚龙《关于敦煌古抄〈心海集〉》[⑱]《敦煌古抄中世

---

① 张锡厚:《敦煌诗歌考论》,《敦煌学辑刊》1989 年第 2 期,第 8—34 页;《敦煌本〈故陈子昂集〉补说》,《敦煌学辑刊》1994 年第 2 期, 第 30—41 页;《敦煌本〈高适诗集〉考述》,《敦煌研究》1996 年第 1 期,第 83—97 页。

② 汤君:《敦煌唐人诗集残卷作者考辨》,《西南民族学院学报》1999 年第 6 期,第 242—247 页。

③ 高国藩:《谈敦煌唐人诗》,《社会科学》1983 年第 3 期,第 94—98 页。

④ 高国藩:《敦煌遗书中唐诗研究的进展》,《许昌学院学报》1991 年第 3 期,第 57—64 页。

⑤ 周丕显:《敦煌佚诗杂考》,《敦煌学辑刊》,1992 年第 1、2 期,第 46—54 页。

⑥ 荣新江,徐俊:《新见俄藏敦煌唐诗写本三种考证及校录》,《唐研究》第 5 卷,1999 年,第 59—79 页。

⑦ 邵文实:《敦煌 P2762 等卷诗集试探》,《文献》2000 年第 1 期,第 234—243 页。

⑧ 吕光华:《敦煌本唐人选唐诗考》,台湾政治大学硕士论文,1984 年。

⑨ 胡大浚:《敦煌遗书伯·3619 号唐诗选残卷校证述略》,《社科纵横》1993 年第 4 期,第 43—47 页;《敦煌写卷中几首佚名诗的考释》,《2000 年敦煌学国际学术讨论会文集——纪念敦煌藏经洞发现暨敦煌学百年》(历史文化卷下),兰州:甘肃民族出版社,2003 年,第 282—288 页。

⑩ 张先堂:《〈敦煌写本晚唐佚名氏残诗集新校〉》,《2000 年敦煌学国际学术讨论会文集——纪念敦煌藏经洞发现暨敦煌学百年》(历史文化卷下),兰州:甘肃民族出版社,2003 年,第 443—455 页。

⑪ 王志鹏:《敦煌写卷 P.2555〈白云歌〉再探》,《敦煌研究》2004 年第 6 期,第 81—87 页。

⑫ 高国藩:《敦煌唐人诗〈白云歌〉与〈周易〉考述》,《文化遗产》2011 年第 4 期,第 90—98,158 页。

⑬ 吴其昱:《李翔及其涉道诗》,吉冈义丰编:《道教研究》(第一册),东京:昭森社,1965 年,第 271—299 页。

⑭ 林聪明:《敦煌本李翔涉道诗考释》,中国文化大学、中国文学研究所敦煌学会编:《敦煌学》第 7 辑,1984 年,第 103—122 页。

⑮ 吴其昱:《敦煌本〈故陈子昂集〉残卷研究》,香港大学五十周年纪念论文集编印委员会《香港大学五十周年纪念论文集》第 2 册,香港大学中文系,1966 年,第 241—304 页。

⑯ 吴其昱:《〈珠英集〉残卷研究》,巴黎中国学院:《庆祝戴密微先生华诞论文集》第 2 册,1975 年。

⑰ 吴其昱:《〈甘棠集〉与刘邺传研究》,香港新亚研究所敦煌学会:《敦煌学》第 3 辑,1976 年,第 1—50 页。

⑱ 陈祚龙:《敦煌学园零拾》(上),台北:台湾商务印书馆,1986 年,第 178—214 页。

诗歌一续》[1]。胡可先在《长沙窑新出土唐诗考论》[2]一文中研究了新出土的长沙窑陶瓷题写唐诗在敦煌写卷中的出现情况，将长沙窑中出土的资料和敦煌文献同时勘对，辨明其为唐代佛教讲唱文学的来源，为民间歌谣的传播提供了宝贵的思路。

敦煌诗歌中的《秦妇吟》和王梵志诗歌是较早引起学术界重视的唐代佚诗，我国学者对此颇为重视[3]。20世纪初至中期，王国维《韦庄的〈秦妇吟〉》[4]《唐写本韦庄〈秦妇吟〉残诗跋》[5]《韦庄〈秦妇吟〉又跋》，罗振玉《〈秦妇吟〉校本及跋》，张荫麟译翟理斯《〈秦妇吟〉之考证与校释》[6]，郝立权《韦庄〈秦妇吟〉笺》[7]，黄仲琴《〈秦妇吟〉补注》[8]，周云青《〈秦妇吟〉笺注》[9]，陈寅恪《〈秦妇吟〉校笺》[10]，徐嘉瑞《〈秦妇吟〉本事》[11]，刘修业《〈秦妇吟〉校勘续记》[12]先后发表，说明学术界对敦煌写本所见唐代佚诗《秦妇吟》的极大关注。

王国维是发现韦庄佚诗《秦妇吟》在敦煌写卷的第一人。他在检读狩野直喜辑录斯坦因所获敦煌写卷时，见到其中有《秦妇吟》诗，此诗原卷残缺，无篇题和作者。王国维据“内库烧为锦绣灰，天街踏尽公卿骨”判定为韦庄《秦妇吟》。1920年，王氏在《敦煌发见唐朝之通俗诗及通俗小说》[13]中公布《秦妇吟》

① 陈祚龙：《敦煌学海探珠》，台北：台湾商务印书馆，1979年，第169—171页。

② 胡可先：《出土文献与唐代诗学研究》，北京：中华书局，2012年，第631—662页。

③ 张锡厚：《王梵志诗校辑》，北京：中华书局，1983年；朱玉凤：《王梵志诗研究》，台北：台湾学生书局，1986年；项楚：《王梵志诗校注》，上海：上海古籍出版社，2009年。这些著作是对敦煌写本王梵志诗歌汇集整理校勘之作。本文因前人对此内容的研究非常丰富，且在王梵志诗歌流传的过程中，许多诗歌托名为王梵志作，故不作为本文研究的主体。

④ 王国维：《韦庄的〈秦妇吟〉》，北京大学《国学季刊》第1卷第4期，1923年12月，第693—699页。

⑤ 王国维：《唐写本韦庄〈秦妇吟〉残诗跋》，《观堂集林》卷21，北京：中华书局，1959年，第1019页。

⑥ [英]翟理斯著，张荫麟译：《〈秦妇吟〉之考证与校释》，《燕京学报》1927年第1卷第1期，第65—81页。

⑦ 郝立权：《韦庄〈秦妇吟〉笺》，《齐大月刊》1931年第2卷第3期，第225—241页。

⑧ 黄仲琴：《〈秦妇吟〉补注》，《国立中山大学文史学研究所月刊》1943年第1卷第5期，第75—77页。

⑨ 周云青：《〈秦妇吟〉笺注》(国学小丛书)，商务印书馆，1934年，第1—23页。

⑩ 陈寅恪：《读〈秦妇吟〉》，《清华学报》1940年第11卷第4期，在昆明刊布了单行本《〈秦妇吟〉校笺》。

⑪ 徐嘉瑞：《〈秦妇吟〉本事》，《国文月刊》1944年第27期，第15—23页。

⑫ 刘修业撰，王国维校订：《〈秦妇吟〉校勘续记》，《学原》1947年第1卷第7期，第40—45页。

⑬ 王国维：《敦煌发见唐朝之通俗诗及通俗小说》，署名静庵，1920年发表于《东方杂志》第17卷第8期上，第95—100页。

残卷录文。

1924年，罗振玉在《敦煌零拾》中全文公布了《秦妇吟》。与此同时，罗振玉、王国维相继发表了《秦妇吟》的录文、校勘。二人的研究成果是《秦妇吟》全诗的最早校勘本。1940年，陈寅恪《〈秦妇吟〉校笺》采用历史、语言文字学知识考证《秦妇吟》原旨，为敦煌写卷《秦妇吟》研究中的上乘之作[①]。其后陈氏又发表《〈秦妇吟〉校笺旧稿补正》[②]，对《秦妇吟》做了更精当的鉴别和补充。

20世纪后期，《秦妇吟》研究方兴未艾，再度成为唐代诗歌文学研究的热点。黄广生《韦庄自禁〈秦妇吟〉原因再析》[③]，潘重规《〈秦妇吟〉新校》[④]，马茂元、刘初棠《〈秦妇吟〉注》[⑤]，王水照《关于韦庄〈秦妇吟〉评价的两个问题》[⑥]，宋遂良《话说〈秦妇吟〉》[⑦]，高平《〈秦妇吟〉的现实主义成就》[⑧]，柴剑虹《〈秦妇吟〉敦煌写卷的新发现》[⑨]，张锡厚《浅谈敦煌写本〈秦妇吟〉》[⑩]，马茂元、刘初棠《韦庄讳言〈秦妇吟〉之由及其他》[⑪]，黄永年《韦庄自讳〈秦妇吟〉事探测》[⑫]，颜廷亮、赵以武《秦妇吟研究汇录》[⑬]，高国藩《敦煌本〈秦妇吟〉新论》[⑭]，周容良《〈秦妇吟〉的起落及其再认识》[⑮]，张涌泉《敦煌写本〈秦妇吟〉汇校》[⑯]等，对《秦妇吟》有更深入的研究。

---

① 陈正宏，章培恒主编：《中国学术名著提要·文学卷》，上海：复旦大学出版社，1999年，第346页。

② 陈寅恪：《〈秦妇吟〉校笺旧稿补正》，《岭南学报》1950年第10卷第2期，第17—33页。

③ 黄广生：《韦庄自禁〈秦妇吟〉原因再析》，《吉林大学学报》1979年第4期，第57—60页。

④ 潘重规：《〈秦妇吟〉新校》，《敦煌学》第8辑，台北：台湾中国文化大学中国文学研究所，1984年，第1—73页。

⑤ 马茂元、刘初棠：《〈秦妇吟〉注》，《中华活页文选》，上海：上海古籍出版社，1983年。

⑥ 王水照：《关于韦庄〈秦妇吟〉评价的两个问题》，《古典文学论丛》（《复旦学报》社会科学版增刊），上海：上海人民出版社，1980年。

⑦ 宋遂良：《话说〈秦妇吟〉》，《读书》1981年第5期，第79—85页。

⑧ 高平：《〈秦妇吟〉的现实主义成就》，《阳关》1981年第4期，第65—67页。

⑨ 柴剑虹：《〈秦妇吟〉敦煌写卷的新发现》，《光明日报》1983年6月7日。

⑩ 张锡厚：《浅谈敦煌写本〈秦妇吟〉》，《唐代文学论丛》1982年第1期，第225—231页。

⑪ 马茂元、刘初棠：《韦庄讳言〈秦妇吟〉之由及其他》，《文史》1984年第22辑，北京：中华书局，第225—232页。

⑫ 黄永年：《学苑与书林》，上海：上海书店出版社，2006年，第150—158页。

⑬ 颜廷亮、赵以武：《秦妇吟研究汇录》，上海：上海古籍出版社，1990年。

⑭ 高国藩：《敦煌本〈秦妇吟〉新论》，《许昌师专学报》1987年第3期，第70—74页。

⑮ 周容良：《〈秦妇吟〉的起落及其再认识》，《青海民族学院学报》1996年第3期，第72—77页。

⑯ 张涌泉：《敦煌写本〈秦妇吟〉汇校》，《中国典籍与文化论丛》第4辑，北京：中华书局，1997年，第311—341页。

颜廷亮《敦煌千年文学史》[①]、邵文实《敦煌边塞文学研究》[②]、伏俊琏《敦煌文学总论》[③]从敦煌文学的整体性层面认识理解敦煌写本文献中的唐代诗歌，敦煌写卷诗歌出现的历史背景、在整个敦煌写卷中意义和影响，以及敦煌边塞诗歌的种种特殊性。

专门探讨敦煌边塞诗歌的有柴剑虹《岑参边塞诗和唐代的中西交往》《岑参边塞诗中的"阴山"辨》《"葫芦河"考——岑参边塞诗地名考辨之一》[④]、宁志新《岑参的边塞诗与唐朝在西域的战争》[⑤]、吴企明《敦煌伯氏2555号写卷是唐代边塞诗(文)选集的残卷》[⑥]、戴伟华《论中唐边塞诗》[⑦]、胡大浚《敦煌写卷中的唐人边塞佚诗(一)》《再论岑参"西征"诗本事——答孙映逵同志》《贯休的边塞诗作与晚唐边塞诗》《敦煌边塞诗歌综论》[⑧]、高国藩《敦煌本高适佚诗〈因书即事〉析论》[⑨]、邵文实《敦煌边塞文学之"征妇怨"作品述论》《敦煌边塞文学研究》。[⑩]

研究敦煌当地诗人创作的有阴法鲁《晚唐佚诗〈敦煌二十咏〉所反映的当地情况》，从《敦煌二十咏》考证了晚唐敦煌地区的历史问题。[⑪]陈祚龙《新

---

① 颜廷亮:《敦煌千年文学史》,北京:人民文学出版社,2013年。

② 邵文实:《敦煌边塞文学研究》,兰州:甘肃教育出版社,2007年。

③ 伏俊琏:《敦煌文学总论》,兰州:甘肃教育出版社,2013年。

④ 柴剑虹:《岑参边塞诗和唐代的中西交往》,《西北大学学报》1984年第1期,第53—60页;《岑参边塞诗中的"阴山"辨》,《北京师范大学学报》1982年第3期,第44转73页;《"葫芦河"考——岑参边塞诗地名考辨之一》,《新疆师范大学学报》1981年第1期,第90—92页。

⑤ 宁志新:《岑参的边塞诗与唐朝在西域的战争》,《敦煌学辑刊》1993年第2期,第90—102页。

⑥ 吴企明:《敦煌伯氏2555号写卷是唐代边塞诗(文)选集的残卷》,《苏州大学学报》1985年第2期,第49—51页。

⑦ 戴伟华:《论中唐边塞诗》,《内蒙古大学学报》第1991年1期,第53—60页。

⑧ 胡大浚:《敦煌写卷中的唐人边塞佚诗(一)》,《社科纵横》1993年第2期,第15—19页;《再论岑参"西征"诗本事——答孙映逵同志》,《西北师范大学学报》1984年第3期,第57—65、84页;《贯休的边塞诗作与晚唐边塞诗》,《河西学院学报》2007年第6期,第1—7、12页;胡大浚、王志鹏:《敦煌边塞诗歌综论》,《敦煌研究》1998年第1期,第117—130页。

⑨ 高国藩:《敦煌本高适佚诗〈因书即事〉析论》,《南京大学学报》1995年第1期,第84—87页。

⑩ 邵文实《敦煌边塞文学之"征妇怨"作品述论》,《敦煌学辑刊》1995年第2期,第55—62页;《敦煌边塞文学研究》,兰州:甘肃教育出版社,2007年。

⑪ 阴法鲁:《晚唐佚诗〈敦煌二十咏〉所反映的当地情况》,阎文儒、陈玉龙主编:《向达先生纪念文集》,乌鲁木齐:新疆人民出版社,1986年,第145—154页。

校重订敦煌古钞李唐词人陷蕃诗歌初集》[1],潘重规《敦煌唐人陷蕃诗集残卷校录》[2]《敦煌唐人陷蕃诗集残卷作者的新探测》[3]《续论敦煌唐人陷蕃诗集残卷作者的新探测》[4]对陷蕃诗人的真实身份进行具体考辨。阎文儒《敦煌两个陷蕃人残诗集校释》对 P.2555 号残卷中的 71 首敦煌陷蕃诗人诗歌进行校释,结合诗歌考证河西地区的某些历史细节问题。[5]陈国灿《敦煌五十九首佚名氏诗历史背景新探》[6]、杨宝玉《〈张淮深碑〉抄件卷背诗文作者考辨》[7]、李正宇《敦煌特型诗破解》《〈敦煌十字图诗〉解读》[8]、马德《〈敦煌廿咏〉写作年代初探》[9]、张子开《敦煌文献中的白话禅诗》[10]、宋雪春《敦煌本〈下女夫词〉的写本考察及相关问题研究》[11]对敦煌诗歌写本中的具体问题有一定研究。

学术界逐渐注意到了写本时代诗歌的传播问题。朱玉麒《中古时期吐鲁番地区汉文文学的传播与接受——以吐鲁番出土文书为中心》[12],探讨吐鲁番文献中汉文文学的传播和接受。吴淑玲《唐人选唐诗及敦煌写卷中少见杜诗的传播学因素》[13]《论敦煌唐写本〈秦妇吟〉的传播学价值》[14]从传播学的角度探讨《秦

---

① 陈祚龙:《新校重订敦煌古钞李唐词人陷蕃诗歌初集》,《夏声月刊》1975 年第 133 期,第 17—23 页。

② 潘重规:《敦煌唐人陷蕃诗集残卷校录》,《幼狮学志》1979 年第 15 卷第 4 期,第 1—22 页。

③ 潘重规:《敦煌唐人陷蕃诗集残卷作者的新探测》,《汉学研究》1985 年 3 卷 1 期,第 41—54 页。

④ 潘重规:《续论敦煌唐人陷蕃诗集残卷作者的新探测》,《敦煌文薮》(上),台北:新文丰出版公司,1999 年,第 147—157 页。

⑤ 阎文儒:《敦煌两个陷蕃人残诗集校释》,阎文儒、陈玉龙主编:《向达先生纪念文集》,乌鲁木齐:新疆人民出版社,1986 年,第 174—219 页。

⑥ 陈国灿:《敦煌五十九首佚名氏诗历史背景新探》,《敦煌吐鲁番研究》第 2 卷,北京:北京大学出版社,1997 年,第 87—100 页。

⑦ 杨宝玉:《〈张淮深碑〉抄件卷背诗文作者考辨》,《敦煌学辑刊》2016 年第 2 期,第 31—38 页。

⑧ 李正宇:《敦煌特型诗破解》,《寻根》2001 年第 2 期,第 103—105 页;《〈敦煌十字图诗〉解读》,《社科纵横》1994 第 4 期,第 7—8 页。

⑨ 马德:《〈敦煌廿咏〉写作年代初探》,《敦煌研究》1983 年创刊号,第 179—186、9—13 页。

⑩ 张子开:《敦煌文献中的白话禅诗》,《敦煌学辑刊》2003 年第 1 期,第 81—91 页。

⑪ 宋雪春:《敦煌本〈下女夫词〉的写本考察及相关问题研究》,《敦煌学辑刊》2012 年第 4 期,第 74—83 页。

⑫ 朱玉麒:《中古时期吐鲁番地区汉文文学的传播与接受——以吐鲁番出土文书为中心》,《中国社会科学》2010 年第 6 期,第 182—194 转 224 页。

⑬ 吴淑玲:《唐人选唐诗及敦煌写卷中少见杜诗的传播学因素》,《杜甫研究学刊》2009 年第 1 期,第 17—22 页。

⑭ 吴淑玲:《论敦煌唐写本〈秦妇吟〉的传播学价值》,《唐代文学研究》(第 12 辑),桂林:广西师范大学出版社,2006 年,第 779—790 页。

妇吟》的价值。此外,陈静《敦煌诗歌写本的传播特征及其形成原因》[①],王彦明《敦煌本〈高适诗集〉考述——以敦煌写本形成时间为中心》[②],田卫卫《〈秦妇吟〉之敦煌传播新探——学士郎、学校与诗学教育》[③]《〈秦妇吟〉敦煌写本研究综述》[④],吴淑玲《唐诗传播研究对重写中国文学史的意义》[⑤],邓建《论选本传播的彰显与遮蔽效应》[⑥],庞倩、杨雯《唐诗与唐代邮驿传播的交互关系》[⑦],伏彦冰、杨晓华《敦煌文学的传播方式》[⑧]等,从不同角度探讨敦煌诗歌写本的传播问题。

郑阿财《唐代汉字文化在丝绸之路上的传播》提出唐代汉文化在丝绸之路上的传播受到外界种种条件的限制,呈现出不同的接受和发展历程,与现实环境对汉文化需求在某种程度上成正比[⑨]。

---

① 陈静:《敦煌诗歌写本的传播特征及其形成原因》,《首都师范大学学报》(社会科学版)2013 年第 3 期,第 111—116 页。

② 王彦明:《敦煌本〈高适诗集〉考述——以敦煌写本形成时间为中心》,《社科纵横》2012 年第 1 期,第 111—113 页.

③ 田卫卫:《〈秦妇吟〉之敦煌传播新探——学仕郎、学校与诗学教育》,《文献》2015 年第 5 期,第 90—100 页。

④ 田卫卫:《〈秦妇吟〉敦煌写本研究综述》,《敦煌学辑刊》2014 年第 4 期,第 153—161 页。

⑤ 吴淑玲:《唐诗传播研究对重写中国文学史的意义》,《河北学刊》2014 年第 5 期,第 7—12 页。

⑥ 邓建:《论选本传播的彰显与遮蔽效应》,《中南大学学报》2012 年第 4 期,第 232—236 页。

⑦ 庞倩、杨雯:《唐诗与唐代邮驿传播的交互关系》,《新闻世界》2014 年第 8 期,第 427—428 页。

⑧ 伏彦冰、杨晓华:《敦煌文学的传播方式》,《敦煌学辑刊》2012 年第 2 期,第 63—67 页。

⑨ 郑阿财:《唐代汉字文化在丝绸之路的传播》,《浙江大学学报》2016 年第 4 期,第 5—17 页。

第一章 写本学视野下的敦煌诗歌写本

池田温说:"(中国)大致从10世纪开始由写本时代向印刷时代过渡,11世纪之后进入了印刷时代。"[①]本书选择7至10世纪中国写本盛行的时代,敦煌诗歌写本在藏经洞完好封存,借此我们得以认识写本时代文化传播的某些特征。首先需要说明学术界对敦煌写本的定位,这直接影响我们对敦煌藏经洞出土唐诗写本的理解和认识。1900年,敦煌莫高窟17号藏经洞被打开,但这批文献被发现时具体的摆放位置并没有人做详细记录。这些写本多为佛教文献,研究者多注意到佛教文献的学术价值,但对其中少量的诗歌写本关注较少。在分析敦煌抄本之前,笔者仍然要回到一个争论已久的话题,也是无法回避的问题——藏经洞的封闭。这会直接关系到对敦煌写本作用如何定位的问题。目前学术界存在以斯坦因、藤枝晃、池田温[②]为代表的藏经洞所藏神圣废弃物说和

① [日]池田温著,张铭心、郝轶君译:《敦煌文书的世界》,北京:中华书局,2007年,第189页。

② 池田温提到:"应该留意的是敦煌文献并不是有意为传于后世而当作宝物封存下来的问题。敦煌的佛寺中古旧破损的物品,是藏经洞中堆积的主要内容。正如伯希和将藏经洞称为'中古的图书馆'那样,敦煌文献中的确包含有相当多样的书籍和文书,但这绝不是有组织地收集而来的。比如作为佛寺基本藏书之《大藏经》,也不过是经由数家寺院汇集而来的残册混杂在其中而已,所见到的连古代敦煌之实际藏经的百分之一都不到。至于外典就更是偶尔的零碎残卷罢了。此外就寺院的文书来看,理应最受重视的寺史、寺传以及伽蓝堂塔图或者所领目录、历代住持、三纲的记录之类却一点都没有。而发现较多的是《金刚经》、《法华经》、《无量寿宗要经》等被捐赠的大量供养经或与寺院日常活动有关的斋文、功德文或通知的回章、寺院的出纳记录及谷物借贷账簿、私塾的学生或沙弥的习字等,尽是些既平常而又不起眼的东西。如此平凡的文献一般用完后都是被扔掉了的,被有意保存下来的可能性极小。"(《敦煌文书的世界》,第190—191页)

伯希和的避难说。藏经洞写本是否被视为神圣废弃物会直接影响到如何认识其中诗歌写本的价值和意义。本书并没有采纳斯坦因、池田温等学者的观点，从神圣废弃物的角度认识和理解这些写卷。本书认为，倘若这些写本真的为神圣废弃物，那么纯诗歌写本为何会夹杂其中呢？在新疆吐鲁番文献中，诗歌写本废弃后，多另做他用。例如吐鲁番诗歌写本有用作鞋样的现象。藏经洞写本多数为晚唐五代写本，当时敦煌纸张非常稀缺，与佛教经文无关的写本依然被完好保存。这类非宗教写本，应是被封藏人视为具有一定价值的文献而封藏的。另外，学术界一致认为这些文书来自敦煌不同的寺院，大部分为三界寺所有。从诗歌写本中的抄写题记看，这些写本来自不同寺院的学郎、孔目官，如果不是有人专门收集收藏，恐怕也难以汇集在一起，更不大可能同时出现在藏经洞中。如果说三界寺的道真收集藏经写本，其后因为刻本的大量出现，写本逐渐被废弃不用的话，那么收集这些非宗教文化抄本的初衷是什么呢？少数敦煌诗歌写本中出现了为流传需要而抄写的题记。综观敦煌诗歌写本的整体情况，绝大多数写本在当世具有无可取代的民间诗歌保存价值，抄写人明确标明流传的作用，这些写本在印刷术没有普及之前被封存，其中的价值同样被当时的人重视。

本书认为，这些抄本和经藏等物品一起被隐秘封藏在洞中，无论抄本的抄写水平和质量如何，封闭藏经洞者都将这些文书视为文化上的宝藏。用我们今天的眼光来看，其中一些抄本的抄写水平并没有收藏价值，但是 8 世纪后半叶至 10 世纪，敦煌地区和中原文化上的交流一度中断，这些抄本的价值往往在于其包含的文化信息而非抄写水平。

徐俊在《敦煌诗集残卷辑考》中提出："更值得我们关注的，恰恰是历来被大家所忽视的敦煌文学写本整体的认识价值。"[①]从抄写的形制、格式、用纸、抄写者的水平看，敦煌诗歌写本无法和佛经写本同日而语。但这些诗歌写本仍为我们留下了唐代民间诗歌传唱、传抄最生动具体的历史细节，是唐代敦煌老百

---

① 徐俊：《敦煌诗集残卷辑考》，北京：中华书局，2000 年，第 39 页。

姓在日常生活中进行文学活动最直接的证据。我们回归到写本学的角度对每个写本进行个案分析，或许会为我们认识非刻本时代人类的文化传播提供某些有价值的思路，沿着这条线索追寻下去，发掘中华文明圈中的非物质文化是否曾沿着古丝绸之路传播到了西域、中亚甚至更远的域外，探讨中古时期华夏文明的影响力和波及范围。敦煌写本常常提供各种各样文化传播的证据，让我们不能无视它留给我们的思考。

第一节 敦煌诗歌写本的特征

随着敦煌文献的重见天日，中国学者最早对敦煌写本中的集部文献进行了辑录校证。罗振玉、王国维、陈寅恪、蒋斧、王重民等人对敦煌诗歌写本做了深入研究。20 世纪初，众学者对写本更多的是抢救性整理。20 世纪后半叶，敦煌写本开始进入更加细微深入的写本学研究范畴。藤枝晃提议将写本残卷重建为一个整体，找出个别写本或写本群在全部遗书中的位置。这种研究途径为敦煌写本研究提供了新的研究方向，张锡厚、徐俊等人在研究中借鉴了藤枝晃的方法。

徐俊《敦煌诗集残卷辑考》中的 63 种诗歌写本[①]，主要是法藏、英藏、俄藏敦煌文献。这 63 种写本一共抄录了 1925 首(除去重出诗歌，实际 1368 首)、附录 32 首诗歌。P.3052、S.4644《宋太宗御制莲华心轮回文偈颂》是明显的宋人流传本。另外，Дx.2173《吴均诗集》为南朝梁吴均诗歌，因本文重点关注唐五代的诗歌流传情况，故对此二卷不予过多关注。其余 61 种抄本中，宗教诗歌抄本的数量非常可观，有 19 件写本为宗教偈赞颂、巡礼类韵文、僧侣劝诫诗等，内容涉

① 本文采纳了徐俊在《敦煌诗集残卷辑考》中 63 种诗歌写本的分类方法，对这些写本进行整体的分析。而零散抄录在其他地方的诗或残诗句，因为其以单篇或者孤句的形式出现，与其他诗歌的联系比较松散，在写本中的地位不甚突出，故本文仅仅作为旁证使用。而在敦煌写本中出现的 63 种诗歌写本，它们较为集中地抄写了多首诗歌，这些诗歌内部有着一定的联系，在抄写方式上有共同特征，不同写本也存在某种共性。因此，本文仅对这 63 种写本进行较为详细的分析和论证。

及佛、道二教，其中P.3866《李翔涉道诗》为明显的道教诗歌。S.5648写卷中出现了《道情诗》，与佛教的偈赞杂抄在一起。唐五代敦煌地区流行的其他宗教，在诗歌抄本中并没有明显的表现。

要客观地认识敦煌诗歌写本，我们首先要抛弃固有的定本观念。敦煌诗歌写本不是官方编纂的诗歌总集或别集，抄写者的文化素养更无法和中原精心致力于诗集编纂的文化整理者相提并论，敦煌诗歌写本的抄写人仅仅是唐代诗歌文化的传播者，他们的抄本中，根本不可能有类似殷璠《河岳英灵集》那样成熟的编纂思想，也不可能完全按照固定的体例抄写诗歌。现存敦煌写本，除极少数残卷上明确保留有《故陈子昂集》《珠英集》诗集题名外，绝大部分今人熟悉的《唐人选唐诗》《高适诗集》《李峤杂咏注》《白香山诗集》等敦煌写本集名，并非残卷上原有的题署，而是罗振玉、王重民等早期整理者根据集子内容推测或拟定的名称。写本中"诗集名称、作者、编者信息缺失严重"[①]是普遍存在的事实。随着研究的深入，有些集名已不准确。徐俊的《敦煌诗集残卷辑考》多以"唐诗丛抄""诗抄"等为名，一方面更符合敦煌写本原貌，另一方面也表明这些诗集的名称无从查考。

在敦煌文献中，诗人别集的写本非常少见。《高适诗集》虽然集中抄写了高适诗歌，但是前后残缺，不能确定整个抄本是否为高适一人的诗作。《张祜诗集》《岑参诗集》等写卷，抄录的诗歌数量较少，只能勉强算作个人诗集。

敦煌文献中的王梵志诗，有30余种写本，共300多首诗。经潘重规、项楚考辨，王梵志诗的作者是托名王梵志的民间白话诗人。这样的情况同样出现在各类诗集写本中，敦煌诗歌写本中佚名作者非常多，传世本未见记载的诗歌更是难以考定作者。

另外，写卷中根本没有明显的抄写体例。初唐人虽然已经具备了区分五七言诗歌的概念，在P.2567中也发现了抄写者在文中注明"七言诗"的字样。但综观敦煌写本，将五七言严格分类抄写的情况并不多见。这一方面说明，在藏经

① 陈静：《敦煌诗歌写本的传播特征及其形成原因》，《首都师范大学学报》（社会科学版）2013年第3期，第113页。

洞中发现的这些抄本，抄写者还没有意识到要对诗歌进行分类整理。另外，在8至10世纪，敦煌地区的纸和笔非常短缺，文化的传播受到极大限制，抄写者把诗歌尽可能地抄写下来已实属不易，当时的条件还不能让他们肩负诗歌整理的文化使命。所以，在敦煌抄本中，各种体裁杂抄的情况非常普遍，例如经常出现诗歌和文、赋、曲子词等杂抄的情况。

敦煌诗歌写本多为残卷，可能会影响我们对敦煌诗歌的全面把握，但其仍然是研究唐代诗歌文化传播的宝贵历史资料。这些残卷中，抄写诗歌较多的为：Дx.3871、P.2555《唐诗文丛抄》抄录诗歌210首，S.3016、S.2295《心海集》抄录诗歌155首，P.2567、P.2552《唐诗丛抄》抄录诗歌119首。这三种写本抄录诗歌数量都在百首以上。

表1.1 抄写诗歌10首以上写本一览表

	卷号	拟题	数量(首)
1	Дx.3871、P.2555	唐诗文丛抄	210
2	S.3016、S.2295	心海集	155
3	P.2567、P.2552	唐诗丛抄	119
4	P.3612	唐诗丛抄	62
5	S.2717、P.3771	崔融珠英学士集	55
6	P.3862	高适诗集	49
7	P.3619	唐诗丛抄	48
8	S.6171	宫词丛抄	39
9	S.555	唐诗丛抄	37
10	P.2748	唐诗词丛抄	37
11	S.619	赵嘏读史编年诗卷上	35
12	S.6234、P.5007、P.2672	唐佚名诗集	31
13	P.3866	李翔涉道诗	28

续表

	卷号	拟题	数量(首)
14	P.2624、S.3880	咏廿四节气诗	24
15	P.3910、Дx.2301	唐诗文丛抄	23
16	P.3720、P.3886、S.4654	悟真赠答诗	23
17	P.2492、Дx.3865	唐诗文丛抄	21
18	S.4472	云辩诗文抄	21
19	P.2762、S.6973、S.6161、S.3329、S.11564	唐佚名诗抄	18
20	P.3386、P.3582、P.2633	杨满川咏孝经	18
21	P.4994、S.2049、P.2544	唐诗丛抄	17
22	P.3738、S.555、Дx.10298、Дx.2999、Дx.3058	李峤诗杂咏注	17
23	P.3885	唐诗文丛抄	16
24	Дx.3861、P.3872、P.3874	蔡省风瑶池新咏	15
25	S.2165	释氏箴偈丛抄	13
26	P.4617	释玄本五台山圣经赞	12
27	P.3200	阙题杂诗丛抄	12
28	P.2687	初唐诗丛抄	11
29	P.3252、P.3608	唐诗文丛抄	11
30	P.5005、Дx.1360、Дx.2974	岑参诗集	11
31	S.5648	杂诗丛抄	11
32	P.t.1208、P.t.1221	唐诗丛抄	10
33	S.373	诸山圣迹诗抄	10

以上 33 种写本抄录诗歌数量超过 10 首，是集中抄录诗歌较长的写本。

敦煌诗歌写卷也出现了专门抄写诗人诗集的诗抄，例如 P.2641《释道真诗文抄》，P.2700《伦人王克茂诗抄》，P.3676《饯送达法师诗抄》，P.3738、S.555、Дx.10298、Дx.2999、Дx.3058《李峤杂咏诗注》，P.3862《高适诗集》，P.3866《李翔涉道诗》，P.3967《周卿泰法师诗抄》，P.4617《释玄本五台山圣境赞》，P.4878、

S.4444《张祜诗集》,P.5005、Дх.1360、2974《岑参诗集》,S.4472《云辩诗文抄》。这些写本中比例较高的是诗僧个人诗抄。P.3862《高适诗集》抄录诗歌 49 首,P.5005、Дх.1360、Дх.2974《岑参诗集》抄录诗歌 11 首,P.4878、S.4444《张祜诗集》抄录诗歌 7 首。因为敦煌残卷的性质,写卷抄录的诗歌数量较少,很难判断 P.4878、S.4444《张祜诗集》与 P.5005、Дх.1360、Дх.2974《岑参诗集》是否存在和其他诗人同卷抄写的情况。高适是敦煌写本中录诗最多的一位文人,P.3862《高适诗集》仅抄录高适诗歌,此卷被视为高适诗集的单行本。P.3738、S.555、Дх.10298、Дх.2999、Дх.3058《李峤杂咏》是具有类书性质的诗歌注本。这个写本的出现,证实了在敦煌地区,唐代律诗的学习和创作深受中原地区的影响。某类诗人或者同一题材的辑纂更容易被流传和保存下来,如 S.2717、P.3771《崔融珠英学士集》,P.3216《唐女冠诗丛抄》,S.3016、S.2295《心海集》,P.2492、Дх.3865 抄有白居易新乐府诗,Дх.3861、P.3872、P.3874《蔡省风瑶池新咏》,S.619《赵嘏读史编年诗卷上》,P.3386、P.3582、P.2633《杨满川咏孝经》,Дх.153《敦煌僧同题诗抄》,S.6171《宫词丛抄》,S.373《诸山圣迹诗抄》,P.3720、P.3886、S.4654《悟真赠答诗》。

虽然残卷中的诗歌和其他形式的文学体裁杂抄在一起，但可以看出唐代民间抄写者已经有诗歌分类的朦胧意识。许多写卷抄写者对不同体裁的诗歌有隔行抄写的现象,甚至标明“七言诗”的体裁。个别写本抄写内容全部为七言诗,说明有些民间诗歌抄写者分类抄写诗歌。在敦煌写本中,大多数诗歌的题目一般抄写在前诗的句末,中间空出一定的距离。这种抄写方式是唐人诗歌抄写的常用格式。同时,对照东传到日本的诗歌抄本,可以发现日本流传的唐诗抄本要更加规范严格。日本的诗歌抄本比较完整,一般抄写在有界栏的纸上,有诗歌体裁的大致分类,题目和作者间有一定的距离。而敦煌写本多为残卷,抄写者多为学郎等粗通文墨的文人，抄写中明确标明来自具体诗集的写本极为少见,格律诗与千字文、偈赞、古体诗、韵赋、五更转等民间唱曲抄录在一起的情况比比皆是。顶格抄写诗歌首句的情况较普遍,多数抄写者注意到了诗题和作者中间应分开一定距离,有些甚至会注明作者的官职。敦煌写本中抄在有界栏内的诗歌写本总体数量较少。每行的字数也没有标准,从十多字到三十多字不等,每页纸张抄写的诗歌数量也没有统一。诗歌写本主要采用卷轴装、折页装、蝴蝶装等,其他装帧形式的诗歌写本较少。敦煌地区纸张宝贵,很多抄写人在作废的写经纸背抄写诗歌,卷轴装的诗歌写本正背面均被抄写。折页装一般是专门抄写诗歌的写本。抄本书法精湛者少,难以追步佛经、道经本。脱文、衍文和重出的情况普遍存在。综观敦煌诗歌写本的整体情况,可以看出敦煌诗歌写本多是为满足个人兴趣而辑录抄写的个人传抄本。个人传抄本一方面传递着来自中原的文化,体现了敦煌地区对中原诗歌文化的认可接受;另一方面,敦煌当地的老百姓也用自己的智慧和才华创作诗歌,为唐诗注入新的血液和生命力,让唐诗深深地植根于敦煌这片热土之上。

许多诗歌写本中的五七言俗曲、唱词,是敦煌俗文学的具体表现。不容否认,许多俗文学从佛教的讲唱文学中汲取营养,它们逐渐在民间文艺中孕育成长,雅正典丽的律诗,也正是在佛教文化中获得启发,结合中华文学语言的特殊形式,在唐代东西文明的密切交流中逐渐成熟,经过近三百年的历练,终于蔚为大观,成为中国文学史上最美丽的奇葩。这类五七言俗曲是唐诗和民间歌谣的桥梁,许多诗歌正是借助于五七言俗曲的形式传播开的。

敦煌写卷中专门抄写诗歌的卷子非常少,更多的诗歌是夹杂在各种杂抄中。有些残卷中诗、文同时出现。唐代民间写本中,近体诗和古体长篇歌行抄在一起,民间抄写者还没有严格地区分古、近体诗歌。在一些写卷中,抄写者有意注明“七言”,抄写者可能注意到了五七言诗歌在字数上的差别,这是他们用以区别或对诗歌进行大致分类。有些诗歌写本抄有《五更转》这类曲子词,唐代专门整理收集民间曲子词的文献并不见于记载,民间抄本中杂抄在唐诗中的曲子词,可能还没有被多数民间抄写者视为新文体,它们也可能作为唐诗的一个变种存在于各类杂抄中。因为曲子词距民间艺术更近,更容易传播,在各种演唱表演中,唐诗和曲子词一起被传唱、传播。

据伏俊琏《敦煌文学总论》统计,64 位见载于传世本的唐人作品流传于敦煌①,

---

① 在写本中出现的其他诗人,因后世缺乏记载,身世不详,或为敦煌当地诗人。

其中高适是敦煌诗歌写本中诗歌数量最多、流传版本最广的一位诗人，有98首传世诗被存于9个写本中。李白43首3个写本，白居易21首2个写本。刘希夷仅有5首，却出现在7个写本中，传抄流传度非常高。见于传世本的诗人中，初盛唐诗人的数量占了大多数。唐统治敦煌时期，中原文化对敦煌地区的影响力非常强。而吐蕃统治敦煌时期，中原文化的传播受到了极大的限制，所见中原诗人及其作品数量急剧减少。而此时，唐朝的诗歌创作正进入一个异彩纷呈、名家辈出、数量迅速增长的时期。个人文集、诗歌单行本选集都远远超过了前人。元和诗人在敦煌写本中的数量少，而传世文献保存的元和诗人诗作非常丰富。这种反差恰恰表明中原和敦煌在文化交流上的阻隔。

韦庄的《秦妇吟》传世本未载，北宋孙光宪《北梦琐言》仅记载“内库烧为锦绣灰，天街踏尽公卿骨”两句，可见此诗在北宋时期中原地区已鲜有人传唱，在敦煌却存有10个抄本。韦庄是晚唐著名诗人，和温庭筠并称“温韦”，其弟韦蔼所编《浣花集》（五卷本）传世。敦煌写本仅见未被传世的《秦妇吟》，表明敦煌地区更关注《秦妇吟》而非韦庄诗。《秦妇吟》为长篇叙事诗，传抄需要底本，民间传唱的需要是大量抄本出现的内在因素。唐代叙事诗和讲唱艺术的结合促进了诗歌文化的传播。

第二节 敦煌诗歌写本的形制

正如池田温所言：“从外观看，包含如用纸、用墨、装潢材料等构成写本的物质性要素。不该忘了的是一千年以前的纸张笔墨等具有固有的学术性资料价值。”[1]结合7到10世纪敦煌地区造纸技术的表现及书写工具、纸上墨迹、书法风格等，大致可以判断那些没有明确纪年写本的出现时间。

敦煌写卷纸张“原料以苎麻为主，少数为大麻，并有少量的构皮纸或桑皮

① [日]池田温著，张铭心、郝轶君译：《敦煌的文书世界》，北京：中华书局，2007年，第193页。

纸”。[①]潘吉星通过对敦煌文献用纸情况的分析，提到敦煌的纸张原材料大多来自北方。敦煌的写本中较少见到藤皮纸，因为造纸一般就地取材、因地制宜，有很强的地域性，因此较少见到来自南方的藤皮纸。隋唐时主要使用麻纸、楮皮纸、桑皮纸。五代时麻纸居多[②]。“如果从敦煌纸制造精细和技术纯熟角度来品评这些写经纸，那么大体可以说，隋唐时代是高峰，晋、南北朝次之，而五代纸反而粗制滥造，这可能是因为五代时北方处于战乱的缘故。”[③]S.5744《祭某诗文》抄写诗文仅 2 首，此卷采用了长 1.25 英尺的白纸抄写，原卷存诗 21 行，书法和行款都十分规整，翟里斯认为这是公元 8 世纪的写本。采用白纸抄写，并且抄写内容为祭吊诗文，这和其他写本有极大区别，这样的写本绝非为了流传保存抄写，而是遵照祭奠的习俗，抄写人的身份也不可能为学郎等初级抄写者，而应是有较高文化素养的抄写人。S.8466、S.8467《孟姜女诗丛抄》2 首，选择灰褐色纸抄写，这种纸主要盛行于敦煌归义军政权时期。

潘吉星也注意到“敦煌石室写经纸像帛简那样，在各个朝代的规格尺寸也有所不同”[④]。唐代的尺牍规格，1 尺大约是 26.7 厘米。“隋唐的纸可分为两种：小纸高为 25—26 厘米，长 44—51 厘米；大纸高 26.5—27.5 厘米，长 40.5—43.5 厘米。五代因国家未统一，用纸尺寸参差不齐，小纸高 14.6，大纸高 30 厘米。”[⑤]“关于写经纸的厚度，唐代写经纸一般在 0.05—0.44 毫米。”[⑥]诗歌写本也大致是上述尺牍标准。

敦煌诗歌写本绝大多数采用了卷轴装的形式，且多抄写在卷背。诗歌写本也有采用折页装的，例如 P.2492、Дx.3865《唐诗文丛抄》，P.3910、Дx.2301《唐诗文丛抄》，S.5477《秦妇吟》，S.544《捉季布文》，P.3946《唐佚名诗集》，P.4878、S.4444《张祐诗集》、S.5692《释氏歌偈赞丛抄》等。一般认为折页装写本出现的

---

① 李晓岑、贾建威：《甘肃省博物馆藏敦煌写经纸的初步检测和分析》，《敦煌学辑刊》2013 年第 3 期，第 174 页。

② 潘吉星：《中国造纸技术史稿》，北京：文物出版社，1979 年，第 176 页。

③ 潘吉星：《中国造纸技术史稿》，北京：文物出版社，1979 年，第 177 页。

④ 潘吉星：《中国造纸技术史稿》，北京：文物出版社，1979 年，第 173 页。

⑤⑥ 潘吉星：《中国造纸技术史稿》，北京：文物出版社，1979 年，第 175 页。

时间较晚,多见于中晚唐时期。“敦煌石室纸写本绝大多数是手卷,它是从简册和帛卷演变而来的,并且作为它们的代替物而问世。可以说,这种纸写本同时具有简册和帛卷二者的特点。”①

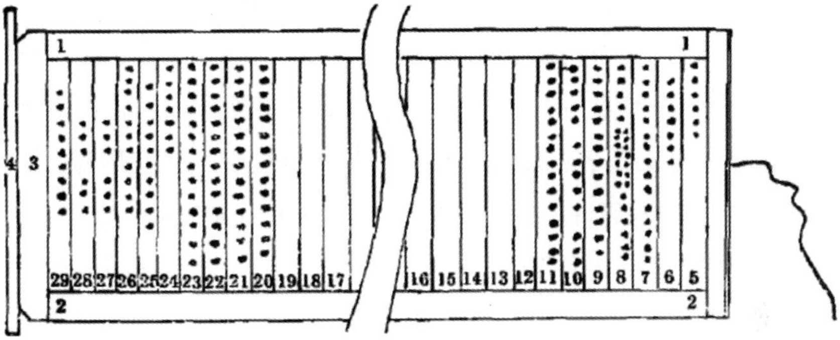

图一 写经书写格式

1. 上边栏 2. 下边栏 3. 左边栏 4. 木轴 5、6. 写经卷名专用行 7—16. 正文(一般 17 字) 17—23. 正文 24. 写经卷名 25—29. 写年款、抄经人、装潢人等

上图是潘吉星提供的唐代写经的书写格式。诗歌写本基本上沿袭写经的大致格式,但是诗歌写本多作为个人使用,为了节约纸张,书写更多的内容,一般没有严格按照每行大致 17 字的标准,有些抄本每行写 30 字,这正是藤之晃在《敦煌写本概述》中提到的“小字体卷子”。这些写本“以小字写成,每行 34 字。为标准形式的两倍,而每行占用宽度为标准宽度的三分之二。这样通常要写在 3 个卷轴上的《维摩诘经》全文,只用一个卷轴即可写完。而《妙法莲华经》由原来的 7 个卷轴缩减到 2 个卷轴。这种写经被称为‘细字经’或‘小字体’。虽然这种卷子是由专职抄书手写成的,不仅节省纸张而且便于携带,但看来仅供个人使用”②。Дх.3871+P.2555 一共抄录了 210 首诗歌,如此规模的诗歌写本并不多见。抄写中字体格式不完全统一,有些字大,有些字小。有些行中抄写字数达到 30 字以上,判断应该属于供个人阅读使用的诗歌写本。

① 潘吉星:《中国造纸技术史稿》,北京:文物出版社,1979 年,第 173 页。

② [日]藤之晃著,徐庆全、李树清译,荣新江校:《敦煌写本概述》,《敦煌研究》1996 年第 2 期,第 103 页。

在吐蕃统治敦煌和归义军时期，敦煌地区的纸张是非常珍贵且重要的资源。写经道场中的纸有非常严格的管理制度，即使抄写中出现错误，申报废弃处理后，换取纸张都需要登记在册。挪用或者贪污纸张会受到严厉的处罚。[①]因此，敦煌诗歌写本的纸张可能是民间用纸，纸张的质量更加粗糙。诗歌写本多数抄写在背面，是当时节约纸张的需要，也说明诗歌写本多数是敦煌藏经洞文献的副产品。所以，诗歌写本完全没有办法与格式十分严整的佛教、道教类经典同日而语。有些甚至字迹潦草，有界栏的更少。但也有一些诗歌写本抄写得十分严谨，如P.3812《唐诗丛抄》、S.544《捉季布文》、S.6173《太公家教》均有界栏。P.4985《唐诗丛抄》，各诗题另行抄写，抄写四首诗，前两首为七律，后二首为五律。抄写编纂格式非常严整，字迹工整俊秀，非一般习抄本可比，是敦煌诗歌写本中的善本。

藤枝晃提出："敦煌地区，11世纪末由于与中原的政治统治隔离，没有笔和纸，只能用木笔在当地制的纸上书写。"[②]结合各写本中的抄写信息和木笔的使用情况判断，多数诗歌写本为中晚唐写本。初盛唐诗歌和敦煌当地诗歌同卷出现于晚唐写本的情况表明，民间对中原传入诗歌文化的持续记忆和保存。同时也暗示安史之乱后，敦煌地区受各种政治因素的影响，中原文化传播受到一定限制。

第三节 敦煌诗歌写本的抄写人

余欣认为："写本文化不仅应该包括写本学与书籍史研究，更应注重以写本为书写载体的知识传统的成立诸相的探究。表面上是以物质形态的写本为核心，真正的文本创制、知识传播、信仰实践的中心环节，却是书写者与阅读者。"[③]笔者对写本诸相进行探究的同时，密切关注写本背后的抄写者和阅读

① 赵青山：《敦煌写经道场纸张的管理》，《敦煌学辑刊》2013年第4期，第36—47页。
② [日]藤枝晃著，白文译，李爱民校：《中国北朝写本的三个分期》，《敦煌研究》1990年2期，第40页。
③ 余欣：《写本文化的综合研究》，《文汇报》2015年1月9日。

者，用历史的态度去认识他们的抄写。

从写本的抄写者和阅读者的角度出发，我们对写本文化传播有更为深刻的理解。诗歌的改编，选择性传播，诗歌写本辑录表现出的选择性及其隐含的文化接受心理，抄写人个体情感、思维在知识生产中的作用等，无不决定着诗歌写本的书写行为。抄写人要在听抄中快速记录抄写的内容，专业抄写匠要具备较高的书写能力和良好的学问。①

中古时期的抄本因为承载材质、书写、装帧方式的多样性，异体字、俗体字的大量存在，各种单行抄本的流传情况非常复杂。写本学学者菲利奥扎指出印度传统的两种抄写方式：一种根据梵学家的口述听写，还有一种是根据原本抄写。这两种方式都有可能造成一些讹误。②敦煌写本同样存在类似的情况，S.5309《瑜伽师地论》卷三十题记："比丘恒安随听论本。大唐大中十一年岁次丁丑六月廿二日，国大德三藏法师沙门法成于沙州开元寺说毕记。"这是大中十一年（857），法成在沙州开元寺讲《瑜伽师地论》，部分弟子听讲《瑜伽师地论手记》与《瑜伽师地论分门记》的笔记本。虽然在诗歌写本中，没有发现明确提到听抄的情况，但是结合具体的抄本分析，可以发现非常多的舛误，都是来自听抄的结果，这也是写本的局限性所造成的。

唐代的职业抄写者是"写经生"。他们抄写佛经、儒家经典、官府文书。敦煌博第55号《妙法莲华经》卷六之卷尾记载经生王思谦、装潢手解善集、初校经生王思谦、再校经行寺僧归真、三校经行寺僧思道、详阅太原寺大德神符、详阅太原寺大德嘉尚、详阅太原寺主慧立、详阅太原（寺）上座道成、判官少府监掌冶署令李德、使太中大夫守工部侍郎永兴县开国公虞昶监，详细罗列了抄经的时间、抄经者、用纸数量、装潢者、初校者、再校者、三校者、四位详阅者、监制者。

敦煌诗歌写本的抄写人，多是为人代写契约、书状等法律或实用文书的职业抄写者。他们中有一些是敦煌寺学、官府中的书手，我们看到写本中出现了

①② [法]皮埃尔—西尔万·菲利奥扎著，李沽茹译，苏杰校：《传统印度的抄写匠职业》，《文汇报》2014年12月26日。

学士郎、孔目官、僧政这样的题写人；还有一类是活跃在民间文艺娱乐活动中的文艺爱好者。在相当多的写本中，笔者发现诗歌和敦煌当地的婚礼仪式、马球比赛、酒令宴饮等同卷抄写的情况。例如P.4994、S.2049、P.2544诗歌写本后不仅抄有阙题诗(时仲春)关于马球比赛的记载，还有描写唐代酒令娱乐文化的《藏钩》诗。P.2976卷中，诗歌抄在《下女夫词》《咒愿新女婿》后。P.3252、P.3608卷诗前抄有《咒愿新女婿文》《催妆》《去花》《去扇》《去幞头》《合发诗》《脱衣诗》，诗后抄有释无名《讽谏今上破鲜于叔明令狐垣等请僧尼及不许交易书》、贾耽《上皇帝表》。抄写者可能为敦煌地方政府中掌握仪礼的中下层官吏。

抄写经文是为了做功德，敦煌文献中出于宗教信仰的抄写非常多见。诗歌抄写可能更多的是为了满足个人生活、学习或娱情的需要。值得重视的是，为谋生而获取报酬的抄写出现在诗歌写本中。S.692《秦妇吟》写本有金光明寺学士郎安友盛题记："今日写书了，合有五斗麦。高代(贷)不可得，环(还)是自身灾。"这在一定程度上说明商业性的抄写行为本身也促进了诗歌的有效传播。P.3780《秦妇吟》写卷末尾，学士郎马富德称："手若(弱)笔恶，若(多)有决错。名书(师)见者，决丈(杖)五索。"净土寺学郎员义曾在写卷中留下了"写书不饮酒，恒日笔头干。且作随宜过，即与后人看"的题记。由此可见，以抄写为生的学郎是敦煌写本主要的抄写者之一。

敦煌地方中下级官吏、学郎是唐诗的重要传播者，他们获取诗歌的途径直接关系到诗歌的传播方式，其生活背景和审美取向在一定程度上决定着传播的内容。综观敦煌诗歌写本的整体情况，抄写者依据较为可靠的善本和凭借各种途径辑录、抄写诗歌的情况是同时存在的。也就是说，抄写者依据一定的底本抄写，或者对传唱、题壁、习字帖、碑刻等存在的诗歌进行专门辑录，是写本时代诗歌传播的两大主要方式。脱离了一定底本的抄写，是写本时代民间诗歌传播的特殊方式，虽然这种方式在传抄过程中无可避免地产生舛误和脱漏，但正是因为有抄写人的介入，传抄形式呈现出的生动性是刻本无法企及的。

第二章　敦煌诗歌写本中的诗选抄和唐人别集

流传到敦煌的唐人诗歌写本大致分为唐人诗抄选本和唐人诗歌别集本两大类。唐人诗歌在不同性质的卷子中表现出不同的特征。下文对这两大类写本简单分类，选取极具代表性的写卷进行个案分析。同时注意不同写卷之间存在的关系，以期对不同类型的诗歌写本有更全面准确的认识。

第一节　唐人抄写唐诗选本

一、唐人选抄唐诗写本概述

唐人编纂诗集的体例已趋于成熟[①]，唐人选集已经开始按照唱和、饯送、题咏圣境等内容结集，如唱和诗集有《珠英学士集》《集贤院壁记诗》《僧灵澈酬唱诗》《翰林歌辞》等，饯送诗集有《朝英集》，题咏圣境诗集有《九华山诗录》《道途杂题诗》等，一方人士诗集有《丹阳集》等，家集有《窦氏珠珠集》等，省试诗有

① 关于唐人对诗文总集的编排体例，可参阅胡可先、胡凌燕：《唐人编选诗文总集与唐代文学研究的学术史建构——评〈唐人编选诗文总集研究〉》，《中国图书评论》2015 年第 5 期，第 90—91 页。

《前辈题咏诗集》《中书省试咏题诗》《文场秀句》等，僧诗有《五僧诗集》《十哲僧诗》《弘秀集》等，道家诗有《洞天集》，妇女诗有《瑶池新集》等。按照时序辑纂诗选，合前代诗有《续古今诗苑英华集》《丽则集》《诗人秀句》《古今诗人秀句》《玉台后集》，选初唐诗有《正声集》《奇章集》《搜玉集》，选初盛唐诗有《国秀集》，选盛唐诗有《河岳英灵集》，选中唐诗有《南薰集》《御览诗》《中兴间气集》《极玄集》；合选有《唐诗类选》《又玄集》等。①

传世本出现的唐诗选本中，元结《箧中集》收录沈千运等 7 人诗 24 首；芮挺章《国秀集》收李峤至祖咏等 90 人诗 220 首；无名氏《搜玉小集》收崔湜至崔融等 37 人诗 61 首；褚藏言《窦氏联珠集》辑窦常、窦牟、窦群、窦庠、窦巩兄弟5人之诗各一卷，每卷均有小序；令狐楚《御览诗》辑刘方平至梁锽等 30 人诗 289 首；殷璠《河岳英灵集》辑常建等人诗 234 首；姚合《极玄集》辑王维至戴叔伦等 21 人诗 100 首；高仲武《中兴间气集》辑至德到大历年间钱起等 26 人诗 132 首，各有小传，叙其大略。顾陶《唐诗类选》录诗 1232 首；孟棨《本事诗》用唐人笔记小说的手法记载诗歌，分情感、事感、高逸、怨愤、征异、征咎、嘲戏 7 类，这是唐人结合六朝志人小说《世说新语》的体例辑录诗歌的一种方式，可以窥见唐人在诗歌编纂方式上的成熟和翻新。后蜀韦谷《才调集》选初唐至五代 180 多位诗人 1000 多首诗作，僧侣、妇女等作者均有收录。后汉王贞范《洞天集》辑道家、神仙、隐逸诗，前蜀后主王衍《烟花集》专收艳体诗 200 篇。

在敦煌文献中，大致按照唐人上述体例编纂的写本不在少数，如 P.2567、P.2552 以初盛唐诗人为主，抄录李昂等人诗 119 首；P.2624、S.3880 以题材为次，抄录咏廿四气诗 24 首；P.2973 以咏月题材为次，抄录诗 6 首；P.3052、Дx.105、Дx.10299 以敦煌僧（地域、身份）为次，抄录同题诗 4 首；P.3216 以唐女冠为次，抄录诗歌 5 首；Дx.3861、Дx.3872、Дx.3874 抄录唐代女诗人诗歌 15 首，乃《蔡省风瑶池新咏》的抄本；P.3386、P.3582、P.2633 以《孝经》为次，录杨满川《咏孝经》诗 18 首；S.2717、P.3771 以官班为次，抄录珠英学士诗歌 55 首；S.6171 抄录宫

① 胡震亨：《唐音癸签》，上海：上海古籍出版社，1981 年，第 264—256 页。

词39首,可视为敦煌抄本中类似艳情诗的集抄;P.3591以佛教歌吟为内容,以僧侣为次抄录诗歌4首。P.3866抄录《李翔涉道诗》28首;P.3676以饯别送人为抄录标准,存诗6首;P.3720、P.3886、S.4654存诗21首,抄录僧侣受牒及赠答诗歌。P.3720卷诗前有序,序文为悟真在编辑此卷文书时的生平自述和抄写内容,结合中原地区的诗集体例,可以看出来在集前作序,介绍作者身世的方式已经在敦煌抄本中有所表现。P.4617抄录诗歌12首,是释玄本歌咏五台山圣经的赞诗;P.3967抄诗7首,为周泰卿法师诗抄;S.373是关于诸山圣迹的题咏;S.2165抄录释氏箴偈铭诗歌13首;P.3738、S.555、Дx.10298、Дx.2999、Дx.3058抄写李峤杂咏诗歌17首,采用类书的编辑体例,并且在诗里作双文小注。P.3862抄录高适诗49首;P.4878、S.4444抄录张祜诗7首;P.5005、Дx.1360、Дx.2974抄录岑参诗11首;S.619按照编年体例,抄录赵嘏诗35首。这些写本的抄写体例完全受中原地区文人辑本的影响,说明敦煌地区流传着来自中原的诗集底本。

作为民间抄本,敦煌写卷体例具有自己的特点。P.3885抄录16首诗,此卷后抄有《前大斗军使将军康太和书与吐蕃赞普》《前北亭节度使盖嘉运判副使符言事》《前河西陇右两节度使盖嘉运判廿九年燕支贼下事》,三题均存目,且诗歌内容多为闺怨离妇、羁旅思乡之作,可能是出自河西幕府中的抄本。此卷和P.3619多首诗歌重出,其中有一定的渊源。P.3910、Дx.2301抄诗歌23首,有《茶酒论》一卷并序,后抄《新合千文皇帝感辞一十一首》《新合孝经皇帝感辞一十一首》。《听唱张骞一曲歌》及其后阙题诗20首,似都为敦煌当地曲子词,阙题诗中间抄有苏味道《正月十五夜》,最后抄韦庄《秦妇吟》。综观此卷的抄写内容,与敦煌当地说唱文学有密切的联系,推测为说唱艺人或对曲艺活动的一种记载。徐俊认为P.3910、Дx.2301是最具讲唱底本特征的抄本。[①]此为折页装写卷,有不规则界栏,卷前抄有"乙卯年正月十八日阴奴儿买册子"题记一行。卷末有"癸未年二月六日净土寺弥赵员住右手书　癸未年二月六日净土寺赵赵

① 徐俊:《敦煌诗集残卷辑考》,北京:中华书局,2000年,第432页。

詘”末题两行。卷首残,正书倒书交错,文字极难辨认,倒书可见有“杨满”字样,徐俊辨认为《杨满川咏孝经十八章》。敦煌讲唱写本中经常出现“前题”“后题”的写法,《茶酒论一卷》分别抄写在文章的前后两处。《新合千文皇帝感辞一十一首》和《新合千文一卷》也是分别在正文前后抄写。《新合孝经皇帝感辞一十一首》抄写开始混乱,和前面抄写格式明显不同。11 首感辞实际仅有 19 句,数量和抄写内容不一致。《听唱张骞一曲歌》题目直接接抄在《新合孝经皇帝感辞一十一首》后,没有另行抄写。“听唱”二字表明此卷是听唱后的记录,且此卷出现了非常多的抄写错误,基本上为注音相同的别字,卷中抄写的诗歌,从内容判断都属唱词类。此卷末抄写有《秦妇吟》残诗,《秦妇吟》和讲唱文学作品同卷出现,对研究其传播诗歌方式提供了新的线索。

听抄本在敦煌写本中常见。Дx.3871、P.2555 在孔璋《代李邕死表》后空出一大段空白,留白后抄有 16 首诗,标题中没有注明咏物诗,徐俊依据诗歌内容,命名为《咏物诗》。这组诗应是同时抄写的,诗题全部写在诗歌的卷顶之上,已经超出了此卷抄写正文界栏,因此题目全部残缺不全。徐俊在《敦煌诗集残卷辑考》中结合诗歌内容和题目最下端可见字样,尽可能补充题目。出现这种情况,推测可能是抄写人在抄写完 16 首诗歌之后,才把题目补在诗歌正文的最顶上,因此超出了界栏。因为全卷仅此一处出现了抄写题目超出界栏的情况。出现这样的现象,表明这组诗歌可能是抄写人听来的,并没有一个可供抄写的底本。这组诗歌中前三首均以“一生长养在山亭”“一生长养在蓬门”“一生长养在园林”起句,第四首起句为“一生执节不曾亏”,第五首起句为“一马不出五马后”,起句是同样的句式,极有可能是一段歌谣的联唱。而且这 16 首诗歌中把“临门”写成“林门”、“韩信”写成“寒信”、“洪水”写成“红水”、“须臾”写成“须揄”、“鹦鹉”写成“鹦武”、“梵声”写成“范声”、“娇声”写成“骄声”,出现的别字基本上是音误,这也是因为听抄或传唱造成的。

敦煌诗歌写卷中,许多诗抄都是靠民间的诵唱而得以保留。在写本时代,受书写条件的限制,许多文化只能依靠传唱来传播。Дx.3871、P.2555 和 S.555 中所抄咏物诗歌暗示,口头传唱与诗歌底本的传抄是唐诗在民间同时存在的两种传播形式。故《汉书·艺文志》言:“凡三百五篇遭秦而全者,以其讽诵,不独在竹帛也。”[①]

P.3619 抄录诗歌 48 首,从此卷通篇抄录次序看来,似无次序可寻,若仔细分析,仍有一些特点。《青(清)明日登张女郎神》[②]《宝剑篇》《死马赋》《白头翁》《北邙篇》《捣衣篇》依次抄写,均为杂言或七言长篇乐府旧题;接抄仍未脱尽古体风格的七言诗《登黄鹤楼》,后抄《登观雀楼》[③]《登岐州城楼》[④]《度大臾岭》[⑤]、阙题诗(城边问官使)、《扬子江夜宴》《彩云篇》《度巴硖》《秋夜泊江渚》[⑥]、阙题诗(我有方寸心)、阙题诗(水能澄不混)、阙题诗(忽闻天子访沉沦)、《贬乐城尉日作》《谒河上公庙》《敕借岐王九城宫避暑》《归故园作》《九月九日登高》《大桐军行》[⑦]《等越王台》《登灵岩寺》《谒圣容》《早行东京》《采莲篇》《吐蕃党舍人临刑》《剑歌》[⑧]、阙题诗(我有夜光宝)、《日南王》《游苑》。以上诗歌除阙题诗(忽闻天子访沉沦)、《敕借岐王九城宫避暑》两首外,其余均为五言近体。《剑歌》、阙题诗(我有夜光宝)、《日南王》三首连抄。《剑歌》与阙题诗(我有夜光宝)首句均为“我有一长剑”“我有夜光宝”,句式相同,可能是同题诗歌。而《吐蕃党舍人临刑》《剑歌》与《日南王》均押下平声“先”韵,此处推测为抄写者抄录的同韵部诗歌,或者抄写者有意把同韵部诗歌抄在一起。这种情况在本卷出现几次,阙题诗(城边问官使)、《扬子江夜宴》均押下平声“庚”韵;《彩云篇》《度巴硖》《秋夜泊江渚》。阙题诗(水能澄不混)押下平声“尤”韵;《早行东京》《采莲篇》押“庚”韵。同韵部的诗歌多连抄在一起,暗示了抄写者在抄写时注意到同韵部诗歌的归类,或抄写底本是同韵部诗联唱连抄。卷中自《破阵乐》始,接抄《燕支行营》

---

① 班固:《汉书》,北京:中华书局,1962 年,第 1708 页。

② 《青(清)明日登张女郎神》据《敦煌歌辞总编》卷三题作《失调名清明日登张女郎神庙四首》,据此推测,也可能是从乐府旧题中逐渐演变而成的民歌。

③ 传世本作《登鹳雀楼》。

④ 传世本作《登岐州城楼》。

⑤ 传世本作《度大庾岭》。

⑥ 《全唐诗》不载此诗,徐俊《敦煌诗集残卷辑考》校题中“诸”为“渚”之误。

⑦ 徐俊校题中“桐”为“同”之误。

⑧ 徐俊校题中“歌”作“謌”。

《九曲词》《塞上曲》、阙题诗(生年一半在燕支)、《塞上曲》等音乐性更强的曲辞,作者多不详无考,可能是敦煌地区流传的曲子词。

S.6234、P.5007、P.2672 抄写诗歌 31 首,全部为佚名诗歌,极可能为抄写人创作,或为敦煌当地手抄本。此写本所写诗歌,看似没有什么体例可言,细细追索所写诗歌题目和内容,乃一个沦落到敦煌当地多年底层官吏的纪行诗。

Дx.3871、P.2555 抄写诗歌 210 首,是抄写诗歌数量最多、篇幅最长的一个诗歌写本。此写本绝非一时抄写完成,笔迹也有变化,可能抄写者不是同一个人。但是从时断时续的抄写中,我们仍能发现抄写人对唐诗体例的理解和模糊认识。抄写人已经注意到了五七言的分类,在抄写中有意标示出“七言”,而且把它们分开抄写。在七言中,37 首阙题诗(丈夫屈滞不须论)等集中抄写在一起,这样的情况在其他卷子中也出现。出现此类阙题七言诗,往往是集中联章抄写,它们和敦煌曲子词有着千丝万缕的联系,是当地民谣的一种。另一方面,它们可能也是在某种表演场合的联唱。

Дx.3871、P.2555 卷中《高兴歌》《蛾眉怨》《画屏怨》《彩书怨》《珠帘怨》《别望怨》《锦犀怨》《清夜怨》《闺情怨》《闺情》《白头老翁》《思佳人率然成咏》连续抄写在一起,可视为唐代艳情闺阁诗歌在敦煌的广泛传播。综观《全唐诗》与唐代文学,可以发现晚唐五代时期,社会经历各种动荡与骚乱,金戈铁马式的战歌反而走向式微,闺阁离妇的怨歌却成为主流,说明唐人渴望回归平静温馨的家庭生活,渴慕在动荡漂泊中拥有亲情和爱情。当我们今天用批判眼光看待晚唐五代人诗歌中出现的大量艳情宫体诗,是否也忽视了晚唐五代人在社会动荡时期的整体社会心理诉求。

Дx.3871、P.2555 卷中抄有 16 首咏物诗,抄写体例对《李峤杂咏诗》有一定模仿。《冬出燉煌郡入退浑国朝发马圈之作》《至墨离海奉怀燉煌知己》《冬日书情》《登山奉怀知己》《夏日忽见飞雪之作》《夏日野望》《夏日途中即事》《青海卧疾之作》《秋夜》《青海望燉煌之作》《首秋闻雁并怀燉煌知己》等诗歌,有模糊的时间感和空间的变化,是纪行诗的表现。这是流落到敦煌的落蕃诗人诗作,在这些诗歌里,时间和空间随着诗人的行走也发生着变化。唐代的诗歌选本完全以诗人的纪行诗歌为编载体例的还不多见。但是杜甫、岑参等人已经在其诗歌创作中专门写作纪行诗。Дх.3871、P.2555卷中落蕃诗人纪行诗与杜甫、岑参的写作精神是一脉相承的，这是唐人历史书写感在诗歌上的共同体现。此卷潜在地秉承了中原汉族文化的特质，在书写中不自觉地流露出这样的民族特征。这也再次证实，即使在文化传播处于阻隔时期，民族文化在气质上的共通性仍然是长期存在的。

S.555卷分别抄《李峤杂咏》带有注文的诗歌及唐人的五七言诗、樊铸的咏物诗，所抄内容格式严谨，极少别字，抄写者极可能依据了非常可靠的定本。此卷佚诗较多，故非唐代的通行本。S.555卷未见其他内容，是专门用来抄录诗歌的写卷。其正面抄写《李峤杂咏》，背面抄写了唐人37首诗歌，其中就有樊铸《及第后读书院咏物十首上礼部李侍郎》，分别为《帘钩》《鞭鞘》《箭括》《门居》《钥匙》《药臼》《滤水罗》《井辘轳》《砖道》，抄录9首而少1首。原卷的正背面格式严整。[①]从背面抄写的情况来看，樊铸的咏物诗和前面有所区别，中间抄写有空行，而不是如前空格接抄，以区别前诗。樊铸诗完全空出一行，前诗均未题写作者官职，樊铸诗题名“前乡贡进士樊铸上”。所抄第一首诗歌《帘钩》前还有“十咏”两字。原卷每行抄写大致有34字，抄写有35行。从抄写格式看，应为个人抄写收藏，抄写内容多，字体较小。徐俊考证为“选本及抄写时代当以进入中晚唐”[②]。

李峤的咏物诗是类书性质的诗歌，侧重于描写物之形态和特点，引类触物，是为了习诗之人的学习；樊铸的咏物诗，是进士及第后给礼部侍郎的呈诗，是为了展示个人的写作才华。而Дх.3871、P.2555出现的无名氏咏物诗，完全是敦煌地区的民歌或者声诗，采用的是传统民歌的比兴手法，借助物之特性，倾

---

① 徐俊的《敦煌诗集残卷辑考》云：“原卷从抄写形式上可分为前后两部分，前一部分从卷首单行书《侍宴咏鸟》诗题、回行抄诗，其后所有诗作均空格接写，不另起行，诗之排列亦严格依照先五言、后七言的次序，卷中郑愿二诗分置前后两处，殆即因此。所据似为某通行之诗选集。后一部分即樊铸诗，此诗于前诗后不复接抄，而回行另起，内容上与前亦略有差异，或是另有所本。此卷于诗题作者著录等均极为严格，无有脱漏，非一般诗卷可比，殊可重视。”

② 徐俊：《敦煌诗集残卷辑考》，北京：中华书局，2000年，第505页。

吐个人情感。

在敦煌写本中,唐人的诗歌中混抄其他时代的诗歌非常少见,目前发现的仅有一两卷,中间抄有南朝时代的诗歌,如P.3480抄有王粲的《登楼赋》。唐人在诗歌文化中表现出来的时代观念还是非常鲜明的,说明唐人编辑诗抄时意识到当代诗歌和前代的区别。唐诗写本在传播的过程中已经有了古和今的区别。我们有理由做这样的推测,唐人的诗歌更接近唐人的生活,它们最有可能作为流行歌曲被传播到偏远的河西地区。前代的诗歌,则可能作为一种文化遗存更多地保存在书籍中。在写本时代,书籍的传播往往无法与口头传播的速度和广度相比。唐代正是近体律诗走向全面成熟的时期,即使古乐府、歌行体也在不断地超越前人,唐人对自己创造的时代文化很有信心,他们敢于呈现自己的诗而不是一味地鼓吹前人,敢于在一切文化传播的载体中留下自己的印迹,敢于把自己的文化创作和古人的文化遗产放在不同的链条上展示给后人。此外,唐代的诗歌文化审美转型经历了一个并不漫长的历史。写本中,乐府旧题诗歌悄然而退,五七言律诗成为有唐一代的主流。浑厚自然的写作风格让位于规范和精心锤炼的诗风,学术的训练和积淀逐步成为唐人的共识。而民间文学的多样性、通俗性丰富着唐人的生活,他们关注当下,将注意力更多地用在传抄时人的作品中。

陈静在《敦煌诗歌写本的传播特征及其形成原因》中提到敦煌诗歌写本的特点为:诗集名称、作者、编者信息缺失严重,无明确的编辑思想,异文现象突出。①笔者认为陈静的观点虽然比较客观地描述了敦煌诗歌写本的真实情况,但是用传统的官方话语体系来认识民间文学的存在,有失公允。万曼在《唐集叙录·韦苏州集》中说:“大抵唐人诗集率不分类,也不分体。宋人编定唐集,喜欢分类,等于明人刊行唐集,喜欢分体一样,都不是唐人文集的原来面目。”②对待唐人的写本,本书认为要用历史的态度去认识它。对诗歌分类分体的方法是宋代

① 陈静:《敦煌诗歌写本的传播特征及其形成原因》,《首都师范大学学报》2013年第3期,第113页。
② 万曼:《唐集叙录》,北京:中华书局,1980年,第87页。

之后的事，唐人原生态的写本可能就没有类别和体裁的明显区别。要挖掘敦煌诗歌写本的本质，不能以今天所见刻本的情况理解对待写本。异文情况是写本时代的普遍特点，即使在刻本时代也存在这样的现象，这是个性化的书写和依据不同传抄本无可回避的现实。敦煌写本中，抄写人完全不具有唐代诗歌文化整理者的身份，仅仅是一个普通的传抄人。从写卷的笔迹可以判断抄写者的文化修养，大致处于民间的中下等水平。很多题记中出现了学士郎的标记，初通文墨的抄写人不在少数。即使出现孔目官这类抄写者，也是敦煌地区幕府的低层文官。而元结、芮挺章、殷璠、姚合、高仲武等人多为进士出身，文化修养较高。因此，敦煌写卷的抄写者即使有意抄写诗歌，恐怕也难以在抄本中体现编纂思想，这需要提升到理论意义的高度。我们要寻绎敦煌民间抄写的体例和编纂思想，也只能在具体的写卷中寻找蛛丝马迹。而且，暗含的抄写体例即使在同一个写卷中也不是完整存在的，可以看到许多写卷抄写体例存在时断时续的现象。9—10 世纪，敦煌和中原交通处于阻隔甚至中断状态，即使中原的文学流传到敦煌，也可能是支离破碎的。诗歌作者、诗集名称、编纂者这样的信息，在流传过程中可能不完整。如果我们一味地以传世本的眼光认识敦煌写本，除了强求古人，未必能触及抄本时代的本质。①

敦煌写本的价值和意义，正如徐俊所说："虽然敦煌文学写本只是特定时间内、特定环境中的文学形态的遗存，存在着明显时间的、空间的局限。但敦煌文书所展示的丰富多样的文学面貌，作为整个唐五代宋初文学世界的一个断面和缩影，为人们更真切地理解文学从创作到传播、接受的过程，探寻文学的演进规律，提供了其他传世文献难以替代的具有标本意义的可信资料。我们不但可以看到敦煌地区当时文学创作和文学功用的实际情形和整体的文化面

---

① 对写本出现的异文现象，孙少华在《抄本时代的文本抄写、流传与文学写作观念》中提出："文本的传抄，必然带来相应的文字舛误，其中原因较为复杂。除了抄写者主观上的删削，抄写者的知识水平和判断能力及其抄写时的心理状态、所处环境、抄写方式（如是抄写者边看边抄！还是助手为抄写者诵读而抄写），或宇文所安所言'抄写和重抄时认真程度的不同'都是造成抄本文字差异的原因。从文学研究的角度看，这种差异，或者说文字改变，不能简单地用疑古的真伪、是非观念来权衡，而应看到这种文字差异主观安排后的学术心理。"（《华中师范大学学报》2015 年第 5 期，第 109 页）

貌，还可以窥见以中原文学为主流的文学传统对敦煌当地文学创作的影响。看到作家文学背后丰富的俗文学背景。概括地说，文学原生态的集中展现，是敦煌文学文献有别于其他传世文献的特殊价值所在。”①

二、吐蕃统治时期唐诗写本和藏文唐诗抄

P.t.1208、P.t.1221 是 63 种诗歌写卷中的藏文写本。这个写本正面抄 10 首唐诗。P.t.1208 卷背据王尧辨认是一份用藏文写的契约残卷，大小为 30 厘米×26 厘米，褐色纸张。P.t.1221 残破较为严重，大小为 19.5 厘米×22 厘米，王尧判断是经济文书，应是 P.t.1208 契约的一部分。②

P.t.1208、P.t.1221 正面依次抄写韩翃《观李秘书山阨院得钟字》《贺王起居不遇留赠》《送长水李少府》，岑参《奉和中书贾舍人早朝》，卢纶诗歌《酬李端野寺病居赠》《至德中次圃田赠李僩》《曲江春望三首》，残题诗仅留诗题“以见寄”，下残。岑参的《奉和中书贾舍人早朝》写于乾元元年（758）春③，韩翃、卢纶二人乃大历诗人，这是大历之后传入敦煌的写本。且此写本格式严整，书法甚工，抄写者非一般文化水平的学郎。

公元 770 年之后，正是大历才子活跃于诗坛的年代。韩翃、卢纶都是 8 世纪中期唐代诗坛的活跃人物。据《旧唐书》卷一六三载：“李虞仲，字见之，赵郡人，祖震大理丞。父端，登进士第，工诗。大历中，与韩翃、钱起、卢纶等文咏唱和，驰名都下，号‘大历十才子’。”④

大历年间，李端、韩翃、卢纶等十才子的诗歌也如“轻烟散入五侯家”，宫廷民间都能听到他们的诗名。《唐才子传》卷四载：

---

① 徐俊：《敦煌诗集残卷辑考》，北京：中华书局，2000 年，第 42 页。
② 王尧：《法藏敦煌藏文文献解题目录》，北京：民族出版社，1999 年，第 163—164 页。
③ 岑参著，刘开扬笺注：《岑参诗集编年笺注》，成都：巴蜀书社，1995 年，第 17 页。
④ 刘昫等：《旧唐书》，北京：中华书局，1975 年，第 4266 页。

> 翃字君平，南阳人。天宝十三载杨纮榜进士。侯希逸素重其才，至是表佐淄青幕府。罢，闲居十年，及李勉在宣武复辟之。德宗时制诰阙人，中书两进除目，御笔不点，再请之，批曰："与韩翃。"时有同姓名者，为江淮刺史，宰相请孰与？上复批之曰："春城无处不飞花，韩翃也。"俄以驾部郎中知制诰。终中书舍人。[①]

《新唐书》卷二三〇载："宪宗诏中书舍人张仲素访集遗文。文宗尤爱其诗，问宰相：'纶文章几何？亦有子否？'李德裕对：'纶四子：简能、简辞、弘止、简求，皆擢进士第，在台阁。'帝遣中人悉索家笥，得诗五百篇以闻。"[②]而这些诗人相互酬唱，诗抄辗转流传，因为诗人群体效应，流传得非常迅速。"初，大历中，诗人李端、钱起、韩翃辈能为五言诗；而辞情捷丽，纶作尤工。至贞元末，钱、李诸公凋落，纶尝为《怀旧诗》五十韵，叙其事曰：'吾与吉侍郎中孚、司空郎中曙、苗员外发、崔补阙峒、耿拾遗沣、李校书端，风尘追游，向三十载。数公皆负当时盛称荣耀，未几，俱沉下泉。伤悼之际，常畅博士追感前事，赋诗五十韵见寄。辄有所酬，以申悲旧，兼寄夏侯审侍御。'"[③]大历诗人活跃在文坛的时间比较长，前后超过三十年，即使前辈俱沉下泉，也有后来的人不断追感前事，他们的影响力远远超过了他们的艺术水准。

《河岳英灵集》收录岑参诗歌 7 首，《才调集》卷七收录 4 首，《众妙集》收录 6 首；《中兴间气集》收录韩翃诗歌 7 首，《极玄集》卷下收录 4 首；《极玄集》卷下收录卢纶诗歌 4 首，《才调集》收录 7 首，《众妙集》收录 6 首。《新唐书》卷六〇记载存韩翃诗集五卷、卢纶诗集十卷，是大历诗人中诗集卷较多的诗人。《崇文总目》《郡斋读书志》载韩翃诗五卷，《郡斋读书志》载卢纶诗仅有一卷。韩翃、卢纶诗收录在宋代《南薰集》中，"撰韩翃至皎然三十人诗合三百五十篇为《南

---

① 辛文房：《唐才子传》，上海：古典文学出版社，1957 年，第 57 页。
② 欧阳修、宋祁：《新唐书》，北京：中华书局，1975 年，第 5785 页。
③ 刘昫等：《旧唐书》，北京：中华书局，1975 年，第 4269 页。

薰集》,各系以赞,为三卷"[①]。唐代未见同时收录岑参、韩翃、卢纶诗集传世。三人的诗作同书收载的见于南宋赵师秀编《众妙集》,"右汴人赵师秀编沈佺、卢象、王维、孟浩然、钱起、周贺……韩翃、戴叔伦、卢纶……岑参……七十六人之作"[②]。

从卢纶《至德中次圃田赠李僩》可知,此诗写于至德年间,距离岑参作于乾元元年(758)的《奉和中书贾舍人早朝》不到三年。韩翃是大历诗人年岁最长的一位,卢纶是最年轻的大历诗人,韩翃诗名早于卢纶,据此判断这个写本主要辑录至德、乾元前后创作的诗歌,大概在唐至德之后广为流传。吐蕃大致在建中二年(781)攻占沙州,敦煌和内地中断联系。P.t.1208、P.t.1221卷诗歌在此之前就传入敦煌。结合《秦妇吟》的传播速度,唐代诗歌从中原传到敦煌的时间一般在三十年之内,而此卷恰恰符合这个传播速度。

P.t.1208、P.t.1221中岑参《奉和中书贾舍人早朝》被夹抄在韩翃和卢纶诗之间。岑参仅此一首诗,而韩、卢有多首诗。岑参、卢纶诗题下有署名,韩翃诗因卷首残,可能前面还有韩诗,故不见韩翃署名。此卷虽为残卷,但是书写水平极高,没有任何涂抹,抄写格式谨严,题目均接抄前诗,空行抄写,题下抄写作者姓名。韩翃《观李秘书山陀院得钟字》《贺王起居不遇留赠》《送长水李少府》、岑参《奉和中书贾舍人早朝》、卢纶《酬李端野寺病居赠》《至德中次圃田赠李僩》《曲江春望三首》全部为七言诗。《观李秘书山陀院得钟字》中的"得钟字"在题下右侧以小字抄写,写于卷子的正面。此诗《文苑英华》《全唐诗》题作《题玉真观李秘书院》,敦煌写本中的诗题要比传世本更谨严细致,是唐代流传的早期抄本。从内容看,其多为韩翃在长安与同僚朋友的酬奉之作。"行行独出故关迟,却望千峰无尽期。久客巴人应暂笑,闻君蜀道又堪悲。"(《送长水李少府》)卢纶的《曲江春望三首》描写长安曲江春色。"唐时风习豪奢,如上元山棚,诞节舞马,赐酺纵观,万众同乐,更民间爱重节序,好修故事,彩缕达于王公,粔籹不

① 辛文房:《唐才子传》,上海:古典文学出版社,1957年,第70页。
② 晁公武撰,孙猛校:《郡斋读书志校正》,上海:上海古籍出版社,1990年,第1237页。

废俚贱，文人纪赏年华，概入歌咏。又其待臣下法禁颇宽，恩礼从厚。凡曹司休假，例得寻胜地燕乐，谓之旬假，每月有之。遇逢诸节，尤以晦日、上巳、重阳为重。后改晦日，立二月朔为中和节，并称三大节。所游地推曲江最胜。本秦之隑洲，开元中疏凿，开成、太和间更加淘治。南有紫云楼、芙蓉苑，西有杏园、慈恩寺。环池烟水明媚，中有彩舟；夹岸柳阴四合，入夏则红蕖弥望。凡此三节，百官游宴，多是长安、万年两县有司供设，或径赐金钱给费，选妓携觞，幄幕云合，绮罗杂沓，车马骈阗，飘香堕翠，盈满于路。朝士词人有赋，翌日即流传京师。当时唱酬之多，诗篇之盛，此亦其一助也。"[①]这些诗歌集中表现了唐代长安官僚们的社交生活，曲江是唐代长安诗歌文化的滋生地，也是传播地。

《唐才子传》卷四载："翃工诗，兴致繁富，如芙蓉出水，一篇一咏，朝士珍之。比讽深于文房，筋节成于茂政。当时盛称焉。有诗集五卷行于世。"[②]而卢纶的诗文深受宪宗喜爱，"帝遣中人，悉索家笥得诗五百篇以闻"，可见韩翃、卢纶的诗歌在唐代的声誉非常高，帝王将相都是他们的读者。这样的诗歌传播速度很快。受到上层贵族追捧，其民间抄本也不在少数，岑参有别集本传世，韩翃、卢纶诗在宋代也流传不少，唐代的存卷可能更多。P.t.1208、P.t.1221 中出现的韩翃、岑参、卢纶诗，诗歌题材集中，多为朝士的奉酬之作，体裁一致，全部为七言诗。抄写格式严整，无涂抹，判断是抄自长安地区的诗歌选本，这个抄本流传于具有较高文学修养的官僚阶层，在吐蕃占领之前传入敦煌。这个精美的写本在吐蕃统治敦煌之后，因纸张缺少，卷背上抄写吐蕃文经济契约，抄本的价值在当时并没有受到应有的重视。岑参多首诗歌流传到敦煌，《奉和中书贾舍人早朝》的写作时间和其他岑参诗写本较远，不属于同一个流传体系。韩翃、卢纶诗也仅见于此卷，未见抄有韩、卢诗的其他敦煌写本，这个写本可能是个人收藏本。

藏文写卷中有用藏文转写唐诗的情况。P.t.1230 写卷中抄写藏文的唐诗《寒

---

① 胡震亨：《唐音癸签》，上海：上海古籍出版社，1981 年，第 284—285 页。
② 辛文房：《唐才子传》，上海：古典文学出版社，1957 年，第 57 页。

食篇》,最早被日本汉语学家高田时雄发现。[1]P.t.1230写纸非常大,尺寸为27厘米×75厘米,这个写卷看上去像随意涂写的或者是习字帖,写卷正反两面都发现用藏文转译的汉文,高田时雄认为一面似乎是五言韵文,一面是七言韵文。高田时雄经研究发现这是出现在P.3608《寒食篇》中的前12句,并判断这件抄本是公元787年—848年吐蕃统治时期的写本。写本出现了张国奴的名字,藤枝晃在S.2228卷的夫丁修城记录中也发现了张国奴的名字,此人于公元807年—819年在沙州服劳役。高田时雄判断此卷的书写人就是张国奴。最值得重视的是,高田时雄通过藏文对音的分析,认为这个写本并非出自藏族人之手,而恰恰是汉人所作。继而高田时雄通过对汉藏对音《千字文》的解释进一步提出,汉藏对音一直被认为是藏人用来学习汉语的,事实上可能是吐蕃统治时期懂得藏文的汉人,将藏文作为方便的注音符号加以利用。

高田时雄对汉藏对音的细致研究,帮助我们认识到那些以藏文书写唐诗的写本,极可能是懂得汉藏双语的汉人抄写的,也是这些人最早把唐诗翻译成藏语,传播到更远的非汉族文化区。这些掌握汉藏双语的汉人,是在民族融合区域长期服徭役或生活的人,他们为了学习藏语,将汉语的诗歌用藏语的对音系统转译。这样的行为无形中将汉语的诗歌文化传入藏语文化。虽然还没有更多的证据证明敦煌地区的汉语诗歌有向其他语言文化渗透传播的直接证据,但敦煌藏文文献中汉藏对音诗歌的出现,让我们看到了非汉字书写的唐诗。有理由相信,伴随着唐人西行的足迹,唐诗会被传播到更远的地方。

① [日]高田时雄著,钟翀等译:《敦煌·民族·语言》,北京:中华书局,2005年,第47—60页。

第二节 敦煌写本所见唐诗别集

一、唐人诗歌别集流传和敦煌写本所见唐人别集

在写本时代，受客观条件的限制，除了部分诗文集有定本外，流传更多更广的是规模相对短小的传抄本。这些传抄本因为篇幅小，便于携带收藏，更便于传抄，故而在民间大量传播。辗转抄写甚至口耳相传，是写本时代文学作品的主要传播方式。一般读者也总是以部分作品甚至单篇为单位来了解作家的创作，而不可能像刻本时代的读者那样，可以通过“别集”“全集”的形式去了解作家作品。

大中年间担任太子校书郎的顾陶，历时三十年编成《唐诗类选》二十卷，收录唐诗 1232 首，为唐人选唐诗中规模最大者。他在《唐诗类选后序》中提到当时唐人诗集的流传情况：

以删定之初，如相国令狐楚、李凉公逢吉、李淮海绅、刘宾客禹锡、杨茂卿、卢仝、沈亚之、刘猛、李涉、李廓、陆畅、章孝标、陈罕等十数公，诗犹在世，及稍沦谢，即文集未行，纵有一篇一咏得于人者，亦未称所录。僻远孤儒，有志难就，粗随所见，不可殚论，终愧力不及心，庶非耳目之过也。近则杜舍人牧、许鄂州浑，洎张祜、赵嘏、顾非熊数公，并有诗句，播在人口，身没才二三年，亦正集未得绝笔之文。若有所得，别为卷轴，附于二十卷之外。冀无见恨。若须待见全本，则撰集必无成功，若但泛取传闻，则篇章不得其美。已上并无采摭，盖《前序》所谓终恨见之不遍者矣。[①]

① 李昉：《文苑英华》，北京：中华书局，1966 年，第 3687 页。

顾陶和北宋周必大都曾指出唐“诸名士文集,世尤罕见”的史实。明代的胡震亨根据《旧唐书·经籍志》《新唐书·艺文志》《宋史·艺文志》、郑樵《通志·艺文略》、尤袤《遂初堂书目》、马端临《文献通考·经籍考》等著作钩稽出唐五代别集691家8292卷。[①]胡氏作为图书收藏家和目录学家提出:“其中诸集,有单行诗者,有不分诗文概称集者,亡佚浸远,难可悉稽。约略此八千卷,文笔定四占其三,诗大抵二千卷止矣。”[②]作为图书收藏家所见到的绝大多数都是“难可悉稽”的残缺本。敦煌的传抄者更是难以获得系统性的辑本。徐俊根据敦煌写本的情况,提出“‘正集’以外‘亦无定卷’的临时性诗歌选集在写本时代的实际流通中所占的主体位置,而这才是敦煌诗歌写本产生和流传的背景”[③]。这一论断是符合敦煌诗歌写本真实流传的情况。从P.2942+Дx.3865卷可以看出,这是以抄写元白诗为主的写本,这个抄本同时抄录抄写者可能见到的其他诗文。因此,我们只能以诗文杂抄的性质认识它。P.2748诗词同卷抄写,抄写内容更为驳杂。诗、赋、五更转民间歌谣和世俗生活中的仪式唱词同卷出现,这样的情况是普遍存在的。在如此杂乱无规则的写本中,仍然有以抄写女冠诗人为主的P.3216写本,P.3862卷抄有高适诗49首,如此数量且抄写一人诗歌的敦煌写本极少见,若没有依据一定单行本极难做到。P.4878抄张祜诗4首,此卷为册页装,抄写格式非常严整,题目另行抄写,没有作者的题署。但是在卷背写有“张祜诗”的字迹,说明这是张祜诗集的一个单行抄本。S.4444卷也抄张祜诗,其和《大乘密严经严会品第一》、设司转帖和僧尼录等一起杂抄在卷背。此卷中的张祜诗题抄于前诗后,没有空出一定距离,笔法粗糙,所见《赠秀峰上人》诗仅抄题目。这首诗同样出现在P.4878页卷首。张祜诗集这两个写本的出现表明敦煌曾流传着张祜诗集的抄本,P.4878更接近原抄本,或者可能就是底抄本。S.4444是抄自张祜诗集本的传抄本,它和P.4878卷因没有同抄诗而无法比对,但可以看出,格式严整的抄本和松散的传抄本在敦煌写本中是同时存在的。

---

① 胡震亨:《唐音癸签》,上海:上海古籍出版社,1981年,第314页。
② 胡震亨:《唐音癸签》,上海:上海古籍出版社,1981年,第315页。
③ 徐俊:《敦煌诗集残卷辑考》,北京:中华书局,2000年,第14页。

这样的证据不是孤立的,下文以岑参诗抄本为例进行深入分析,可以明显看出这种情况。

二、岑参诗集写本在敦煌的回传

唐代诗人岑参曾两次到西域,他的诗歌对所经过的旅程有详细的记录,是研究唐代西域地理重要的诗歌文献。严耕望评价:“唐人行旅所经之能详考者,莫过于玄奘与岑参。”[①]同时代的杜确在《岑嘉州诗集序》中说岑诗“每一篇绝笔,则人人传写,虽闾里士庶,戎夷蛮貊,莫不讽诵吟习焉”[②]。岑参诗歌在唐代的传播并不逊色于流传到鸡林海外的元白诗。敦煌文献中的岑参诗在某种程度上代表了中原文学西传的一些特点。除了 20 世纪早期赖义辉的《岑参年谱》、闻一多的《岑嘉州系年考证》、李嘉言的《岑诗系年》等考证岑参生平外,陈铁民、侯忠义校注的《岑参集校注》可谓集大成者。陈铁民、侯忠义、孙映逵、柴剑虹、刘开扬等人对岑参边塞诗歌的系年问题都有详尽的考证,尤其是柴剑虹,他借助敦煌文献,通过对岑参诗歌中的地名考释探讨唐代中西交往的具体问题。[③]张锡厚在《全敦煌诗》中对敦煌文献中出现的岑参诗歌抄本有较为详细的梳理统计。徐俊的《敦煌诗集残卷辑考》曾对敦煌诗歌的具体卷号进行辑考。因为这两位学者都对敦煌诗歌文献做大规模的收集整理和辑录考订工作,还未将敦煌文献中作为个案的岑参诗放在一起做横向和纵向的深入比较。在写本学的基础上,笔者对敦煌文献中所有抄本的岑参诗进行梳理,以敦煌写本中的岑参诗为突破点,力图发现在吐蕃统治时期中原文化对敦煌的渗透,以及吐蕃对汉文化的接纳。

岑参诗歌在《河岳英灵集》中有 7 首,但是其在河西幕府的诗歌没有收录一首。而《才调集》卷七 4 首,3 首都是河西之作。P.5005、Дx.1360、Дx.2974 写卷

---

① 严耕望:《唐代交通图考》,上海:上海古籍出版社,2007 年,第 426 页。
② 岑参著,陈铁民、侯忠义校注:《岑参集校注》,上海:上海古籍出版社,1981 年,第 509 页。
③ 柴剑虹:《岑参边塞诗和唐代的中西交往》,《西北大学学报》1984 年第 1 期,第 53—60 页。

中,P.5005 抄写的诗歌全部为岑参在中原时期所作，而 Дx.1360、Дx.2974 则全部为河西之作。

据张锡厚统计,敦煌写本中岑参存诗有 6 个写本[①]:①P.5005。②Дx.1360+Дx.2974[②]。③P.2555 正面岑参诗 2 首,背面 1 首。另外一首《冀国夫人歌词七首》疑为岑参作。④P.t.1208 藏文写本抄写《奉和中书贾舍人早朝》,署名岑参。敦煌写卷存诗。⑤Дx.3865 抄录《招北客词》。岑参诗在敦煌写卷中有其特殊性:首先,岑诗在敦煌写本中有一部分抄写于藏文写本(P.t.1208 卷背后为藏文写本)。其次,在一个写卷中的正面和背面分别抄写有岑参诗。再次,在以白居易新乐府诗为主的写本中,存有岑参《招北客词》文残句。

按照张锡厚在《全敦煌诗》中的统计，岑参诗歌在敦煌文献中至少有 15 首,如果把存疑的《冀国夫人歌词七首》包括在内,应该是 22 首。P.2555《寄宇文判官》诗后有一首阙题诗,未标明作者,因为这首诗在传世诗集中均未记载,故徐俊、张锡厚等人均未对此诗的作者进行考证。从抄写格式上看,P.2555 有一些特点。下面对 P.2555 做个别节录[③],从这些节录中可以发现一些蛛丝马迹。

P.2555 岑参诗《寄宇文判官》部分:

26.凡后。　　如行殊未已,东望何时还。终朝风与雪,连天沙复
27.山。二秋领公事,西渡到阳关。相忆不可见,别来头已斑。
28.无事却辞家,等闲到流沙。马口聚冰味,剑头生雪花。
29.少年事不晓,塞漠徒经过。　　七言莫道封侯在武□

P.2555 卷抄录的诗歌较多,很多都没有题署作者和题目。岑参《寄宇文判官》前还抄有几首诗。前 2 行为《落花篇》,第 3 行在“一般开”后空出 3 格抄写

① 张锡厚:《全敦煌诗》,北京:作家出版社,2006 年,第 2190 页。
② 徐俊、张锡厚认为 P.5005、Дx.1360+Дx.2974 系同一个人抄写的同卷诗歌,前后缀接,其中 P.5005 存诗 8 首,Дx.1360+Дx.2974 存诗 2 首。
③ 本文释录的敦煌写本均依照(国际敦煌项目简称 IDP)彩色图版。

题目《王昭君》,后空 2 格抄写作者安雅,后空出 3 格抄写诗歌内容,直到第 18 行抄录完整首诗。接着空 3 格接抄《何上见老翁代北》,空 2 格后抄写“之作”。在《全唐诗》《唐诗纪事》中,此诗题目为《代北州老翁答》。徐俊把这两个字合在题目中,认为题目是《何上见老翁代北之作》[①],并考证此诗作者为张谓。但抄写者为什么要在题目中间空出 2 格呢?此卷中题目出现“之作”共有 15 处,其中正面 10 处,背面 5 处。仅此一处如此抄写,此处出现的“之作”题目,也是现存写卷中的第一次。故笔者认为此处可能是抄写人的舛误。题目中误将“河”抄写成“何”,说明抄写者本身的文化素养不是太高,误将“之作”当成是作者。当他再次抄写到含有“之作”的题目时,已经意识到了自己的错误,因此在后文中得以避免。这个细节可以判断抄写者不是临摹底抄本抄写,而是抄写者根据记忆抄写下来的。这首诗中还出现五处明显的错误:“长成”误写“长城”、“邻里”误写成“邻吕”、“伶俜”误写“聘零”、“辛苦”误写成“新苦”,也暗示抄写底本可能来自口头传唱而非纸本,即使最初的底本是纸本,也是经传唱后再度被抄写下来,绝非临摹抄写,所以才出现了这些错误。

抄写者不可能完全记住所有诗歌的作者和题目,造成抄写中部分诗歌信息不全。岑参的《寄宇文判官》《逢入京使》两首诗作者、题目均未抄写。抄写同一作者或者同一组诗歌时,抄写者有意用空格把它们区别开,说明抄写者对诗歌的体裁、内容、作者有大致的分类。《寄宇文判官》和《逢入京使》分别是五言和七言诗歌,所以没有抄在一起。《寄宇文判官》虽没有抄写题目和作者,但抄写者仍用大约 5 个空格把它和前面的诗分开。其后紧接着抄写“无事却辞家”,这两首诗之间没有明显的界限,集中抄写在一起,二诗之间可能有联系。岑参的《临洮客舍留别祁四》“无事向边外”与此阙题诗起句接近。而这首阙题诗空出 3 格后写“七言”二字,明显从文体上与前诗区别开。参阅陈铁民、侯忠义《岑参诗校注》卷二《临洮客舍留别祁四》:

---

① 徐俊:《敦煌诗集残卷辑考》,北京:中华书局,2000 年,第 694 页。

无事向边外，至今仍不归。三年绝乡信，六月未春衣。客舍临洮聒，孤城胡雁飞。心知别君后，开口笑应稀。

与P.2555阙题诗较为接近：

无事却辞家，等闲到流沙。马口聚冰味（沫），剑头生雪花。少年事不晓，塞漠徒经过。

通过以上分析，笔者以为这首阙题诗很可能也是岑参所著，即使非岑参所作，也是受岑诗启发的模拟之作。抄写者在听抄的过程中对题目、作者没有详细记载，但其抄写格式表明诗歌之间某种关系。

《伯希和劫经录》言P.2555系“吐蕃侵略敦煌时代文件，及陷藩者之诗”①。P.2555写卷中确有岑参的三首诗歌，如果加上存疑的《冀国夫人歌词七首》和阙题诗“无事却辞家”，P.2555抄写岑诗11首，排除当地陷藩者之诗，此卷中抄录的岑参诗歌数量较其他诗人的诗歌多，在全卷中占据重要地位，说明岑参诗歌在敦煌地区的流传范围之广。P.2555写卷表明岑诗在唐人诗歌选本中的情况，而P.5005所抄诗歌全部为岑参诗，是流传在民间的岑参诗集单行本，此卷代表了岑诗西传更特殊的意义，下文对此卷做重点释录。

P.5005原卷首残，失题，存诗24行，每行大致23字。此卷从IDP图版上判断，似为卷轴装。第10行后有明显折痕，此卷右下角残缺，中间右上角残缺。依次抄录岑参《冀州客舍酒酣贻王绮寄题南楼》《送薛弁归何东举》《登总持阁》《送杜佐落弟归陆浑别业》《题永乐韦少府厅壁》，没有署名作者，全卷均为岑参诗。题目单独一行抄写。

《冀州客舍酒酣贻王绮寄题南楼》（阙题，据《岑参集校注》补）：

① 徐俊：《敦煌诗集残卷辑考》，北京：中华书局，2000年，第686页。

1. 赫奕□□□□□□□□□□□□□□□□□□□□□□□

2. 相看复乘兴，携手□□□□□□□□□□□□□□□

3. 不见山，白日落草头。客舍□□□□□□□□□□□□

4. 熟。有女能[①]箜篌，醉后或□□□□□□□□□□□□

5. 地难淹留，吾庐终南下，堪与王孙游，何当肯□□□□□□□

6. 送薛弁归何东举[②]

7. 薛侯[③]故乡处，五老峰西头。归路秦树灭，到乡何水流。看君□

8. 首去，满耳蝉声愁。献赋今未售，读书几岁秋。应过伯□

9. 庙，为上关城楼。楼上能相忆，西南指雍州。

10. 登总持阁高阁逼诸天，登临近日边。▭

11. ▭看五陵烟，槛外低秦岭，窗中小渭川。早知清净理，常

12. ▭送杜佐落弟归陆浑别业

13. ▭花未开，出关见青草，春色山东来。夫子且归去，

14. ▭秋赋，莫即隐蓬莱。

15. ▭厅

16. ▭昏昏，白鸟入公府，青山当县门。故人是仙尉。

17. ▭间，思君一笑言。

18. 送裴校□□□□越淄州觐省向青

19. □书东出守，爱子□□州，一路通关树，孤城近海楼。怀中江橘

20. □，倚处戟门秋。更奉轻轩去，知[④]无客愁。

---

① 《岑参集校注》中为"弹"。

② 《岑参集校注》为《送薛弁归河东》。"何"为"河"之误。"归河东"与"归河东举"之别。《四部丛刊》影印七卷本《岑嘉州诗》为"升"，宋本、吴校、《全唐诗》作"弁"。《新唐书》卷七三下《宰相世系表》："弁，江州刺史。"郁贤皓《唐刺史考》卷一五八推测大历八年（773年）、九年（774年）薛弁为江州刺史。

③ 《四部丛刊》影印七卷本《岑嘉州诗》为"丈"，《岑嘉州诗集》八卷明抄本；《岑嘉州集》八卷明刊本，吴慈培校并补目，周叔弢校跋；《全唐诗》均作"侯"。

④ 此处脱一个字。

21. ○送杨千牛[①]趁岁赴汝南觐省便成妇[②]

22. 问去转征鞍，安仁道姓潘。归期明主赐，别酒故人欢。珠泊障

23. 炉暖，狐裘耐腊寒。汝南遥倚望，早去去[③]及春盘。

24. Δ送胡象落弟归王屋别业

25. □□□□□□□□□□□□□□□□□□赋，山村归□□□□迎

26 以下残缺

Дx.1360+Дx.2974：

1. ［ ］所无今日［ ］

2. ［ ］踟蹰野草绣窠紫罗襦红［ ］

3. ［ ］作卢，众中夸道不曾输攧［ ］

4. ［ ］骑将猎向城南隅，臈日射煞［ ］

5. ［ ］醉酒剩沽，醉争酒盏相［ ］

6. ［ ］敦煌马太守后亭歌

7. ［ ］前，耆老鬓皓然。愿留［ ］

8. ［ ］碛里人种田，讼堂无事［ ］

9. ［ ］酒张锦筵，美人红庄色正鲜［ ］

10. ［ ］前，不［ ］

11. ［ ］也已偏。思归实［ ］

12. ［ ］

13. ［ ］是空相忆，不见［ ］

① “牛”下宋本、明抄本、吴校、《全唐诗》并注“一作秋”，《岑参集校注》考证“千牛”为唐代官名，左右千牛卫各置千牛备身十二人，掌管宿卫侍从。

② 其他版本南后有“郡”字，最后一个妇，《全唐诗》作“婚”，《四部丛刊》影印七卷本《岑嘉州诗》为作“亲”。

③ 此处衍一个“去”。

《新唐书》《旧唐书》中不见岑参的记载，据杜确《岑嘉州诗集序》载："早岁孤贫，能自砥砺，遍览史籍，尤工缀文。属辞尚清，用意尚切，其有所得，多入佳境，迥拔孤秀，出于常情。每一篇绝笔，则人人传写，虽闾里士庶，戎夷蛮貊，莫不讽诵吟习焉。时议拟公于吴均、何逊，亦可为精当矣。"①岑参生于学术世家，其"嗣子佐公，复纂前绪，亦以文采，登名翰场。收公遗文，贮之筐箧。以确接通家馀烈，忝同声后辈，命编次，因令缮录，区分类聚，勒成八卷"②。岑参子佐公编纂了八卷岑诗集，个人诗集对诗歌的传播起着推波助澜的作用，例如元白诗集对其诗歌在唐代的广泛流传具有极其重要的影响。唐代诗人戎昱《赠岑郎中》云："童年未解读书时，诵得郎中数首诗。"③可见在唐代，岑参诗歌家喻户晓，是进入童蒙课本的。辛文房《唐才子传》："参累佐戎幕，往来鞍马烽尘间十余载，极征行离别之情，城障塞堡，无不经行。博览史籍，尤工缀文，属辞清尚，用心良苦。诗调尤高，唐兴罕见此作。放情山水，故常怀逸念，奇造幽致，所得往往超拔孤秀，度越常情。与高适风骨颇同，读之令人慷慨怀感。每篇绝笔，人辄传咏。"④P.5005、Дx.1360、Дx.2974 抄录诗歌（以下 8 首为 P.5005 卷）《冀州客舍酒酣贻王绮寄题南楼》，据考证为开元二十七年(739)春，岑参自长安往游河朔抵冀州时作；《送薛弁归何东举》《登总持阁》纪年无考；《送杜佐落弟归陆浑别业》时间不明，疑作于"安史之乱"前居长安时期；《题永乐韦少府厅》作于岑参20 岁至 30 岁"出入二郡"往返于京洛间；《送裴校书从大夫越淄州觐省向青》天宝四载(745)五月作于长安；《送杨千牛趁岁赴汝南郡觐省便成婚》纪年不明；《送胡象落第归王屋别业》作于开元二十五年(737)；Дx.1360、Дx.2974 卷之《玉门关盖将军歌》作于天宝十四载(755)、《敦煌马太守后庭歌》作于赴安西或自安西还京途经敦煌时、《苜蓿峰寄家人》作于天宝十四载(755)到十五载(756)。⑤这些诗歌涵盖了岑参早期的诗歌和其赴西域行至敦煌地区。许顗《彦周诗话》："岑

---

①② 陈铁民、侯忠义校注：《岑参集校注》，上海：上海古籍出版社，1981 年，第 509 页。
③ 彭定求等编撰，中华书局编辑部点校：《全唐诗》(增订本)，北京：中华书局，1999 年，第 3000 页。
④ 傅璇琮主编：《唐才子传校笺》，北京：中华书局，1987 年，第 443 页。
⑤ 以上岑诗纪年均参阅《岑参集校注》。

参诗亦自成一家，盖尝从封常清军，其记西域异事甚多，如《优钵罗花歌》《热海行》，古今传记所不载者也。”岑参诗歌涉及敦煌等河西地区的纪实性诗歌，当时创作于行经的关陇碛西之道。Дx.1360、Дx.2974 卷中抄录的《玉门关盖将军歌》《敦煌马太守后庭歌》《苜蓿峰寄家人》，这些诗歌和岑参早期诗歌被抄在同一个写卷中，说明 P.5005、Дx.1360、Дx.2974 的底本是来自中原经过精心编纂的岑参诗集。杜确提到岑参嗣子佐公，“收公遗文，贮之箧笥。以确接通家馀烈，忝同声后辈，命编次，因令缮录，区分类聚，勒成八卷”，推测《岑嘉州诗集》成书应在贞元十五年(799)以后。此时，敦煌处于吐蕃统治时期，中原与敦煌交通受阻，文化交流亦不畅，岑参诗集从中原西传到敦煌，说明虽然此时中原文化在敦煌的传播受到一定影响，数量有所减少，但中原和敦煌的文化交流并没有中断。颜廷亮认为 P.2492 也是吐蕃统治时期写本。和 P.2492 对接的 Дx.3867 中抄有岑参文《招北客词》。杜确说岑文：“时西川节度，因乱受职，本非朝旨，其部统之内，文武衣冠，附会阿谀，以求自结，皆曰：中原多故，剑外少康，可以庇躬，无暇向阙。公乃著《招蜀客归》一篇，申明逆顺之理，抑挫佞邪之计。有识者感叹，奸谋者惭沮，播德泽于梁、益，畅皇风于邛、僰。”[①]杜确分析岑文写作初衷，在吐蕃统治时期出现，除了偶合，也可能暗含抄写者的别有用心。吐蕃统治时期，中原和敦煌文化交流有所中断，传统观念受到挑战，但民间文化传播始终存在且从未停止。

P.t.1208、P.t.1221 藏文写本的正面抄有 10 首诗歌，中间抄写岑参《奉和中书贾舍人早朝》，前后分别抄写韩翃、卢纶诗歌。徐俊考证：“原卷题署完具，行款严整，书法俊秀，为敦煌试卷中的上品。背面用以书写吐蕃文，或在敦煌陷蕃之后。诗抄传入敦煌，应在河西陷蕃之前，上距卢纶《至德中次圃田赠李僩》的创作年代不足三十年。”[②]此说如果不误，岑参诗歌在吐蕃统治敦煌时期在民间仍然被传抄，是供当地人学习诗歌的典范之作。

---

① 陈铁民、侯忠义校注：《岑参集校注》，上海：上海古籍出版社，1981 年，第 464 页。

② 徐俊：《敦煌诗集残卷辑考》，北京：中华书局，2000 年，第 484 页。

综上所述,抄写岑参诗歌的几个敦煌写本均出现于吐蕃统治敦煌前后。岑参两度出使西域,行经此地,并写下了大量边塞诗歌。①但其诗歌写本的广泛流传是在吐蕃统治敦煌时期。受贞元十五年(799)出现的八卷本《岑嘉州诗集》影响,岑参诗从中原西传到敦煌。有完整的诗集、关注西部边塞的风土人情是岑参诗歌在敦煌一度流传的主要原因。多个岑参诗歌写本的出现表明吐蕃占领敦煌后,民间对中原文化的传播从未中断,即使受到限制,民间仍在传抄中原早期传入的诗集,这也显示出中原文化在敦煌旺盛的生命力。

第三节 敦煌诗歌写本之间的联系

在对写卷个案的分析中,笔者发现仅立足于具体写卷的个案分析,往往很难找到书写符号背后隐藏的价值和线索。不同写卷的存在,又为解读写卷中隐藏的信息提供了非常有价值的帮助。因此,本文从个案和写卷的彼此联系两方面入手,寻找相关线索。本文在研究敦煌写卷传播路径的时候,分别从唐代诗歌抄本传播的种种可能性中挖掘线索和证据。在以写本为主要的书写方式和阅读传播时代,文化的传播虽然受到了某些限制,但是这种限制并没有阻挡人类文明的传播。不同写本的辗转抄写是诗歌传播最普遍的流传方式。

P.2673 卷抄诗 5 首,分别为:河南县尉卢竧撰《龙门赋》《王昭君》《北邙篇》《初度岭过韶州灵鹫广果寺院相接故同诗一首》《江上羁情》。徐俊查验 P.2673 卷抄写者与 P.3619、P.3885 卷抄写者的书法一致,为同一个人抄写。笔者核对图版,三卷书法、行款完全一致,确实为同一人抄写。P.3619 抄写 48 首诗:1. 苏

① 依照陈铁民、侯忠义校注的《岑参集校注》编年,岑参自天宝八载(749)冬讫至德二年(757)春,岑参赴西域,其间所写诗歌赠人念亲者最多。其中《初过陇山途中呈宇文判官》《过燕支寄杜位》《逢使入京》《敦煌太守后庭歌》《岁暮碛外寄元㧑》《寄宇文判官》《忆长安曲二章寄庞漼》《赠酒泉韩太守》《戏问花门酒家翁》《武威春暮闻宇文判官西使还已到晋昌》《武威送刘单判官赴安西行营便呈高开府》《武威送刘判官赴碛西行军》《送李副使赴碛西官军》《送书侍御先归京》《临洮客舍留别祁四》《赴北庭度陇思家》《发临洮将赴北庭留别》《临洮泛舟赵仙舟自北庭罢使还京》《凉州馆中与诸判官夜集》《碛西头送李判官入京》。

卨《清明日登张女郎》;2. 郭元振《宝剑篇》;3. 刘希夷《死马篇》;4. 刘希夷《白头翁》;5. 刘希夷《北邙篇》;6. 刘希夷《捣衣篇》;7. 崔颢《登黄鹤楼》;8. 畅诸《登鹳雀楼》;9. 皇甫斌《登岐州城楼》;10. 宋之问《度大庾岭》;11. 阙题(城边问官使);12. 蔡希寂《扬子江夜宴》;13. 李邕《彩云篇》;14. 崔颢《度巴峡》;15.《秋夜泊江渚》;16. 阙题(我有方寸心);17. 阙题(水能澄不浑);18. 李邕《忽闻天子访沉沦》;19. 张子容《贬乐城尉日作》;20. 祖咏《谒河上公庙》;21. 王维《敕借岐王九成宫避暑》;22. 孟浩然《归故园作》;23. 高适《九月九登高》;24.《大同军行》;25. 宋之问《登越王台》;26. 沙门日进《等灵岩寺》;27. 浑维明《谒圣容》;28. 郭良《早行东京》;29. 张镜微《采莲篇》;30.《吐蕃党舍人临刑》;31.《剑歌》;32. 阙题诗(我有夜光宝);33.《日南王》;34. 苏卨《游苑》;35. 哥舒翰《破阵乐》;36、37. 崔希逸《燕支行营》(2 首);38. 高适《九曲词》;39. 周朴《塞上曲》;40. 萧沼阙题(生年一半在燕支);41. 王烈《塞上曲》;42. 李斌《夜渡颍水》;43. 高适《饯故人》;44. 桓颙《客思》;45. 孟浩然《闺情》;46. 史昂《述怀》;47.《叹苏武北海》;48.《野外遥占浑将军》。

P.3885 卷抄写诗歌 16 首:1. 高适《送故人》;2. 李邕阙题诗(忽闻天子访沉沦);3. 阙题(明时奉遣出皇州);4.《苏武北海述怀》;5. 宋家娘子《秦筝怨》;6. 桓颙《客思》;7.《途中遇风》;8. 阙题(宝镜孤悬月);9. 刘希夷《晚憩南阳旅馆》;10. 孟浩然《春中喜王九相寻》;11. 史昂《述怀》;12. 孟浩然《闺情》;13.《野外遥占将军》;14. 郭元振《宝剑篇》;15. 苏卨《清明日登张女郎》,后抄有《前大斗军使将军康太和书与吐蕃赞普》《前北庭节度使盖嘉运判副使符言事》《前河西陇右两节度使盖嘉运判廿九年燕支贼下事》;16. 卢竧《龙门赋》。

P.3885 卷有 8 首诗赋和 P.3619 重出:1. 高适《送故人》;2.《苏武北海述怀》;3. 桓颙《客思》[①];4. 史昂《述怀》;5. 孟浩然《闺情》;6.《野外遥占将军》;7. 郭元振《宝剑篇》;8. 苏卨《清明日登张女郎》。P.3885 重出的诗歌集中于 P.3619,第 43 首后连续出现 6 首,然后接抄 P.3619 第 1、2 首诗,且两卷略有差异。

---

① 此处 P.3619 题作《客思》,下空数格抄有"秋夜桓颙"四个字,从内容判断,两个题目均可。

表 2.1 P.3885 和 P.3619 同题诗歌异文对照表

题目		内容	
P.3885	P.3619	P.3885	P.3619
送故人	饯故人	袥①君解丹豁	衫②君解丹豁
苏武北海述怀	叹苏武北海	孤③坐更思还 胡④风岁岁闲	
野外遥占将军	野外遥占浑将军	只应者是个将军	只应者个是将军
无题目	客思秋夜	风吹户外寒 谁能罗怅里	风吹帘外寒 谁能罗帐里
述怀	述怀	战马倦风尘	征马倦风尘
无题目	闺情	伴合啼对裹了， 愁寄谁将	伴啼对裹了， 愁坐寄谁将

通过上表（表 2.1）详细对比，P.3619 和 P.3885 相似程度极高，只有细微差别。P.3885 卷史昂《述怀》一诗中有"君门不可见"句，抄写中漏抄"可"字，在旁用细笔淡墨补"可"，乃抄写人发现缺一字，对比底抄本，发现漏抄后补在旁边。从二卷异文情况判断，P.3619 卷的准确率更高，且 P.3619 卷抄写的诗歌数量明显多于 P.3885 卷。两卷中重出部分诗歌的抄写顺序和 P.3619 卷的顺序基本相似。P.3885 卷和 P.3619 卷的不同之处，多为抄写脱漏造成的。因此，P.3885 和 P.3619 可认为是同一体系。P.3619 卷为善本，在抄写中依据了一定的底本抄写，错误较少。P.3885 卷来自 P.3619 卷，是抄写者的练笔，抄写时没有完全依照底抄本，或依靠记忆抄写，故卷中出现几处脱漏。

---

① 徐俊提出 P.3885 卷此处抄写异文为"祇""解"，笔者仔细勘对两卷，发现 P.3885 卷抄写为"袥"和"辞"。

② 黄永武此处录作"衫"，徐俊校录作"祇"，并提出原卷作"袥"。笔者查验图版，似更接近行书"袥"。此处列出异文，以供辨析。

③ 徐俊校录"孤"在 P.3885 作"狐"，"思"作"志"。笔者查验图版，P.3885、P.3619 均为"孤""思"。

④ 徐俊校录"胡"在 P.3885 作"朔"，笔者查验图版，P.3885、P.3619 均为"胡"。

此二卷还表现出一些相同的抄写特点。二卷抄写格式基本一致，题目下空数格抄写作者。遇“圣”等字空两格，为唐人抄写的通例。且两卷中有姓名生平可考的诗作者，多为初盛唐诗人，抄写者依据的应该是初盛唐的流传本。P.3619卷前部分多为句式较长的文人歌谣。苏乩《清明日登张女郎神》为“三三七”句式的歌谣，而郭元振《宝剑篇》、刘希夷《死马篇》《白头翁》《北邙篇》《捣衣篇》是更加成熟的文人歌诗。

《伯希和劫经录》提出P.2544卷与P.4994+S.2049卷前五首诗非同一人抄写，但是抄写次序完全一致，认为P.2544卷抄自P.4994+S.2049卷。笔者检阅P.2544卷，其正面部分抄写诗歌，而且卷中抄有王羲之的《兰亭序》。最后有一幅画，画了一只衔着羽毛的鸟。下面写有“画人邓苟之书是”。背面是“雨”“阴”“晴”“暮”“昏”“暗”“晓”等的练笔。此卷正面书写诗歌，背面是练笔。且字体与正面非常相似，这可能是唐代画工的抄写卷。

P.2544与P.4994+S.2049所抄诗歌有一部分完全相似。徐俊考辨它们肯定抄自一个共同的母本，而非派生关系。[①]经笔者仔细核对P.2544和S.2049，其中《酒赋》中P.2544有一处明显和S.2049不同。S.2049作“君听□□且作声笋笛相和声沸天”，P.2544作“君听□□且作声笋相笛知声佛天”。

P.2555也抄有此诗，但题目为《高兴歌》，作者题署“江州刺史刘长卿”。P.2544题作《酒赋》一本，作者题署“江州刺史刘长卿撰”。此处官职与作者均同，但题目不同。P.2544出现了抄写错误，而S.2049较符合诗意，与P.2555较为相近。

---

① 徐俊发现P.2544与P.4994+S.2049拼合卷非一人所抄，但所载诗歌及次序却几乎相同。P.2544卷首残，与P.4994+S.2049拼合卷相比，缺少《酒赋》之前的《王昭君》《古贤集》《洛阳篇》及“诸杂记字”，《酒赋》之后，与拼合卷文字全同。卷末《北邙篇》后，拼合卷为《咒愿文》，尾残，而P.2544卷无《咒愿文》，空两行后抄王羲之《兰亭序》全文，无题，尾不残。《兰亭序》与前诗为一人所抄，但字迹有明显摹写王羲之《兰亭序》笔法的痕迹，可断定为临习之作。与拼合卷相比，P.2544除存在大部分与拼合卷相同的错讹外，还有一些新的讹写，初以为P.2544抄自拼合卷，然细究则不然，亦有P.2544文字多于拼合卷之处，如丘为《老人篇》。P.2544卷有题，拼合卷却无此题，说明二者不是派生关系，而是抄自一个共同的底本。敦煌诗卷中，两个写卷所载作品几乎完全相同者甚少，它们的存在，说明敦煌地区确实流传有某些通行的诗歌选集。

P.2544 和 S.2049 表现出高度的相似性，这在敦煌写卷中是非常少见的。而且，它们中间出现的错别字也完全一致，例如把高适《汉家篇》中“李将军”写作“李将君”。有一处非常值得注意，S.2049 中《汉家篇》“汉将辞家破残贼”一处，S.2049 把“破”误写成“被”，抄写者轻轻在“衤”下加了一个淡淡的“口”，而 P.2544 此处仍写作“被”；另外，S.2049 旁出一个“贼”，而 P.2544 也在此处旁出一个“残”，“被”下“贼”是改动后所写。这个细节是否能说明 P.2544 确实是抄写了 S.2049，抄写中开始没有领会 S.2049 的修改之处，故而抄错，后来发现旁出一个后又在原文上进行了修改。

姜亮夫称 P.2544 卷“字迹恶劣，讹误极多，且纸墨已朽，曼灭不能句读，当为习字杂录”。在 P.2544 卷背，确实有一个字连续书写一行的练笔习字。笔者发现两卷的相似度极高，甚至错字也完全一致。这在敦煌写本中确实少见。P.2544 卷中个别诗歌有脱文衍文现象，抄写者书法与 S.2049 相比较差。S.2049 卷中一处脱文后，抄写者又抄旁出；而 P.2544 在此处也有旁出、修改，说明此二卷的关系不完全如徐俊所认为非派生关系。两卷所抄诗歌在敦煌地区极为流行，S.2049 抄写者遗漏的题目，P.2544 抄写者可能知道所脱题目，所以在抄写时加上了。

潘重规根据 P.2544 卷中把“相”误抄为“然”、“马”误抄为“与”，提出 P.2544 抄自 P.2673，这是因为抄写者不识草书而造成的抄写错误。

从这些非常相近甚至有着密切关系的写本中，我们可以发现敦煌写本中也存在相互传抄的现象。民间大量相互传抄的写本传递着来自中原的文化，并在敦煌出现了多个写本。这些诗歌的普遍出现反映了敦煌地区的社会生活深受中原文化的影响。

第三章 敦煌诗歌写本传播的载体、场所

寺院不但是唐人讲经、说话、戏弄等讲唱文学表演、娱乐活动的场所，也是唐人各种书面文学的传抄之地。各种经文的抄写流传都要通过寺院实现。而频繁流动的人口，为文化的传播提供了活力。寺院题壁是唐诗的主要载体之一。除此之外，馆驿是唐人路途停留之地，也是唐诗传播的重要场所。馆驿的题壁、廊柱上题留的诗歌非常容易被路过的行客抄录，并传播到各地。S.76 写卷里有两首诗，其中一首为刘延坚的《寓止观中因抒感怀》：“伯阳宫馆好烟霞，知换浮云几岁华。虽访灵芝身不远，未逢真诀道还赊。玉清难测无穷景，金露能摧有限花。直待总抛荣辱了，始应亲近到仙家。”该诗为刘延坚感怀之作。诗前还有“前吉州馆驿巡官将仕郎前守常州晋陵尉刘廷坚上”的题署。

第一节 写本时代诗歌传播的媒介载体

一、唐代驿亭题壁诗及其传播——P.2492+Дx.3865写本

P.2492《唐诗文丛抄》（依据徐俊《敦煌诗歌残卷辑考》定名）是一个诗文抄本，历来受学者重视。受历史局限，王重民先生没有看到 Дx.3865，他认为 P.2492

是典型的诗人别集抄本，定名《白香山诗集》。[①]此抄本作为白居易诗歌的一个唐抄本，附在1956年文学古籍刊行社出版的《白氏长庆集》后。20世纪80年代，黄永武发表了《敦煌所见二十首白居易诗歌的价值》[②]，通过与不同白集的校勘对比，采用文学、音韵学的方法，对敦煌本与他本的差别做了深入的分析，揭示出敦煌本的文献价值。顾学颉、朱金城、谢思炜等在其编纂点校的白居易诗集中，均提及或以此为点校本。日本学者花房英树在《白氏文集の批判的研究》、平冈武夫在《校定本白氏文集》中均使用了P.2492敦煌本白氏诗歌。太田次男《フランス国立図书館〈敦煌本元白诗抄〉》用古抄本的研究方法，对P.2492做了细致的现场调查和考辨。[③]1997年，施萍婷在《俄藏敦煌文献经眼录》中首次发现Дx.3865写卷，并对此卷进行了简单的录文。1999年《俄藏敦煌文献》第十一册正式公布了Дx.3865写卷。同年，经荣新江、徐俊比对，P.2492和Дx.3865册页成功缀合。[④]其后，除徐俊《敦煌诗集残卷辑考》、和田浩平《敦煌学与白居易诗抄本之研究》对此二卷做过整体分析外，许多学者未曾研究对接本。本文从形制、抄写方式及所抄诗文透露出来的线索，进行新的爬梳搜索，尽可能发掘写卷背后隐匿的历史痕迹。

（一）P.2492+Дx.3865写卷的外部形制、内容和特点

P.2492+Дx.3865写卷为折页装。P.2492存十对折页又两单页，其中前一单页和一对折页未题写文字，应为折页装的书头。其后的九对折页又一单页依次抄写了白居易、元稹的酬唱诗和白居易新乐府诗。P.2492最后一页抄有《盐商妇》诗题和一行诗。Дx.3865为一对折页又两个单页，共四单页。第一个单页正好和P.2492的单页合为一对折页，抄写《盐商妇》诗。依据《白氏长庆集》中《盐

① 王重民在《敦煌古籍叙录》中说："敦煌出《白香山诗集》，袖珍折页装本，书法甚工，半页十行，行十八字至二十二字不等。遇当代帝王均空格，又以讳避之字代本字，真唐人著作，唐人写本之原式也。"

② 黄永武：《敦煌的唐诗》，台北：洪范书店，1987年，第128—171页。

③ [日]太田次男：《旧钞本を中心とする白氏文集本文の研究》，《成田山佛教研究纪要》1996年第19期，第41—112页。

④ 荣新江、徐俊：《新见俄藏敦煌唐诗写本三种考证及校录》，荣新江主编：《唐研究》（第五卷），北京：北京大学出版社，1999年，第59页。

商妇》勘对，Дх.3865首页所抄诗正是P.2492《盐商妇》的接句。其后依次为李季兰阙题佚诗、白居易《叹旅雁》《红线毯》和岑参《招北客词》。《招北客词》抄录四行，其后残。P.2492与Дх.3865每页行数、每行抄写字数、抄写格式和书法一致，为同一人抄写。P.2492最后一册页首行诗"盐商妇"缺左半部分，与Дх.3865第一册页正合。荣新江、徐俊判断为同一写卷。P.2492+Дх.3865写卷的背面、书头、书眉等处均未题写类似佛教经文、寺院经济、法律文书的内容，也没有抄书郎的杂写、榜题，并有书头包装，楷书抄写，字迹工整，无界栏，说明P.2492+Дх.3865是一个正式的诗文写本，被慎重地抄写留存，绝非一般学郎的随意抄写。

P.2492+Дх.3865有白居易、元稹、李季兰、岑参四位作家的22首诗文，其中诗21首、文1篇。白居易诗19首，元稹、李季兰诗各1首，岑参文1篇。白居易《新乐府》诗17首，第一篇诗作者署名白乐天，第二篇署名微之（元稹，字微之）。李季兰阙题诗1首，题名为李季兰诗。最后一节残卷题《招北客词》，署名岑参。诗题单行抄写，题下署名。无诗歌分类分卷标注。王重民先生根据"遇当代帝王均空格，又以讳避之字代本字"[①]等特点，判断为唐人写本的原式。根据Дх.3865创作时间最晚的《叹旅雁》[②]，判断此抄本出现在元和十年(815)冬以后。

表3.1　P.2492+Дх.3865写卷抄录的诗文次序一览表

卷号	抄写诗名	署名作者	题材	创作时间	通用传世本题目[③]
P.2492	1. 寄元九微之	白乐天	感伤诗	元和五年	《白氏长庆集》《全唐诗》题为《初与元九别后，忽梦见之。及寤，而书适至，兼寄〈桐花诗〉。怅然感怀，因以此寄(元九初谪江陵)》
	2. 和乐天韵同前	微之	五古	元和五年	《元氏长庆集》题为《酬乐天书怀见寄》

① 王重民：《敦煌古籍叙录》，北京：中华书局，1979年，第295页。

② 传世本作《放旅雁》。《放旅雁》题注元和十年(815)冬作。朱金城《白居易集笺校》笺：作于元和十年(815)，江州。

③ 为了区别敦煌本白诗和传世本的差别，本表中仅列传世本与敦煌本有异文的题目。

续表

卷号	抄写诗名	署名作者	题材	创作时间	通用传世本题目
P.2492	3. 上阳人	（白居易）	讽喻诗之新乐府	始作于元和四年（809）	上阳白发人
	4. 百炼镜				
	5. 两珠阁				两朱阁
	6. 华原磬				
	7. 道州民				
	8. 别母子				母别子
	9. 草茫茫				
	10. 天可度				
	11. 时世妆				
	12. 司天台				
	13. 胡旋女 题下小注：天宝年中外国进来				题下小注为："天宝末康居国献之"
	14. 昆明春				昆明春水满
	15. 撩绫歌				缭绫
	16. 卖炭翁				
	17. 折臂翁				新丰折臂翁
	18. 盐商妇				
Дх.3865	19. 阙题	李季兰	七律	建中四年（783）	原卷阙题，题名李季兰诗
	20. 叹旅雁	（白居易）	感伤诗	元和十年（815）	放旅雁（元和十年冬作）
	21. 红线毯	（白居易）	新乐府	元和四年（809）	
	22. 招北客词	岑参	唐文	招北客文	

P.2492+Дx.3865以抄录白居易新乐府诗为主。除岑参《招北客词》外,21首诗歌创作时间自建中四年(783)到元和十年(815),为中唐诗歌抄本。写本卷中白氏《新乐府》的编次与《白氏长庆集》《白氏讽谏》等传世刻本、日本古抄本均不一致。抄写题目较定本模糊,不准确,如《初与元九别后,忽梦见之。及寤,而书适至,兼寄〈桐花诗〉。怅然感怀,因以此寄(元九初谪江陵)》抄为《寄元九微之》,《上阳白发人》抄录为《上阳人》,《新丰折臂翁》抄录为《折臂翁》,《母别子》抄为《别母子》,《两朱阁》抄为《两珠阁》,《缭绫》抄为《撩绫歌》。白居易从事新题乐府,有意区别传统歌行体,其五十首《新乐府》,没有以"歌"为题的。《放旅雁》抄为《叹旅雁》,从内容判断《放旅雁》为确。《道州民》《折臂翁》中间有脱文现象[①]。抄本中的22首诗文,内容与传世本不侔之处甚多。

日本发现平安时代《伏见宫旧藏〈杂抄〉卷十四》[②]为唐代诗文杂抄,和敦煌P.2492+Дx.3865俱为中晚唐抄本,此杂抄为折页装,所抄唐代古体乐府诗34首(住吉朋彦作35首)。此卷最后一篇,也是岑参的《招北客词》。P.2492+Дx.3865抄本与伏见宫杂抄分别西传东播,传播地域有别,却在诗抄后同写《招北客词》,推测唐代民间乐府抄本往往有抄录长篇骚体赋作结的固定格式。

(二)P.2492+Дx.3865写卷结集意图及抄录底本

出于诗歌传世的考虑,白居易生前就将诗集进行过系统的收集整理,并分别在家中和寺院收藏。[③]白氏诗歌的收集整理工作早于元和十年(815)就开始了。[④]当时,白氏编成未题名的诗集十五卷本,收集讽喻、闲适、感伤、杂律约800首。

---

① 《道州民》脱"老翁哭孙母哭儿",《折臂翁》脱"村南村北哭声哀,儿别爷娘夫别妻,皆云前后征蛮者,千万人行无一回"。

② 现为日本宫内厅书陵部(皇家图书馆)收藏,编号"书陵部70165/1(伏2036)"。参阅王勇《佚存日本的唐人诗集〈杂抄〉考释》,《文学遗产》2003年第1期,第22—31页。

③ 白居易《苏州南禅院白氏文集记》云:"乐天,佛弟子也,备闻圣教,深信因果,惧结来业,悟知前非,故其集家藏之外,别录三本,一本置于东都圣善寺钵塔院律库中,一本置于庐山东林寺经藏中,一本置于苏州南禅院千佛堂内。"白居易著,朱金城注:《白居易集笺校》,上海:上海古籍出版社,1988年,第3788页。

④ 《与元九书》载:"仆数月来,检讨囊帙中,得新旧诗,各以类分,分为卷目。自拾遗来,凡所遇所感,关于美刺兴比者,有自武德至元和,因事立题,题为'新乐府者',共一百五十首,谓之'讽喻诗'。又或退公独处,或移病闲居,知足保和,吟玩情性者一百首,谓之'闲适诗'。又有事物牵于外,情理动于内,随感遇而形于叹咏者一百首,谓之'感伤诗'。又有五言、七言、长句、绝句、自一百韵至两百韵者四百余首,谓之'杂律诗'。凡为十五卷,约八百首。"(《白居易集笺校》第2794页)

长庆四年(824),编订了《白氏长庆集》前集,计 50 卷,收录 2191 首诗歌,新增了近 1500 首诗歌。[①]白氏诗稿于大和二年(828)、八年(834)、九年(835),开成元年(836)、四年(839)、五年(840),会昌二年(842)都有编定补充,最终于会昌五年(845)编纂《白氏长庆集》(续后集本)75 卷,收录 3840 首诗歌,并有《洛中游赏宴集》10 卷。[②]

P.2492+Дx.3865 写卷中抄录最晚的一首诗歌为白居易《叹旅雁》,推定此卷是元和十年(815)以后传抄的,时间不早于白氏诗集 15 卷本。元和十年(815),白居易《新乐府》五十首的创作早已完成,并臻于成熟。传世本《新乐府》五十首均有题旨小注。例如:《华原磬》"刺乐工非其人也";《上阳白发人》"愍怨旷也";《胡旋女》"戒近习也";《新丰折臂翁》"戒边功也"。敦煌本均未抄录。

太田次男认为 P.2492 抄本不是来自白居易别集,各篇的文本是来源不一的异质文本。[③]P.2492 中第二首元稹诗《和乐天韵同前》(此诗在《元稹集》题为《酬乐天书怀见寄》),暗示 P.2492 底抄本中此二诗是前后抄写。岑仲勉在《唐人行第录》中提到"唐人诗集常以和作附原作后"[④]。以白氏寄稹诗作开篇,后附稹和作,符合唐人的习惯。这里既说明《寄元九微之》在本卷的重要性,也表明抄本和白氏诗歌单行本的关系。虽然 P.2492+Дx.3865 整体上看更似民间杂抄本,但 P.2492 有元稹和作紧附白居易原作后,且集中抄写白氏《新乐府》,不能忽视其和单行本存在一定关系。谢思炜认为此卷是"作者手定本之外的唐代社会流传本"[⑤]的推断更为可靠。

下定雅弘提出:"就唐时而言,'发表'恐未能尽以结集而论,其彼此互赠互示篇什,由此再得以传抄流播,就相当于今日之'发表'矣。"[⑥]P.2492 中,元白互赠同韵诗歌前后抄写,暗示抄本把此写卷中的 17 首新乐府诗视作元白互赠互

---

① 元稹:《元稹集》,北京:中华书局,1982 年,第 555 页。
② 陈才智:《元白诗派研究》,北京:社会科学文献出版社,2007 年,第 384 页。
③ 和田浩平:《敦煌学与白居易诗抄本之研究》,郑炳林主编:《中国敦煌吐鲁番学会 2008 年度理事会暨"敦煌汉藏佛教艺术与文化学术研讨会"论文集》,西安:三秦出版社,2011 年,第 151 页。
④ 岑仲勉:《唐人行第录》,北京:中华书局,2004 年,第 7 页。
⑤ 谢思炜:《〈新乐府〉版本及序文考证》,《北京师范大学学报》(社会科学版)1996 年第 3 期,第 68 页。
⑥ 陈才智:《元白诗派研究》,北京:社会科学文献出版社,2007 年,第 185 页。

示篇什的往还诗传抄的。

《寄元九微之》《和乐天韵同前》二诗写于元和五年(810)春,元稹贬于江陵途经蓝武关商山路上。白居易曾在《〈和答诗十首〉并序》中记载:

> 五年春,微之从东台来,不数日,又左转为江陵士曹掾。诏下日,会予下内直归,而微之已即路,邂逅相遇于街衢中,自永寿寺南,抵新昌里北,得马上语别,语不过相勉,保方寸、外形骸而已,因不暇及他。是夕,足下次于山北寺。仆职役不得去,命季弟送行,且奉新诗一轴,致于执事,凡二十章,率有兴比,淫文艳韵无一字焉,意者欲足下在途讽读,且以遣日时、消忧懑,又有以张直气而扶壮心也,及足下到江陵,记在路所为诗十七章,凡五六千言,言有为,章有旨,迫于宫律体裁,皆得作者风。发缄开卷,且喜且怪。①

这里清楚地记载了元和五年(810),白居易给元稹赠诗卷,此篇什为新作。从其"张直气而扶壮心"的特点看,与白氏在元和四年(809)开始创作的新乐府更接近。

元和四年(809),受到李绅、元稹启发,白居易开始从事新题乐府诗的创作。"李、元、白三人的新乐府创作,首先是一种唱和行为,以乐府诗唱和。"②李绅《乐府新题》20首,元稹《新乐府》12首,如此推断白居易唱和李、元的《新乐府》最初也是20首左右。敦煌本《新乐府》不到20首,首抄《上阳人》而非《七德舞》,迎合了元稹《新乐府》的编次,更能表明《新乐府》和李、元、白唱和的关系。

白居易在所作《与元九书》提道:"今仆之诗,人所爱者,悉不过杂律与《长恨歌》已下耳。时之所重,仆之所轻。至于讽喻者,意激而言质;闲适者,思澹而辞迂,以质合迂,宜人之不爱也。今所爱者,并世而生,独足下耳。"③为了引起世人对讽喻诗的重视,他曾提道:"当此之时,足下兴有余力,且欲与仆悉索还往

---

① 白居易著,谢思炜校注:《白居易诗集校注》,北京:中华书局,2006年,第211页。
② 陈才智:《元白诗派研究》,北京:社会科学文献出版社,2007年,第192页。
③ 白居易著,朱金城注:《白居易集笺校》,上海:上海古籍出版社,1988年,第2796页。

中诗，取其尤长者，如张十八古乐府诗，李二十新歌行，卢、杨二秘书律诗，窦七、元八绝句，博搜精掇，编而次之，号《元白往还诗集》。”[①]在《元白往还诗集》中，新题乐府被白居易视为重要的结集依据。

元稹从商山道行驿，过阳城驿，有《阳城驿》诗。其后白氏写给元氏《和答诗十首》中有《和阳城驿》。陈寅恪《元白诗笺证稿》提出：“《元氏长庆集》二有《阳城驿》诗，乃微之元和五年春贬江陵士曹参军途中所作……颇疑乐天此作（《道州民》）与其和微之《阳城驿》诗有关，盖此暗示。”[②]P.2492 抄录元白往还诗，记元稹过商山留宿阳城驿，寄白居易《桐花诗》。陈寅恪先生的推测如果不误，《道州民》是白居易元和五年（810）所作。P.2492 抄写《道州民》，不仅说明和阳城驿的关系，也有作为元白往还诗的意图。

《新乐府》白氏加注为“元和四年为左拾遗时作”。陈寅恪《元白诗笺证稿》通过对《道州民》《海漫漫》《杏为梁》等诗的考证，指出新乐府有诗成于元和四年之后。[③]谢思炜根据陈寅恪之观点，推断“敦煌本所据有可能是元和七年《新乐府》最后编定之前的一个流传本”[④]，认为：“作者先于元和四年开始创作《新乐府》诗，其后撰成《新乐府》序并署‘元和壬辰’，最后在若干年后编集文集时加注‘元和四年为左拾遗时作’。”[⑤]敦煌本虽出现在元和十年（815）后，其底本可能仍是早期抄本，所抄《新乐府》仅 17 首，数量明显少于 50 首，证实陈说的可信性。

民间抄本和白氏定本分别属于不同系统，其流传途径和方式迥异。白诗一问世，便在民间流传，除了白氏本人的修改点窜，与诗歌初作有差异外，民间传唱传抄的再加工再生产也会篡改文字，与原诗产生抵牾。

---

① 白居易著，朱金城注：《白居易集笺校》，上海：上海古籍出版社，1988 年，第 2796 页。

② 陈寅恪：《元白诗笺证稿》，北京：生活·读书·新知三联书店，2011 年，第 201 页。

③ 陈寅恪言：“李藩之语与《海漫漫》所言几无不同。岂李白二公各不相谋而适冥合耶？此殊可疑也。以时间先后论，乐天新乐府据其自题作于元和四年，而史载李藩之语于元和五年，则白先而李后，若此二事不能无所关涉，似李语出于白诗。然以常识言之，其可能不多。颇疑乐天新乐府虽大体作于元和四年，其实时时修改增补，不独《海漫漫》一篇如此，即《杏为梁》等篇亦有成于元和四年以后之疑。”（《元白诗笺证稿》第 153 页）。

④ 谢思炜：《敦煌本白居易诗再考证》，《文献》1997 年第 1 期，第 140 页。

⑤ 谢思炜：《〈新乐府〉版本及序文考证》，《北京师范大学学报》（社会科学版）1996 年第 3 期，第 72 页。

《诗人玉屑》记载北宋流落到民间的白诗：

> 世以乐天诗为得于容易，而未尝于洛中一士人家，见白公诗草数纸。点窜涂抹，及其成篇，殆与初作不侔。①

《白集年谱》卷一记载：

> 平园周氏曰："香山诗语平易，文体清驶，疑若信手而成者，闲观遗稿，则窜定甚多。"②

白居易本人点窜修改，民间传抄的舛误、讹传，造成白氏文集存在六十多种版本。P.2492+Дx.3865反映了元和年间民间流传的白氏《新乐府》状况。

白氏《新乐府·序》表明："凡九千二百五十二言，断为五十篇。篇无定句，句无定字，系于意，不系于文。首句标其目，卒章显其志，《诗》三百之义也，其辞质而径，欲见之者易谕也。其言直而切，欲闻之者深诫也。其事核而实，使采之者传信也。其体顺而肆，可以播于乐章歌曲也。总而言之，为君、为臣、为民、为物、为事而作，不为文而作也。"③为了传播政治主张的需要，《新乐府》约字准句上较为松散，不拘谨于字义的一致。白居易尊重、认可甚至鼓励这种差异。因此，P.2492《新乐府》与定本出入比较多，但真实反映了白诗在民间的流传情况。

综上所述，笔者认为，P.2492+Дx.3865是出于元白往还诗的结集意图而抄录白氏17首《新乐府》的，在抄录过程中，因为不是一气呵成，时有中断，兼抄李寄兰诗和《叹旅雁》等。

(三)P.2492+Дx.3865的传播途径

元白在其个人诗序和相关史料中，屡次提及元和五年(810)后两人相继被

---

① 周勋初主编：《唐人轶事汇编》，上海：上海古籍出版社，1995年，第1091页。
② 马端临：《文献通考》，上海：华东师范大学出版社，1985年，第1368页。
③ 白居易著，谢思炜校注：《白居易诗集校注》，北京：中华书局，2006年，第267页。

贬，来往于商山驿道之事。风靡一时的元和体，也是自元白相继离开长安后，盛传巴蜀江楚、里巷阙下。《旧唐书·元稹传》云：

> 既以俊爽不容于朝，流放荆蛮者仅十年。俄而白居易亦贬江州司马。稹量移通州司马。虽通、江悬邈，而二人来往赠答，凡所为诗，有自三十、五十韵乃至百韵者。江南人士，传道讽诵，流闻阙下，里巷相传，为之纸贵。观其流离放逐之意，靡不凄惋。①

元稹贬往江陵路上，途经商山蓝武关驿道时，在商山驿道曾写《桐花诗》，白居易在其后的《和答诗十首》也作《答桐花》。P.2492 抄元白诗，都提到"桐花"。朱金城笺《答桐花》云："元集卷一有《桐花诗》，此系和作。又元集卷六有《三月二十四日宿层峰馆夜对桐花寄乐天诗》，白氏有《桐树馆重题》（卷八）及《商山路驿桐树昔与微之前后题名处》（卷十八）二诗，均系在层峰馆所作。"②可以确切地说，元白曾留宿层峰馆，并留诗多首。

据尚永亮《元和五大诗人与贬谪文学考论》云："元稹元和五年之贬谪江陵，白居易元和十年之贬谪江州，以及其他几次南行之往返，无不途经蓝、武。白居易所谓'与君前后多迁谪，五度经由此路隅'（《商山路驿桐树昔与微之前后题名处》）、'七年三往复，何得笑他人'（《登商山最高顶》）即是明证。"③元白诗歌经商山驿道流传至长安和江、通等地。商山驿庭、邮候提是迁客、商旅停靠的地方，题壁是保留诗人诗歌主要方式。白居易曾道：

> 自长安抵江西，三四千里，凡乡校、佛寺、逆旅、行舟之中，往往有题仆诗者。士庶、僧徒、孀妇、处女之口，每每有咏仆诗者。此诚雕虫之戏，不足为多，然今时俗所重，正在此耳。④

---

① 刘昫等：《旧唐书》，北京：中华书局，1975 年，第 4331—4332 页。
② 白居易著，朱金城注：《白居易集笺校》，上海：上海古籍出版社，1988 年，第 116 页。
③ 尚永亮：《元和五大诗人与贬谪文学考论》，台北：台湾文津出版社，1993 年，第 112 页。
④ 白居易著，朱金城注：《白居易集笺校》，上海：上海古籍出版社，1988 年，第 2793 页。

蓝武关成为传播中唐贬谪诗人的一个重要通道。唐人轶事专门对元白商山驿庭题壁诗做详细记载。如《唐贤抒情》云：

元白交道臻至，酬唱盈编。微之为御史，奉使往蜀。路旁见山花，吟寄乐天曰："深红山木艳彤云，路远无由摘寄君。恰似牡丹如许大，潜深看取石榴裙。"又曰："向前已说深红木，更有轻红说向君。深叶浅花何所似，薄妆愁坐碧罗裙。"白因南迁回，过商山层峰驿忽睹元题迹，寄元诗曰："与君前后多迁逐，七度会过此路隅。笑问阶前老桐木：这回归去免来无？"①

P.2492+Дx.3865 所抄诗歌，或为白居易元和四年（809）作于长安，或为元稹元和五年（810）作于商山路途，《叹旅雁》为白氏元和十年（815）作于江州，还有建中四年（783）李寄兰在长安献给朱泚的诗。这些诗或南传至江南，或北传至长安，都要借助蓝武关商山道。P.2492+Дx.3865 写卷中抄录的诗歌，记录的地理坐标点是长安、商山、江州，以此推测，商山道的驿庭、层峰馆正是诗歌传播的枢纽，P.2492+Дx.3865 的底本极有可能来源于此。

唐代题壁留诗非常普遍，元白诗被题写在寺观、邮候更是不胜枚举。元和十年（815）元稹赴通州任司马途中，见到了题在江馆柱心的白诗《赠长安妓人阿软绝句》（《见乐天诗》）。甚至，元稹亲自在寺壁、楼柱等处题写白诗：

忆君无计写君诗，写尽千行说向谁？
题在阆州东寺壁，几时知是见君时？②

——《阆州开元寺壁题乐天书》

光景无因将得去，为郎抄在和郎诗。③

——《和乐天重题别东楼》

① 周勋初主编：《唐人轶事汇编》，上海：上海古籍出版社，第 1082 页。
② 元稹著，冀勤点校：《元稹集》，北京：中华书局，1982 年，第 226—227 页。
③ 元稹著，冀勤点校：《元稹集》，北京：中华书局，1982 年，第 251 页。

因七次往返商山道，元白多在此题诗。如元稹《桐孙诗》：

去日桐花半桐叶，别来桐树老桐孙。
城中过尽无穷事，白发满头归故园。

题下小注：

元和五年，予贬掾江陵。三月二十四日，宿曾峰馆。山月晓时，见桐花满地，因有八韵寄白翰林诗。当时草蹙，未暇纪题。及今六年，诏许西归。去时桐树上孙枝已拱矣，予亦白须两茎，而苍然斑鬓，感念前事，因题旧诗，仍赋《桐孙诗》一绝，又不知几何年复来商山道中！元和十年正月题。[①]

更有二人的题壁诗，如白居易《蓝桥驿见元九诗》：

蓝桥春雪君归日，秦岭秋风我去时。
每到驿亭先下马，循墙绕柱觅君诗。[②]

《武关南见元九题山石榴花见寄》：

往来同路不同时，前后相思两不知。
行过关门三四里，榴花不见见君诗。[③]

元稹《酬乐天武关南见微之题山石榴花诗》：

---

① 元稹著，冀勤点校：《元稹集》，北京：中华书局，1982年，第219页。
② 白居易著，谢思炜校注：《白居易诗集校注》，北京：中华书局，2006年，第1212页。
③ 白居易著，谢思炜校注：《白居易诗集校注》，北京：中华书局，2006年，第1213页。

比因酬赠为花时，不为君行不复知。
又更几年还共到，满墙尘土两篇诗。①

白居易《商山路驿桐树昔与微之前后题名处》：

与君前后多迁谪，五度经过此路隅。
笑问中庭老桐树：这回归去免来无？②

P.2492抄录的《寄元九微之》《和乐天韵同前》，只写商山行驿，互诉离思，与他题无涉。元诗署名无姓氏，仅抄稹字，从此特殊题署判断可能为元稹自题于壁，后被人原样抄录。

Дx.3865发现女冠诗人李季兰佚诗一首。民间抄本没有严格的编载体例，对比各类唐人诗歌抄本，存在间抄他诗的现象。李季兰传世诗歌不到20首。其诗在《才调集》《瑶池新咏》等唐人选本中均有收录。Дx.3865抄录的李季兰阙题诗并不见于以上唐诗选本。据《奉天录》载：

时有风情女子李季兰上泚诗，言多悖逆，故阙而不录。皇帝再克京师，招季兰而责之曰："汝何不学严巨川有诗云：'手持礼器空垂泪，心忆明君不敢言！'"遂令扑杀之。③

徐俊认为，李季兰诗可能与此有关。朱泚之乱自建中四年（783）九月至兴元元年（784）五月，历时仅九月。李季兰献朱泚诗流传时间及地域影响不会太大即被禁止。此诗没有诗题，作为朱泚忤逆朝廷的合理借口，最有可能被叛军传唱传播。兴元元年（784）五月，唐将尚可孤在蓝田击败朱泚叛军。泾原叛军的势力

① 元稹著，冀勤点校：《元稹集》，北京：中华书局，1982年，第234页。
② 白居易著，谢思炜校注：《白居易诗集校注》，北京：中华书局，2006年，第1485页。
③ 周勋初主编：《唐人轶事汇编》，上海：上海古籍出版社，1995年，第841页。

范围没有超过蓝田更东南的地区。此诗仅存敦煌写卷,也再次印证了 P.2492+Дx.3865 和商山道驿的关系。唐诗选本中不存此诗,但作为口头文学被传唱,抄写在驿亭、寺壁上后再度被民间抄写者抄录。

李寄兰阙题诗和《叹旅雁》也不是孤立存在的。朱泚之乱缘于建中四年(783)淮西节度使李希烈率军三万围攻襄城,泾原节度使姚令言受朝廷之命率兵援救襄城,因军饷引起兵士哗变,朱泚之乱由此起。此后,历任淮西节度使以蔡、申、光三州为政治核心区域,不断骚扰掳掠周围地区,势力最大时候曾控制寿州、安州、沔州、蕲州、亳州等地,长期实行割据统治,几度切断了通向长安的漕运和供给,直接威胁到中央政权的稳固。元和九年(814)闰八月,淮西节度使吴少阳死,其子元济匿丧,假父名奏请主兵务,宪宗不许。吴元济"匿丧,自总兵柄,乃焚劫舞阳等四县"[①],遂发兵四出,屠舞阳,焚叶县,掠鲁山、襄城,关东大震。唐宪宗决意平定淮西藩镇,唐军于元和十二年(817)十月袭蔡州,克淮西军。之后,申、光二州守兵两万余人亦不战而降,淮西平。元和十三年(818),淮西之患彻底解除。

《叹旅雁》写于元和十年(815),距离平定淮西之乱的元和十二年(817)冬仅两年时间。此时中原的蔡、申、光之地成了征战厮杀的战场。南北来往的迁客、商旅、僧侣等要进入长安或荆楚,只能走商山道。《叹旅雁》从江州迅速流传到商山。诗中提到"淮西有贼讨未平,百万甲兵久屯聚",推测 P.2492+Дx.3865 底本的时间下限在元和十三年(818)左右。

颜廷亮认为 P.2492+Дx.3865 是吐蕃占领时期流传到敦煌的。[②]此时敦煌文化以佛教为主,中原文化的传播走向式微。P.2492+Дx.3865 是此时非常罕见的中原诗歌抄本。《新乐府》以传统儒家思想为内核,《两朱阁》这类明确反对佛寺大肆盛行的诗悄然在敦煌传播,完全排除了僧侣传播的可能性。当时,敦煌的教育仅存寺学,带有佞佛内容的诗歌抄本在寺学中存在的可能性微乎其微,此

① 刘昫等:《旧唐书》,北京:中华书局,1975 年,第 450 页。
② 颜廷亮:《关于吐蕃占领时期敦煌文学的新思考》,范鹏主编:《陇上学人文存·颜廷亮卷》,兰州:甘肃人民出版社,2011 年,第 91 页。

卷不见学郎杂写、寺院文书，说明和寺庙关系疏远。

综上所述，P.2492+Дx.3865 的底本是元和十年(815)后流传的一个杂抄本，此抄本出现的白居易 17 首新乐府诗，最初以元白互赠互示往还诗为主题抄写在一起，是白居易诗集定本之外的社会流传本；自元和五年（810）到元和十年(815)，元稹、白居易因贬谪曾频繁往来于蓝武关，途经商山驿，多次在此题写留诗。蓝武关因而成为传播中唐贬谪诗人诗歌的一个重要通道。商山驿道存在的大量题壁诗可能被往来于此的迁客、商旅等有意抄写，作为民间流传本和白氏定本，故其和白诗传世本出入较多，但真实地反映了民间传抄本的原貌。

这个民间流传本在吐蕃统治时期传至敦煌，代表了唐代敦煌民间对诗歌的理解和选择，彰显出民间的诗歌审美水平。民间抄写者的社会身份和眼界卓识、审美取向也决定了抄录诗歌的标准。抄写者在此抄本中具体而微地体现了中晚唐时期民间在政治、文化、审美及现实生活上的种种诉求。P.2492+Дx.3865 是敦煌诗歌写卷中非常宝贵的善本。

二、抄写在石刻、字帖和瓷器上的唐诗

胡震亨云:“唐人诗见于金石刻及自有真迹传世者，至宋尚多。如宣和内府所收藏载在书谱者，真迹班班可考。而金石刻收藏之富，无如欧阳文忠、赵明诚两家，目录备在。南渡后，王象之碑目，亦具一二。当时唐人篇什，赖法书以俱存者，盖亦不少矣。今按目求之，未必能全，而断墨残行得留遗世间，为人所传宝者，当亦未尽湮灭。”[①]翻检上述金石所刻诗题，草书诗、游仙诗是金石刻中常见的刻诗。在敦煌写本中可以发现 S.5648 卷中有《草书歌》一首、《小游仙诗》一首。此卷抄写诗歌内容非常杂乱，极有可能是抄自书法习字帖之类的金石碑刻。而 P.2640 抄有《大唐故使持节都督黔思费等十六州诸军事黔州刺史赠左武卫大将军上柱国武水县开国伯常府君之碑》，明确标明此写卷和金石碑刻的关系。

① 胡震亨:《唐音癸签》，上海:古籍出版社，1981 年，第 343 页。

《通志》卷七十三记载邢州有钟离权的草书碑刻。钟离权是五代时期有名的草书家,他在邢州开元寺留下的诗歌,极有可能是被喜欢草书书法的人以书法临摹的底本传播的。因此,此卷后页出现了《草书歌》,绝非偶然。而且,这首诗歌在后页重出,比较清晰完整。重出的诗歌是从左向右书写,左侧无空白处,故向右书写,这也说明是后来书写在空隙处的。高国藩误将写在右侧的最后一句视为第一句,故出现了录文的错误。[①]此卷中多次出现的练笔,也印证了抄写人是学习临摹书法。我们在审视写卷的性质时,隐约感受到所抄写诗歌有可能来自晚唐五代时期的字帖。

《贞观政要》记载虞世南收藏《列女传》的事迹:"尝命写《列女传》以装屏风,于时无本,世南暗书之,一无遗失。"可以看出,在屏风上写诗文在唐代非常普遍。唐代人用诗文装饰屏风的习俗和诗歌的传播有很大的关系。屏风也是诗歌传播的一种载体。《秦妇吟》也多见于屏风。

《又玄集》《才调集》《吟窗杂录》《全唐诗》均收录《寄洛阳姊妹》一诗,仅《吟窗杂录》和敦煌所见写本题目相同,与敦煌流传写本为同一类本。P.3569 卷背光启三年(887)官酒户马三娘牒末也抄有此诗,这首诗歌非常可能曾在酒肆传唱、传播。

1983 年,长沙出土 1980 件瓷器。值得注意的是,这些瓷器上题有唐诗,其中"有题诗,题字和款识的共 248 件"[②]。题写唐诗的瓷器以壶瓶为主,"题诗除 2 件书于枕面、2 件书于碟内外,其余均书于壶腹流下位置。而绝大多数为 B 型Ⅲ式壶"[③]。题写的诗歌多为佚失的民间诗歌,"所题诗,多数为五言绝句,极少六言或者七言绝句,有 8 首在《全唐诗》中能找到相同或者基本相同的诗句,可以认为是文人创作,其余均出自民间"[④]。"长沙窑瓷器上已发现并释读的瓷铭诗共 103 首,其中五言诗 94 首、六言诗 2 首、七言诗 7 首。同诗异文者 10 余首及缺字缺句多首尚未计入。"[⑤]题写诗歌较少重出,"多数诗仅见于一件器物,但也

---

① 高国藩:《敦煌俗文化学》,上海:三联书店,1999 年,第 500 页。

②③④ 长沙窑课题组编:《长沙窑》,北京:紫禁城出版社,1996 年,第 141 页。

⑤ 李辉柄主编:《长沙窑·综述卷》,长沙:湖南美术出版社,2004 年,第 71 页。

有少量诗在十几件器物上出现。某些诗句词语略有出入,或有别字。在格式上,多为一句一行。但也有一行未尽而另提一行的个别现象"[①]。B型Ⅲ式壶是长沙窑出土数量最多的一种壶形,一共有972件,这种壶形"肩部无双系,领加长,腹作四瓣瓜棱形。此式壶数量最多。装饰内容也最丰富,多为青釉,以褐绿色彩在流下绘画、题字。还有白釉绿彩、青釉褐彩、贴花等。绘画内容飞禽走兽花草水波云气,无所不有,题字内容多为五言四句的通俗诗,亦有不少谚语警语。还有少数在颈、腹以不规则的褐色条状流釉装饰。分别出自蓝岸嘴T2(二)(三),T3(二)(三)(四)"[②]。

这些题诗壶均为长颈,说明它们的主要用途是作为盛酒的器皿。"壶铭诗只见于其中的长颈壶,它是壶类中最多的一种。这种壶有3件在流下用褐彩写了这类器物的功用。一件铭有'酒'字,一件铭有'美春酒'三字,一件铭有'陈家美春酒'五字。可知此类壶多为盛酒器,即唐代的一种酒壶。"[③]

长沙窑长颈壶瓷器主要是面向酒肆销售。"唐代从首都长安、洛阳到全国各地的通州大邑和州郡所在,都有酒肆,东起海边的明州,西达河西走廊的凉州,北自常山,南抵江南,到处酒肆林立。"[④]遍及各州的酒肆在一定程度上也对唐诗的传播起到了推波助澜的作用。长沙窑虽然是著名的外销瓷器,但是这些题诗的瓷器主要是内销品,"长沙窑窑区蓝岸嘴出土的数以百计的诗句壶在国内其它各地罕见,在西亚和中亚一带则几乎未见出土,说明这些题诗壶,主要是为了内销"[⑤]。长沙窑出土的题诗壶为中晚唐时期,"壶铭诗的年代,从窑址出土的纪年铭所知,是唐宪宗元和至唐僖宗乾符年间,即公元806年至875年这一时间段,朝代连接,没有缺环。铭文中有一首诗和一题记书写有唐穆宗长庆(821—824)年号"[⑥]。这正是唐代诗歌流派异彩纷呈、名家辈出的时期,也是其

① 长沙窑课题组编:《长沙窑》,北京:紫禁城出版社,1996年,第141页。
② 长沙窑课题组编:《长沙窑》,北京:紫禁城出版社,1996年,第30页。
③ 李辉柄主编:《长沙窑·综述卷》,长沙:湖南美术出版社,2004年,第72页。
④ 黎虎:《唐代的酒肆及其经营方式》,《浙江学刊》1998年第3期,第106页。
⑤⑥ 长沙窑编辑委员会:《长沙窑·综述卷》,长沙:湖南美术出版社,2004年,第229页。

他地方元白通俗诗体流行的时期。诗歌文化的繁荣使得民间有以诗装点酒器的现象。长沙窑窑区蓝岸嘴出土的诗句壶未在域外发现,在我国其他地方也没有较多的发现,这说明在酒器上用诗歌装饰的情况不是非常普遍。长沙题诗壶制造者在书写诗歌的时候,没有文人的参与,因此留下来的诗歌都非常通俗,可能多来自学堂和寺院的讲经场所。这些瓷器即使是内销,也是在民间流通,很难进入贵族的生活。作为民间生活用品的普通瓷器,被长久保存的可能性就微乎其微了。

胡可先在《长沙窑新出土唐诗考论》一文中提出有9首诗同样出现于敦煌文献。①

> 须饮三杯万事休,眼前花拨四枝揉。
> 不知酒是龙泉剑,吃入伤中别何愁。

此诗出现于敦煌文献S.4359中。②

> 并存三杯万事休,眼前花发死池之。③

S.4359的整体情况如下:

奉送盈尚书诗三首(S.4359V/2)④

① 胡可先:《出土文献与唐代诗学研究》,北京:中华书局,2012年,第650页。

② 长沙窑瓷器中的题诗壶有9首诗歌所见敦煌文献存录的具体情况,参阅徐俊《唐五代长沙窑瓷器题诗校证》和胡可先《长沙窑新出土唐诗考论》。

③ 徐俊:《唐五代长沙窑瓷器题诗校证》,《唐研究》1998年第4卷,第70页。

④ 《刘目》作"奉送盈尚书诗韦蟾撰",含"诗四首"。按,《刘目》所引的第一首非诗,乃是同卷"押座文"(S.4359V/1),共8行,首句为:"佛子!莫欺沙州是小处,若论佛法出彼所。"此件(S.4359V/2)共14行,内容依次为:(1)"两个神"曲子(第1—4行,曲名不详);(2)《谒金门》曲子(第5—7行,见任半塘《敦煌歌辞总编》(上册),上海古籍出版社,1987年,第463页);(3)唐韦蟾诗《宋卢潘尚书之灵武》(第9—14行,见《全唐诗》卷五六六)。此外还有一句:"并有三杯万事休,眼前花发死他之。"(第8行)全文录于下[(1)和(2)两首曲子,圆括号内是校正字;(3)韦蟾诗,圆括号内字,系据《全唐诗》校]。

1 两个神,一只在。本是黄巢天边拜。迎敌(敌迎)圣宫(躬)都入内,(卷?)都

2 向南拜。圣界安域在。纲恼(维?)自身无政(改?)。皆(街)头言语似

3 风幡(?),圣间难德(得)有心人。护(?)明(?)共郎同众事,益

4 愿□,莫归番。

5 开于阗,绵[1]绫家家总满。奉戏[2]生龙[3]及玉碗[4],将来

6 百姓看。　尚书座官典[5](殿)。四塞休正(征)罢战。从阿郎,千

7 秋岁[6]。甘州他(地)自离乱。

8 并有三杯万事休,眼前花发死他之。[7]

9 贺兰山下果圆(园)成,塞北江南别(旧)有名。水

10 北(木)万家珠户暗,刀弓千队铁长(衣)名(鸣)。心愿(源)

11 落落能(堪)为将,胆气唐唐(堂堂)善(合)用兵。却

12 取(使)何(六)西(番)之子寄(弟),马前不信是儒(书)生。

13 奉送盈　尚书卢潘　撰[8]

14 维大梁贞明九年四月　日,押衙某乙首(手)写。[9]

这个写卷的开头部分为押座文,接下来是两首曲子,中间插有两句诗,之后是唐人诗句。这些看似毫无关系的杂抄非常难以判断它们内在的逻辑关系。

---

① 项楚:《敦煌歌辞总编卷二匡补》认为“绵”字应是“锦”字的形误,“锦绫家家总满”形容于阗之富裕豪奢。

② 任半塘《敦煌歌辞总编》认为:奉戏应是于阗道通,伎人来沙州,向百姓献杂技、幻术。(第463页)项楚认为:“戏”当作“献”。(第21页)

③ 任半塘认为,生龙、玉椀皆幻术。项楚认为,生龙乃形容烈马。

④ 任半塘录为“椀”。

⑤ 任半塘录为“尚书座客□典”。

⑥ 任半塘录为“但□阿郎千秋岁”。

⑦ 饶宗颐《敦煌曲》第237页录为“并存三杯万事休,恨前花发苑池文”。徐俊《唐五代长沙窑瓷器题诗校证》录为“并有三杯万事休,眼前花发死池之”。

⑧ 柴剑虹《敦煌遗书总目索引重印记》提出该诗实为唐咸通末尚书左丞韦蟾作,题为《送卢潘尚书之灵武》,见《又玄集》卷中、《唐诗纪事》卷五八、《全唐诗》卷五六六。

⑨ 宋家钰、刘忠编:《英国收藏敦煌汉藏文献研究:纪念敦煌文献发现一百周年》,北京:中国社会科学出版社,2000年,第147—148页。

结合前面的押座文分析,这可能是讲经前的连续几支曲子联唱。长沙窑瓶诗和敦煌写本的差异还是比较明显的,说明它们并不是一个系统,但可能非常频繁地出现在讲经中。

白玉非为宝,千金我不须。意念千张纸,心存万卷书。(长沙瓷)

此诗在敦煌写本 P.3441、P.2622 中出现两次:

白玉虽未宝,黄金我未虽(须)。心在千章(张)至(纸),意在万卷书。(P.3441)

白玉非为宝,黄金我未□。□竟千张数,心存万卷书。(P.2622)

P.3441 卷正面抄写《论语集解》,其中在"论语卷第六"下有题记"大中七年十一月廿六日学生判官高英建写记"。"白玉虽未宝"诗用硬笔倒写在卷背,前有《社司转帖》。从抄写笔迹判断,此诗与高英建笔迹有明显区别,非同一人抄写。P.2622 卷正面抄写各类书仪,笔法严整,有界栏。而此诗抄写在背面,用硬笔抄写,卷背杂抄内容非常杂乱,与正面风格迥异。从抄写位置判断,此二卷诗应是随意或者习字抄写,说明此诗为敦煌口口相传的俗诗。

P.2622 卷正面题记"大中十三年四月四日午时写了"。此卷写于大中十三年(859),比 P.3441 晚了六年。P.3441 的抄写水平较差,错误多。长沙窑窑瓶诗显然和 P.2622 更为接近,民间俗诗更易在传唱的过程中出现改变。这些诗主要是流传在民间学堂,是学郎学习励志的座右铭,因此在民间的流传度非常高。除了通过底层落魄文人的流动、私塾先生的传播,此类诗出现在壶瓶上,暗示制作瓷器的工匠可能只是在私塾接受过简单的教育,略通文墨,他们会把学堂学过的诗歌题写在瓶颈上。

男儿大丈夫,何用本乡居。明月家家有,黄金何处无。(长沙瓷)

敦煌写本《秋胡变文》:“□□方员足,黄金何处无。”(S.133)又如:

君生我未生,我生君与(已)老。君恨我生迟,我恨君生早。(长沙瓷)

敦煌S.2073《庐山远公话》记远公为崔相公讲“四生十类”,讲至第七类“身智二足”时,说偈曰:“身生智未生,智□(生)身已老。身恨智生迟,智恨身生早。身智不相逢,曾经几度老。身智若相逢,便得成佛道。”

长沙窑和敦煌文献共存上述诗歌的现象说明, 此类诗最早出现在押座文或说经的偈语中,是从佛教的偈语脱胎换骨而来。经过民间诗人之手篡改,变成了一首情诗。又如:

天地平如水,王道自然开。家中无学子,官从何处来。(长沙瓷)

BD.4291《佛说七阶礼佛名经》卷背沙弥索惠惠抄杂诗之二:“高门出贵子,好木出良在(材)。丈夫不学闻(问),观(官)从何处来。”又见《兔园册府》第一并序末。吐鲁番阿斯塔那363号唐墓出土卜天寿景龙四年(710)抄本《论语》末五言诗之一:“高门出己子,好木出良才。交□(儿)学敏(问)去,三公河处来。”敦煌写本《秋胡变文》:“□□□□□,三公何处来。”

长沙瓷、敦煌写本、吐鲁番文献均见此诗,对比这三个不同的流传文献,我们可以发现它们在传唱的过程中逐渐发生了变化。长沙瓷与西传诗歌相距较远,前两句差别大,敦煌本和吐鲁番写本更接近,但是在向西传播的过程中,仍然发生了明显的变化。这正是民间口传诗歌的传播特征。

《秋胡变文》是唐代非常流行的讲唱话本,多首俗诗都是来自《秋胡变文》。《秋胡变文》在南北各地的广泛流传使这类俗诗得以传播。从文本看,长沙窑瓷铭诗虽和敦煌写卷有一定的相似性,但它们的差异比较明显。敦煌写本与吐鲁番文献中的诗歌比较接近。长沙窑铭诗前两句与敦煌写本、吐鲁番文献完全不同,可见南北流传的诗歌不是一个系统。长沙瓷铭诗、敦煌写本、吐鲁番出土的唐诗,都出现了比较明显的书写错误。这些书写错误显然是抄写者依赖口头传唱造成的。抄写行为就是将口头文学文本化的过程,这个文本化的过程无可避免地带来了抄写上的错误和版本的明显差异。又如:

自入长信宫,每对孤灯泣。闺门镇不开,梦从何出入。(长沙瓷)
自处长信宫,每向孤灯泣。闺门镇不开,梦从何处入。(P.3812)

P.3812是抄写在敦煌写卷《高适在哥舒翰大夫幕下请辞退托兴奉诗》《闺情为落殊蕃陈上相人》后四首《闺情》之一,对比长沙瓷铭诗和P.3812写本中的诗,相似度非常高,只有个别字的差异,抄写中字句的错误明显减少。因此,我们可判断这首诗在民间流传的过程中有可供抄写的底本,故在南北两地出现,且非常接近,这和民间歌谣的抄写流传形成了明显的对比。值得令人回味的是,在长沙窑出土的瓷器中发现的上百首诗歌,绝大多数是民间俗诗,文人诗仅见高适诗。而敦煌写本中流传诗歌数量最多、版本最多的也是高适诗。

又如:

春水春池满,春时春草生。春人饮春酒,春鸟哢春声。(长沙瓷)
春日春风动,春来春草生。春人饮春酒,春鸟弄春声。(P.3597)

在北京中国书店藏敦煌写本《佛说无量寿宗要经》残卷背面《社司转帖》后有学郎张宗子所抄三诗,第三首也是这首诗,与P.3597完全相同。卷末题记"癸未年十月永安寺学士郎张宗子书记之耳"。

在P.3597写卷中,此诗是写在卷轴装的正面。这是一幅残卷,开头部分写有7行文字,但是有5行残缺。无法准确判断所写内容是否为诗歌,但从残存的文字可以隐约看出还是比较整齐的韵文歌谣。中间空3行,接抄《白侍郎a桃架诗一首》,这是一首文字游戏诗,没有什么具体的意思,纯粹是文字游戏。之后抄写了"春日春风动",后抄写"春来春去秋复秋""高僧高高高入云"等诗歌，这些都是民间流传非常广的诗歌游戏。因为游戏的特殊性，故传播范围非常广。这些游戏可能有一定的格式和规则，大致的意思比较接近。南北差别都不会太大。

又如：

> 念念催年促，由(犹)如少水鱼。劝诸行过众，勤学至无余。(长沙瓷)

此诗见于S.236《礼忏文一本》白众等听说《黄昏无偿偈》，中间有"念念催年促，犹如少水鱼。劝诸礼佛众，修斋至无余"。徐俊认为此诗原为寺院礼忏文，长沙窑诗则为世俗劝学。这些均是民间流传的俗诗，根据场合和对象的变易，文词略有不同。

通过长沙窑瓷器铭诗和敦煌写本同类诗的对比，可以发现佛教的各种宗教仪式对民间诗歌文化的传播影响之深。长沙窑瓷器题诗和敦煌写本分别属于不同地域的流传本，它们在传唱的过程中被改变，同时也被创造。长沙窑瓷器多为供应民间而烧制，碎片出土遍及全国各地，甚至流传到海外。河西、新疆地区发现有长沙窑碎片。虽然这些碎片中还没有发现类似长沙出土完整地写有诗歌的瓷器，但是写本时代在瓷器上题写诗歌的方式，随着商品的流通，也会将文化传播到商品流传地。

第二节　诗歌写本的主要传播场所

一、敦煌所见僧侣诗歌写本

敦煌诗歌写本中出现了非常多的僧侣诗歌抄本：①P.2104、P.2105、S.4037《释氏歌偈铭丛抄》存诗7首；②P.2641《释道真诗文抄》存诗5首，且附录《巡礼莫高窟题壁》;③P.2700《伦人王克茂诗抄》存诗 4 首;④P.3052、Дx.105、Дx.10299《敦煌僧同题诗抄》存诗 4 首;⑤P.3360《释氏歌偈丛抄》存诗 3 首;⑥P.3591《释氏歌偈丛抄》存诗 4 首;⑦P.3676《饯送达法师诗抄》存诗 6 首;⑧P.3720、P.3886、S.4654《悟真受牒及两街大德赠答诗合抄》,存诗 21 首,且附录诗 2 首;⑨P.3967《周卿泰法师诗抄》存诗 7 首;⑩P.4617《释玄本五台山圣境赞》存诗 12 首;⑪S.373《诸山圣迹题咏诗抄》存诗 10 首;⑫S.2165《释氏箴偈铭丛抄》存诗 13 首;⑬S.3016、S.2295《心海集》存诗 155 首;⑭S.4472《释云辩诗文抄》存诗 20 首,且附录诗 10 首;⑮S.4654《莫高窟巡礼题咏诗抄》存诗 5 首;⑯S.5648《僧侣杂诗》存诗 11 首;⑰S.5692《释氏歌偈铭丛抄》存诗 4 首;⑱Дx.153《敦煌僧同题诗抄》。

僧侣的写本大致分为两类。一类是纯粹的宗教偈赞，这样的写本占大多数,一类是僧侣个人或和友人的歌咏。从严格意义上讲,宗教的偈赞不能算作文学史上的诗,故本文对此不做深入探讨。但在这些诗歌之外,还有一些僧侣的诗作,这些诗展示了唐代僧侣对诗歌创作的理解和认识。在某种意义上,僧侣是唐代诗歌文化主要的传播群体。日本和尚空海等人把唐朝的经典文学带回日本,对日本的文化产生了深远的影响。敦煌是著名的佛教圣地,也是各种文化交流交融的地域。本文分析藏经洞中的僧侣诗歌写本,试图挖掘敦煌的僧侣在文学上对民间的渗透力和影响力。他们的参与创作也促进了当地诗歌文化的接受。

不可否认,佛教传入中国,对中国的文学形式产生了重大影响。南朝时期诗歌逐渐表现出律化的倾向。永明体的发起者周颙、沈约都是精通佛教经典的学者。诗歌在声律上逐渐开始有了严格的要求,也是佛教传入我国之后的事。格律诗和佛经的关系,前人和相关学者对此有过激烈的争论,本文不做赘述。本文仅选取写本中出现的诗歌,探讨敦煌写本中出现的俗文学和诗歌之间的关系。

中晚唐时期比较集中地出现诗僧群体。据宋计有功《唐诗纪事》载,唐五代有诗僧 57 位;元代辛文房《唐才子传》记载诗僧 54 位。《全唐诗》保存了唐代 118 位僧侣的 2931 首诗(句),今人陈尚君《全唐诗补编》增录 297 位僧侣的

1521 首佚诗。可见，僧侣诗人在唐代是一个庞大的群体。其中王梵志、无可、寒山、皎然、贯休、庞蕴、齐己等传世诗作多达百首。在有唐一代诗人中，他们都是重要的作家。敦煌写本中，数量最多的是王梵志诗，有 300 多首。出现在各种诗歌写本中的僧侣有 60 人，这些多数是活跃在敦煌的僧侣，他们留下了非常多的偈赞、散句。僧侣的创作更近于本土化，形式也多是通俗的偈赞类劝世诗。

在敦煌写本中，僧侣诗歌和文人诗歌抄写在一起的情况非常少见。仅 P.2748 中释悟真《国师唐和尚百岁诗》10 首和唐人歌行抄写在一起，P.3619 卷中有沙门日进《登灵严寺》，P.3812 释无名《无名歌》也和其他文人诗抄写在一起。其他僧侣诗歌一般都是集中抄写，不与文人诗歌混抄。这表明僧侣诗基本在宗教场所或宗教活动中流传，极少作为当时人们观念中的文学作品而出现在各类杂抄里。

P.2104、P.2105、S.4037《释氏歌偈铭丛抄》，P.3052、Дx.105、Дx.10299《敦煌僧同题诗抄》，P.3360《释氏歌偈丛抄》，P.3591《释氏歌偈丛抄》，S.2165《释氏箴偈铭丛抄》，S.5648《僧侣杂诗》，S.5692《释氏歌偈铭丛抄》，Дx.153《敦煌僧同题诗抄》属于释氏歌偈铭集抄。而 P.2641《释道真诗文抄》，P.3676《饯送达法师诗抄》，P.3720、P.3886、S.4654《悟真受牒及两街大德赠答诗合抄》，P.3967《周卿泰法师诗抄》，S.4472《释云辩诗文抄》，P.4617《释玄本五台山圣境赞》，S.373《诸山圣迹题咏诗抄》更像高僧大德的个人诗集，这类写卷中包含更多的诗歌意味。这表明诗是当时僧侣社交的一种重要文化形式，是他们生活中很重要的内容，僧侣参与创作诗歌，必将对诗歌的内容、形式产生极大的影响，同时因僧侣的流动也会将诗歌传至不同的地域。

二、唐代俗讲和唐诗传播

提到唐代的俗文学，就不得不提唐代僧侣的僧讲。僧侣在宗教活动中所使用的讲经文、押座文、经变文中存在大量的韵文，这些韵文正是讲唱文学中唱的部分。巴宙认为："选取佛经中有兴趣或神变的故事用散文与韵文写成，故在宣讲时有说有唱，颇能引人入胜而大收宣传的效果，唐代的俗讲僧文溆是最善此道，此中最著名的有：阿弥陀经变文、维摩诘经菩萨品变文、太子变文、目连变文、降魔变文等。”①

会昌年间（841—846），日本和尚圆仁入唐求法，他的《入唐求法巡礼行记》就记载了长安僧侣在寺院里讲唱经文的情形。而且，当时的寺院俗讲非常兴盛。

唐代寺院不但是宗教的场所，也是民众游赏、观戏的场所。唐代民间伎艺表演、戏场主要在寺院里。“长安戏场多集于慈恩，小者在青龙，其次荐福、永寿。”②上述记载长安开讲的寺院有资圣寺、保寿寺、菩提寺、景公寺、会昌寺、惠日寺、崇福寺七处。法师有海岸、体虚、齐高、光影、文溆等人。

尤其值得注意的是，多个文献中记载了文溆俗讲名震一时。“有文溆僧者，公为聚众谈说，假托经论，所言无非淫秽鄙亵之事。不逞之徒，转相鼓扇扶树，愚夫冶妇，乐闻其说，听者填咽，寺舍瞻礼崇奉，呼为和尚。教坊效其声调，以为歌曲。”③甚至唐敬宗也亲自到兴福寺听俗讲，宝历二年（826）六月己卯，“上幸兴福寺，观沙门文溆俗讲”④。陈汝衡说：“俗讲一定先起于民间，先有若干和尚在城市寺院里讲唱，博得民众们喜爱，然后流风所被，便成为和尚们一种伎艺，方才有帝王出来提倡。而帝王们以护法的身份关心这种讲唱，那已是讲唱在民间普遍发达以后的事了。”⑤

“到了中唐晚唐时期，长安大寺院里盛行着以散韵文合体的所谓‘变文’讲唱，而讲唱的就是些著名的和尚。并且由单独讲唱佛经演进为唱说民间故事，这给市民阶层带来了新的文娱形式，其影响于后世是极大的。”⑥

俗讲有一整套庄严的仪式，严格按照一定的规范和先后的次序，如念佛、发愿、开讲、唱经，等等。敦煌写本中的变文、讲经文、押座文都有所体现。许多

① 巴宙：《巴宙文存》，台北：新文丰出版公司，1985年，第275—276页。
② 钱易：《南部新书》，北京：中华书局，2002年，第67页。
③ 赵璘：《因话录》，北京：中华书局，1985年，第25页。
④ 司马光：《资治通鉴》，北京：中华书局，1958年，第7850页。
⑤ 陈汝衡：《说书史话》，北京：作家出版社，1958年，第17—19页。
⑥ 陈汝衡：《说书史话》，北京：作家出版社，1958年，第17页。

歌谣就是从这类讲唱韵文中诞生的。

唐代民间俗诗从变文中演化出来的就有好几首。如长沙窑出土瓷器上有："君生我未生，我生君与（已）老。君恨我生迟，我恨君生早。"敦煌S.2073《庐山远公话》记远公为崔相公讲"四生十类"，讲至第七类"身智二足"时，说偈曰："身生智未生，智□（生）身已老。身恨智生迟，智恨身生早。身智不相逢，曾经几度老。身智若相逢，便得成佛道。"长沙窑所见"天地平如水，王道自然开。家中无学子，官从何处来"一诗就是从敦煌写本《秋胡变文》"□□□□□，三公何处来"演化而来。《秋胡变文》是唐代非常流行的讲唱话本。

敦煌文献中明确记载文溆的俗讲并不多见，但是唐代另外一位俗讲大师云辩不但在敦煌文献中有多卷作品，还有一卷文抄。晚唐时期，敦煌有位使节，在洛阳有幸聆听了云辩大师的俗讲，之后受到云辩启发，皈依佛教，并将关于云辩大师的多部文献带回敦煌。

S.4472《释云辩诗文抄》中的云辩乃唐代著名的俗讲大师。陈尚君《五代俗讲僧云辩的生平与作品》[①]一文提到，北宋张齐贤在《洛阳缙绅旧闻记》卷一《少师佯狂》中记载了这样一个故事：云辩在长寿寺五月俗讲之时，有洛阳谈歌妇人杨苎萝在侧，杨苎萝乃善合生、杂嘲的谈歌女，对云辩极尽嘲戏之辞。云辩就是圆鉴，为左街司录。S.4472有云辩的《左街僧录与缘人遗书》。此卷最后有李琬附记：

> 大德参寻圣境，远达梁京，偶因听规清谈，说本道风化，而乃顿回愚意，倾心归依。二年来往，一无供须，所令迭（叠）纸挥毫。故并辞惮切认。广敬西天梵语，多重东国文章，更能无染无违，必究真空真义。时显德元年季春月蓂开三叶，长白山人李琬蒙沙州大德抄记。

陈尚君分析李琬可能为沙州归义军出使汴梁人员。因为偶然受到了云辩大师的启发，追随云辩。云辩讲法的声名远播边陲，为沙州大德所闻，由李琬

① 陈尚君：《五代俗讲僧云辩的生平与作品》，《文史知识》2017年第3期，第37—42页。

抄录后流传于敦煌。云辩的各类作品多达六种。云辩的故事可以说明僧侣俗讲说法对写本传播的重要作用。僧侣说法中的说唱韵文不但化导了听众的心灵,使他们皈依佛教。信徒的虔诚是抄写这种韵文的内生动力,带动了文化的传播。

P.3808 正面为《长兴四年中兴殿应圣节讲经文》,背面是《敦煌琵琶谱》。长兴四年也是公元 933 年,这个写卷抄写"适来都讲所唱经题,云《仁王护国般若波罗蜜多经》",为讲唱《仁王护国经》无疑。《仁王护国经》为八品长达一万字的经文。杨雄据卷中"三载秦王差遣臣,今朝舜日近舜云",判断《长兴四年中兴殿应圣节讲经文》的作者可能为秦王幕府的僧人[①],此僧"又从今日帘前讲,名字还交四海闻",是五代洛阳著名的俗讲僧人。刘铭恕、陈尚君认为此僧极可能就是云辩大师。[②]

《长兴四年中兴殿应圣节讲经文》全篇结构清楚,秩序井然。开篇即颂明宗,其后取譬明宗乃佛的化身,巧妙过渡到《仁王般若经》,一边讲经,一边颂帝。经文讲完,转入"十唱唐明宗",最后以一组七言四句诗作结。全篇行文起伏开合,章法十分讲究,属第一流讲经文。韵文中唱颂明宗诫宫人有:"蚕家辛苦尚难裁,终日何曾近镜台!叶似绳头难得大,蚕如蚁脚养将来。半罗茧就新蝉叫,一络丝成旧债催。所以圣人诫宫女,莫将罗绮扫尘埃。"杨雄评价其"简直就是一首蕴含无限感受的悯农诗"[③]。

P.3808 的背面是《敦煌琵琶谱》,与《长兴四年中兴殿应圣节讲经文》同时出现在一个卷子中,应该不是巧合。抄写者一定也精于音乐。S.4472《释云辩诗文抄》卷有《修建寺殿募捐疏头辞十首》《右街僧录圆鉴大师云辩进十慈悲偈》《左街僧录与缘人遗书》。此卷抄录的云辩诗《右街僧录圆鉴大师云辩进十慈悲偈》,每句皆以"君王若也起慈悲""为宰若也起慈悲""公案若也起慈悲"等句式起句,可能都是来自俗讲中的唱词。

---

① 杨雄:《〈长兴四年中兴殿应圣节讲经文〉研究》,《敦煌研究》1990 年第 1 期,第 98 页。
② 见刘铭恕的《〈长兴四年中兴殿应圣节讲经文〉的讲经者》、陈尚君的《五代俗讲僧云辩的生平与作品》两篇文章。
③ 杨雄:《〈长兴四年中兴殿应圣节讲经文〉研究》,《敦煌研究》1990 年第 1 期,第 99 页。

另外，S.4472《修建寺殿募捐疏头辞十首》、P.2603《赞普满偈》10 首和 Дх.153《敦煌僧同题诗抄》[①]均为佛教寺院在修葺活动中募集善款的唱词。这些唱词可能在寺院的募捐活动中被频繁地传抄，在倡导积累信徒的功德中反复出现，因此流传非常广。

敦煌写本中出现的释氏歌偈铭赞，虽然借鉴了唐诗的某种格律形式，但本质上与敦煌曲子词及民歌关系似乎更近。创作这些偈铭的僧侣并没有经过格律诗的训练，其文学修养是不能与受过正统教育的文士相比，僧侣的诗歌或者偈铭是敦煌变文中韵文的翻版，僧侣本人甚至有可能就是变文的说唱者。佛经的故事怎样演变成唐代的变文，是否有文人参与创作，我们并不清楚。许多文人参与了唐传奇、民歌的创作，例如元和时代的韩愈、元稹、白行简等人都参与了唐传奇的创作。但哪些文人参与了变文的创作，这是模糊的。对于玄奘、义净那样的高僧，他们的主要精力在佛教经典的翻译上。而把佛经转化成通俗的故事，并以文艺的形式讲唱给百姓，就是那些普通的僧侣，他们有一定的文化，生活在民间，熟悉民歌的形式和节奏。

参照了日本僧圆仁《入唐求法巡礼行记》卷三纪赤山院新罗僧讲经仪式、宋元照《四分律行事钞资持记》卷三《释导俗篇》，对比 P.3849 敦煌卷子纸背抄写的俗讲仪式，向达提出："俗讲仪式之作梵，礼佛唱释经题，说经本文，回向发愿诸法，与讲经无甚出入。唯说押座，则元照、圆仁书俱未之及，不见于讲经仪式之中，盖为俗讲所特有者。"[②]

"为出家五众，则须切语无常，苦陈忏悔。若为君王长者则须兼引俗典，绮综成辞。若为悠悠凡庶，则须指事造形，直谈闻见。若为山民野处，则须近局言辞，陈斥罪目。凡此变态，与事而兴。"[③]这里表明俗讲根据具体的观众有所选择

① 在Дх.153《敦煌僧同题诗抄》正面为阙题诗三首，仅第三首题写作者为释金髻，此卷背面为吐蕃时期发愿文，徐俊判断与正面诗抄笔迹如一。此卷虽为残卷，从目前所存 15 行可以看出来每行大约 16 字，题写格式严谨，与敦煌写本中出现的抄有大量诗歌小卷子的抄写格式显然不一样，更近似于经典的抄写格式。三首诗歌是某次修建义井所作。笔者根据正背面内容，推测为寺院的一次善施义井后的旌表。

② 向达：《唐代长安与西域文明》，石家庄：河北教育出版社，2001 年，第 297 页。

③ 向达：《唐代长安与西域文明》，石家庄：河北教育出版社，2001 年，第 303 页。

的特点。故而俗讲中的韵文,也是极为通俗并被大众接受的。向达《唐代俗讲考》:“顾在石室藏书中,尚有一种通俗文学作品,论体裁则韵散间出,其名称则变文、词文、押座文、缘起,不一而足;其内容则敷衍佛经,搬演史传。慧皎所谓‘凡此,与事而兴’似正为此种作品而言。唯以作者之志在于化俗,是以文辞鄙俚、意旨浅显。”[①]

“唱导者,盖以宣唱法理,开导众心也。昔佛法初传,于时齐集,止宣唱佛名,依文致礼。至中宵疲极,事资启悟,乃别请宿德升座说法,或杂序因缘,或傍引譬喻。其后庐山释慧远,道业贞华,风才秀发,每至斋集,辄自升高座,躬为导首。先明三世因果,却辩一斋大意。后代传受,遂成永则。……至如八关初夕,旋绕周行,烟盖停氛,灯帷靖耀,四众专心,叉指缄嘿,尔时导师则擎炉慷慨。含吐抑扬,辩出不穷,言应无尽。谈无常,则令心形战栗,语地狱,则使怖泪交零。征昔因,则如见往业;核当果,则已示来报;谈怡乐,则情抱畅悦;叙哀感,则洒泪含酸。于是阖众倾心,举堂恻怆,五体输席,碎首陈哀。各各弹指,人人唱佛。”[②]这种俗讲活动,很快就演变为早期的戏剧。故而唐代的戏场也是设在寺院之中。

任半塘《唐戏弄》中有“变场”一词,并分别以唐人薛昭韫《幻影传》“李秀才条”之“望酒旗,玩变场者”和段成式《酉阳杂俎》卷五有“望酒旗玩变场者,岂有佳者乎”[③]为证,说明变场“被视同酒肆,且加‘玩’字,为不逞之徒寻乐之所”[④]。这里主要表演“吉师老之《看蜀女转昭君变》、王建之《看蛮妓讲唱昭君》等,应俱在其地”[⑤]。而唐代与变场同时并存者还有“道场”,“道场本为高僧名德所主,鸠集善男信女,参经礼佛。……然唐俗轻飏,禅戒不密,所谓道场,早有沦为声色相邀,士女尘杂者;其吸引众等之魔力,为其他三场所不及”[⑥]。唐人赵璘《因话录》载“有文溆僧者,公为聚众谭说……教坊效其声调,以为歌曲”[⑦],可知唐代

① 向达:《唐代长安与西域文明》,石家庄:河北教育出版社,2001 年,第 288 页。
② 慧皎:《高僧传》(下),西安:陕西人民出版社,2010 年,第 809 页。
③ 段成式《酉阳杂俎》,北京:中华书局,1985 年,第 43 页。
④⑤ 任半塘:《唐戏弄》,上海:上海古籍出版社,1984 年,第 962 页。
⑥ 任半塘:《唐戏弄》,上海:上海古籍出版社,1984 年,第 363 页。
⑦ 赵璘:《因话录》,北京:中华书局,1985 年,第 25 页。

和尚有清唱之表演。

任半塘依据《洛阳伽蓝记》“长秋寺”“瑶光寺”“禅虚寺”等条知：“唐寺设戏场，乃延北朝之旧。若以常情度之，无非利用其所有广场，与瞻礼之四众，市集之游人而已。迨社会上既已养成一种逛庙之风习后。”[①]结合任半塘《唐戏弄》所提出唐代变场、道场、戏场之地点和表演方式、内容的特殊性，长沙窑铭诗壶中有“男儿大丈夫”和“天地平如水”均来自《秋胡变文》，推测这些长颈瓷器是唐代变场酒肆中的常见之物。唐代道场、寺院戏场的讲经说话唱导等形式，直接影响了民间手工业者对这些场所的记忆。唐代的民间歌谣最有可能被活跃在变场、道场、戏场中的酒家胡和寺庙中的僧侣传播。

在敦煌文献、唐代的瓷器上，我们发现民间广为流传的诗歌多以五七言绝句为主。“其七言四句为一段，无论西皮二黄，唱起来都不会拗嗓。”[②]“而曲之所以为曲，却是从诗——尤其是五七言绝句——衍变而来。”[③]“这时期(指唐)也许在未为人知的民间，已具有以唱词为主的简陋戏剧了。如踏摇娘之传自河朔，即其一例。当时若有剧本的写定，恐怕也是五七言诗。”[④]受周贻白观点的启发，结合敦煌文献S.4359的整体情况，我们似乎看到了敦煌文献中存在唐代戏剧的模糊形式，这些看似没有内在联系的诗歌、曲子可能就是唐人的唱曲，或者是当时在寺院进行戏剧表演的一种形式。如果唐诗没有明确的写本诗集传向中亚，那么这种戏剧中的演唱模式可能传递了唐代五七言绝句诗的格式。

通过比较敦煌文献、吐鲁番阿斯塔那出土文献和长沙窑铭诗壶，我们会发现民间流传比较普遍的歌谣多来自佛教仪式。它们脱胎于押座文、变文、礼忏文等韵文，和唐代的俗讲有着密切的关系。这类诗歌在传播的过程中，经过民间再创作，呈现出不同主题的内容。这类诗歌往往通过传教讲经的僧侣从西陲传播到中原。这表明唐代民间诗歌的传唱、传抄和佛教寺院文化有着千丝万缕

---

① 任半塘：《唐戏弄》，上海：上海古籍出版社，1984年，第965页。
② 周贻白：《中国戏剧史》，上海：中华书局，1953年，第65页。
③ 周贻白：《中国戏剧史》，上海：中华书局，1953年，第66页。
④ 周贻白：《中国戏剧史》，上海：中华书局，1953年，第72页。

的联系,而酒肆只不过是传播这些诗歌的文化驿站。长沙窑铭诗壶在这些文化活动中扮演着点缀和装饰的角色,无意间成为这些文化活动的载体。不可否认的是,唐代民间诗歌的源头很多来自寺院,是通过僧侣们传播推广的,来往于东西交通之路上的酒家胡和酒肆也起到了推波助澜的作用。在交通工具不发达的古代,只有僧侣才有更多的机会来往于边陲和中原,才有可能成为文化传播的重要载体。

三、敦煌寺院中诗抄的流传

敦煌写本 S.5648 是明显的寺院杂抄写本。卷中出现了一些非常个人化的书写,驳杂的内容为本卷的定名带来了一定的难度。但写卷的复杂性往往也暗示了书写人生活的种种细节,为我们推想唐人的具体生活提供了某些可靠的证据。依据原卷的书写情况,笔者展开分析,以求对本卷的性质有更精准的认识。

注意到此卷的研究价值并对其有深入研究者,有徐俊、高国藩二位先生。高国藩在《敦煌俗文化学》一书中有《敦煌寺庙俗诗——戒违遣情诗》[①]一文,专门分析了 S.5648 写卷的情况。高国藩以首题"戒违遣情诗"作为此卷的定名,认为这是当时敦煌寺庙俗诗的抄写。在释题中,高国藩认为:"观以下九首诗之内容,大都与佛教有关而只说戒事,如皈依佛教、愿从佛僧、老僧持斋等,故觉戒违与遣情有关,实指戒除违反佛规后所写之情诗,遣指排遣,遂定名为《戒违遣情诗》。"[②]高文中九首诗歌顺序是:一、《如意园》(原题);二、《皈依三宝诗》(拟题);三、《愿相从》(拟题);四、《无常》(拟题);五、《导诗》(原题);六、《草书歌》(原题);七、《小游仙诗一首》(原题);八、《老僧诗》(原题);九、《霜》(拟题)。

高国藩提出此卷是"唐代敦煌的老百姓把他们自己的文学作品,写成带有游乐性与趣味性,以便使自己在劳苦的工作后,得到慰藉,起到解乏与提神之作用。因此这种体裁是有它实际作用的。另一点也必须看到,老百姓也即佛教

①② 高国藩:《敦煌俗文化学》,上海:三联书店,1999 年,第 497—507 页。

徒是为了排遣自己心中的情感，因而写诗，所以在 S.5648 卷首以《戒违遣情诗》五个大字为题，故知此卷中九首诗均为‘遣情’之作，这正合《诗经》‘缘情而发’之传统。”①

徐俊在《敦煌诗集残卷辑考》一文中，对此卷的定名表现出谨慎的态度。徐文定名此卷为《杂诗丛抄》，诗歌的数量增加到十一首。一、《道情诗》；二、《题僧院壁》；三、《阙题二首》；四、《皈依三宝诗三首》；五、《道情诗》；六、《草书歌》；七、《小游仙诗》；八、《老僧诗》。

徐文和高文对此卷的录文和定名表现出明显的差别。虽然在诗歌数量上徐文比高文多出两首，但徐文所录诗歌的标准和高文有明显差异。其中徐文中的阙题诗二首（常思墨客五层云）不见于高文；而高文中的《无常》《霜》两诗也没有在徐的录文中出现，说明徐俊认为它们不具备诗的性质，故而不录。另外，在诗歌名称和抄录次序上，两文也有差异。第一首诗，徐俊定名为《道情诗》，并提出《斯坦因劫经录》《敦煌宝藏》拟题《如意园诗》，《英藏敦煌文献》拟题《道情诗如意园四首》，均有误。高文此首诗歌题名《如意园》，与《斯坦因劫经录》《敦煌宝藏》近似。但是在释题中，高文提到了“违戒遣情诗”是来自写卷中出现的题写。“遣情诗”的定义似为一家之言，因为“道”和“遣”字书写近似，而且题首的“道”因为上部有其他书写痕迹覆盖而有些模糊，故造成了高文“遣”字的提法。通读全卷，“道情诗”的题写在其后再次出现，书写和题首完全一致。且卷首“道情诗”字体较“违戒”小许多，“违戒”二字是写在“道情诗”上面的，在“道情诗”前还有文字，因“违戒”二字的覆盖已无法准确辨认，只可隐约见“七□”字样。笔者猜测可能为“七言道情诗”。《全唐诗》中以“遣情”为题的诗歌仅见于方干的《湖南使院遣情送江夏贺侍郎》；而以“道情”为题的诗有多首，如白居易《岁暮道情二首》、贾岛《和孟逸人林下道情》、贯休《道情偈》《道情偈三首》。且在诗句中出现“遣情”仅见于皎然的《建安寺夜会，对雨怀皇甫侍御曾联句》“相思非是远，风雨遣情多”、孙光宪的《思帝乡》“如何，遣情情更多。永日水堂帘

① 高国藩：《敦煌俗文化学》，上海：三联书店，1999 年，第 504 页。

下，敛羞娥”。而诗句中有“道情”的唐诗多达五十一首。白居易、张籍、元稹、姚合、皎然、贯休等中晚唐诗人的诗歌中均出现了“道情”。尤其值得注意的是，“道情”见于白居易诗有五首、皎然有八首、贯休有四首。白居易是唐代诗人中诗歌传播范围最广的人，皎然和贯休为僧侣，他们的诗歌中多次出现“道情”，说明道情诗和佛教的密切关系，以及其在名称提法上的普及。因此，徐俊定名为“道情诗”似更准确。“道情诗”后有“如意菌”三字，应是后来抄写，“如意菌”笔迹与此卷上左侧杂写近似，上左侧杂写为“如意圆满如意圆满卢舍那不胜妙正如大海身如满月智无边吴僧政买马两匹，回买一匹者”，中间夹杂抄写“出门逢白霜”方形诗一首、圆形诗两首；所写文字出现叠加覆盖的情况，可以判断是作为废纸重复利用所致，故徐俊判断“如意菌”是再次抄写在原卷题首的练笔，而非其后所抄诗歌的诗题。此页后题写“吴僧政买马两匹，回买一匹者”，推测在此页空白处练笔抄写者为吴僧政。依据徐俊的判断，笔者结合此题后抄写的诗歌为七言诗，其残缺的“七□”字样，判断 S.5648 原卷卷首所抄诗题为《七言道情诗》。

高文第二首诗为《皈依三宝诗》。徐文此处录《题僧院壁》与《阙题二首》。造成出入的是在《七言道情诗》后，有五行字迹非常模糊，抄写有“德道真僧不与逢”诗，此诗在后页重出，故高文在后文录诗。但是二首阙题诗并不见于高文。“德道真僧不与逢”此处没有抄写题目，曾慥《类说》卷十六载：“邢州开元寺壁有五代时隐士钟离权二诗，曰：‘得道高僧不易逢，几时归去愿相从。自言住处连沧海，别是蓬莱第一峰。’”宋人洪迈《万首唐人绝句》卷六九也收录此诗，题作《题僧院壁二首》。《全唐诗录》卷一〇〇收录此诗，题作《题邢州开元寺》，作者钟离权为“唐处士，咸阳人，遇老人授仙诀。又遇华阳真人上仙王元甫传道入崆峒山，自号云房先生”。《唐诗纪事》同上说。《全唐诗》卷八六〇收录此诗，诗题为《题长安酒肆壁三绝句》，“得道真僧不易逢”为其二。曾慥、洪迈为宋人，距离五代时间较近，其说较为可信。且曾慥为宋代的道教学者，对五代时期的道教隐士记述比较准确。因此，写在邢州开元寺院壁的此诗题应是较早的记载，在长安酒肆壁上出现，应是从邢州开元寺传播到长安，诗歌的数量也从两首增加到三首。《宣和书谱》卷十九载：

> 神仙钟离先生名权，不知何时人，而间出接物，自谓生于汉。吕洞宾于先生执弟子礼。有问答语及诗成集。状其貌者，作伟岸丈夫，或蛾冠绀衣，或虬髯蓬鬓，不冠巾而顶双髻，文身跣足颀然而立，睥睨物表，真是眼高四海而游方之外者。自称天下都散汉，又称散人，尝草其为诗云："得道高僧不易逢，几时归去得相从。"其字画飘然有凌云之气。[①]

《通志》卷七三也记载邢州有钟离权的草书碑刻，说明钟离权是五代时期有名的草书家，他在邢州开元寺留下的诗歌，最有可能是被喜欢草书书法的人以书法临摹的底本传播的。因此，此卷后页出现了《草书歌》，绝非偶然。而且，这首诗歌在后页重出，比较清晰完整。重出的诗歌是从左向右书写，田左侧无空白处，故向右书写，这也说明了是后来书写在空隙处的。高文误将写在右侧的最后一句作第一句，故出现了录文的错误。[②]此卷中多次出现的练笔，也印证了抄写人对书法的学习临摹。我们在审视写卷的性质时，隐约感受到所抄写诗歌来自晚唐五代时期字帖的可能性。

徐俊定名S.5648为《杂诗丛抄》，此卷确实是以抄写诗歌为主的。高国藩认为S.5648是唐代佛教寺院的俗诗——"戒违遣情诗"，"戒违遣情" 的说法从字面上较难理解，且传世文献和敦煌文献中未见这样的提法。综观此卷，《斯坦因劫经录》记载此卷的内容为：一、如意菌诗；二、得道真僧不易逢诗；三、草书歌；四、小游仙诗一首；五、老僧诗；六、诅鬼经；七、梵本般若心经莲花部。此卷中还存在和诗歌无关的内容。经核对图版，笔者发现原卷中的抄写具体如下：

1.《道情诗》；[③]2. 阙题诗（得道真僧不易逢）；[④]3. 阙题诗二首（一首为七绝，

① 无名氏著，王群栗点校：《宣和书谱》，杭州：浙江人民美术出版社，2012年，第181页。

② 高国藩：《敦煌俗文化学》，上海：三联书店，1999年，第500页。

③ 此处采纳徐俊说。

④ 徐俊据《万首唐人绝句》七言卷六九拟补题目为《题僧院壁》，据笔者查阅《全唐诗》第八六〇卷此诗题目为《题长安酒肆壁三绝句》之一。

一首为五律);4.“出门逢白霜”方形诗一首、圆形诗两首。“卢舍那不胜妙正如大海身如满月智无边吴僧政买马两匹,回买一匹者”杂写;5.《皈依三宝诗三首》;[1] 6. 从左至右书写顺序的“得(德)道真僧不易逢”,空白处杂写多个[illegible];7.“诸行无常一切皆苦”偈七行;8.《道情诗》;9.《草书歌》;10.《小游仙诗一首》;11.《老僧诗》;12.“癸酉年六月三日索丑住”杂写三行,下面又出现“出门遇白霜”是方形和圆形各一个;13.《诅鬼经》8 行;14.《梵本般若心经·莲花部》题目。笔者查看此卷,至少有三人题写。出现在卷尾的《梵本般若心经·莲花部》题目用毛笔书写,书写严整,书法流畅,用行书书写。卷前也用行书抄写《道情诗》等诗歌,书法较严整,但是和《梵本般若心经·莲花部》题目的书写水平有明显差距,不是一人抄写。此卷中多次抄写《出门遇白霜》,抄写人用楷体书写,且字体较黑,明显为后来书写,并有覆盖前人书写内容的现象。在此卷中,我们发现了吴僧政、索丑住两个人的名字。且索丑住落款时间为“癸酉年六月三日”,吴僧政的名字用楷书书写。根据这些情况,笔者认为此卷为《梵本般若心经·莲花部》前面的一段空白处,因不明原因被废弃后,先后被抄写了一些诗歌,之后再次被利用。在索丑住抄写诗歌的空行处,吴僧政杂写了很多类似习字的练习,包括《出门遇白霜》等形式的诗歌游戏。而《诅鬼咒》的笔法和《出门遇白霜》方圆图形文字完全一致,高国藩和徐俊均认为《出门逢白霜》方圆图形文字为文字游戏诗。依照徐俊的解释,此诗为“出门逢白霜,路结边为霜,水照先人霜,玉女景来霜”,皆不知其意。本文认为图中“路”可能为“露”,“景”可能为“影”。

《出门逢白霜》图形在 S.5648 卷的第一页、第三页共出现过五次。其中《出门逢白霜》方形图分别抄写在第一页、第三页上。《出门逢白霜》圆图形出现了三次,第一页出现两次,第三页出现一次,全部都在方形图下。《出门逢白霜》圆形图正中心的“霜”位置均发生变化,第一页《出门逢白霜》圆图形中的“霜”分别是倒置、正写。第三页中的“霜”左侧写。方形图中,“霜”字书写位置虽然没有发生变化,但是环绕周围的字却是变化的。第一页方形图中,“逢白路”在“霜”

---

① 原卷前题写《道情诗》,上涂抹。徐俊据《斯坦因劫经录》拟题为《皈依三宝诗三首》。

正上方。第三页“出门逢白”在“霜”正上方。笔者推断“霜”正对的字是诗歌开始之句,这样的读法就有很多种,例如也可以读作:“逢白霜路结,边为霜水照,先人霜玉女,景来霜出门。”“霜”与“双”谐音,是否可以这样读:“逢白霜露结,边为霜水照,仙人霜玉女,影来双出门”。《初学记》卷三“岁时部”载:“《淮南子》曰:七月百虫蛰伏,青女乃出,以降霜雪。高诱曰:青女乃青要玉女,司霜雪者。”玉女乃主司霜雪的神仙。图形中出现了“玉女”二字,暗示和中间“霜”字的关系。这一定存在多种解读的方法,暗示不同的含义,所以抄写者才多次在本卷抄写相同文字的不同图形。寺院中的符箓签也是依靠变化无穷的文字组合来解释变化无穷的意思。第一页方形图中还有几个小字,分别写在“霜”字的上、左、右及左下角,虽然字迹难辨,但格式与古代民间的占卜有相似之处。唐代瞿昙悉达所著《唐开元占经》卷一〇一有《霜占》:

《元命包》曰:阴阳凝为霜。《易·坤卦》曰:初六,履霜坚冰至。《象》曰:履霜坚冰,阴始凝也,驯致其道,至坚冰也。《礼记·月令》曰:季秋之月,霜始降,百工休。孟冬行秋令。则雪霜不时。

《考异邮》曰:

霜者,阴精,冬令也,四时相代,以霜收杀。霜之为言,亡也,物以终也。曾子曰:阴气胜,凝为霜。

《地镜》曰:

视屋上瓦独无霜者,其下有宝藏。①

① 王谟辑:《汉唐地理书抄》(附麓山精舍辑六十六种),北京:中华书局,1961年,第53页。

霜是人们生活中的一个自然现象,中国古代以自然现象进行占卜。故 S.5648 中出现的“霜”字图形,也有可能是在寺院中常见的签卜。

新疆吐鲁番阿斯塔那古墓葬区 303 号墓出土吐鲁番 59TM330 道教符箓[①],图形为一神人,下面写有一个“黄”字,围绕“黄”字另外书写有几排小字。这样图形样式的符咒,与敦煌 S.5648 卷中的《出门逢白霜》图大体相似。明代《遁甲演义》卷三中出现的《九宫八卦三台之图式》排列形状也和《出门逢白霜》圆形图近似,只是前者更为复杂。《星学大成》卷十七有《水星照临十二宫》,“水照”一词也是占卜用语。《遁甲演义》卷三出现了《玉女反闭诀》《玉女咒》等。结合 S.5648 出现的《出门逢白霜》图形,以及玉女、水照等占卜用语,推测其可能是古代符咒的一种。

敦煌写卷中附有具体灵符图形的有多种。比较具有代表性的如 P.3810,此卷抄有《湘祖白鹤紫芝遁法》,其后画《步罡诀》的符。《白鹤灵彰咒》中画《鹤式符》等符咒。《草符式》符咒中写“雨”字头的汉字。《踏魁罡步斗法》后画符咒图形。P.3810 卷《湘祖白鹤紫芝遁法》首次提道:“夫白鹤紫芝遁,乃汉名将钟离翁传唐秀士吕纯阳,纯阳、韩湘子阐扬大教。” S.5648 中抄写钟离权的“得道真僧不易逢”诗,S.5648 第四页又出现《诅鬼咒》,与《出门逢白霜》图形的笔迹完全一致。这些现象的集中出现,绝非偶然。

通过《出门逢白霜》图形在 S.5648 中出现的次数、形状,以及它和同卷其他抄写内容的关系,推测这也可能是当时寺庙中的签卜灵符。

四、敦煌写本所见道情诗和唐代说唱表演

S.5648 中“道情诗”三字至少出现了三次,抄录道情诗题目三次,抄录道情诗两首。卷首为七言道情诗。而中间出现的“道情诗”三字有涂抹的痕迹。S.5648

① 新疆维吾尔自治区博物馆:《新疆博物馆在吐鲁番阿斯塔那北区墓葬发掘简报》,《文物》1960 年第 6 期,第 13—21 页。

中的道情诗为我们提供了一些对唐代道情的认识。

据明代程明善《啸余谱》记载，“道情”被称为“黄冠体”，因为原是道士化缘时所唱的一种歌曲，其词意以咋尘绝俗为主。《太和正音谱》解释“黄冠体”：“神游广漠，寄情太虚，有餐霞服日之思，名曰道情。”《太和正音谱》甚至明确提道：“道家所唱者，飞驭天表，游览太虚，俯视八纮，志在冲漠之上，寄傲宇宙之间，慨古感今，有乐道徜徉之情，故曰道情。”

“道情”是唱的表演艺术，但是这些所谓的“道情”，是宋之后文献记载的道情形式。敦煌 S.5648 出现的两首道情诗，展示了唐代道情诗的原貌，和宋代之后的道情有些区别。

S.5648 卷首《七言道情诗》：“鹤辞林去羽初成，休向人间取次鸣。透出碧霄云外叫，直教天下总闻声。”此为七言道情，卷中还有一首五言道情诗：“知命愁难入，无亏祸不侵。道高龙虎伏，德重鬼神钦。”S.5648 卷首《七言道情诗》内容上确实有“飞驭天表，游览太虚，俯视八纮，志在冲漠之上，寄傲宇宙之间”的意思。《知命愁难入》这首道情诗重在劝导世情，和前面的道情诗主题不完全一样。从本卷来看，唐代道情诗的内容不完全局限于道家题材。

“道情”一词在盛唐时就已出现。《河岳英灵集》所选刘昚虚《登庐山峰顶寺》：“方首金门路，未遑参道情。”《全唐诗》有近 50 首诗出现了“道情”一词，说明道情是唐人表情达意一种常见的形式。唐代以道情为题的诗歌有 7 首，分别为白居易的《岁暮道情二首》、贾岛的《和孟逸人林下道情》、贯休的《道情偈》《道情偈三首》。

白居易的《岁暮道情二首》：

壮日苦曾惊岁月，长年都不惜光阴。为学空门平等法，先齐老少死生心。

半故青山半白头，雪风吹面上江楼。禅功自见无人觉，合是愁时亦不愁。

贾岛《和孟逸人林下道情》：

四气相陶铸，中庸道岂销。夏云生此日，春色尽今朝。陋巷贫无闷，毗耶疾未调。已栽天末柏，合抱岂非遥。

贯休有道情偈多首：

草木亦有性，与我将不别。我若似草木，成道无时节。世人不会道，向道却嗔道。伤嗟此辈人，宝山不得宝。

崆峒老人专一一，黄梅真叟却无无。独坐松根石头上，四溟无限月轮孤。

非色非空非不空，空中真色不玲珑。可怜卢大担柴者，拾得骊珠橐籥中。

优钵罗花万劫春，频犁旧地绝纤尘。道吾道者相招好，不是香林采叶人。

上举诗偈有五言、七言，属于五七言近体诗，说明道情是从唐代律诗中演化出来的。唐代道情诗是唐诗题材内容的一种。

唐代的“道曲”“道调”始于唐高宗李治时期[①]，且“都是乐曲名，这些乐曲是特制以祀老子的”。[②]车锡伦据《新唐书·礼乐志》记载，唐代的道乐主要有《大罗天曲》《玄真道曲》《景云》《紫清上圣道曲》《紫极》《九真》《承天》《顺天乐》《小长寿》《君臣相遇乐曲》等，提出这些道曲“都没有曲谱和作品文本留存，说它们的内容是‘道教故事为题材，宣扬安贫乐道、无荣无辱的出世思想’，只是臆断”[③]。王定勇认为：“在唐代，以道曲唱道歌的情况或许存在，但严格意义上的道情，即打渔鼓、简板抒唱‘乐道徜徉之情’的说唱形式，却不曾在唐代出现。根据可掌握的材料，以渔鼓、简板伴奏的道情是在南宋初期产生的。”虽然唐代的道曲

---

① 崔令钦：《教坊记》，北京：古典文学出版社，1957 年，第 3 页。
② 丘琼荪：《燕乐考源》，上海：上海古籍出版社，1989 年，第 52 页。
③ 车锡伦：《“道情”考》，《戏曲研究》2006 年第 2 期，第 219 页。

早已失传,但在唐人的诗歌里发现了一些线索。如曹唐《三年冬大礼五首》:“海日西飞度禁林,太清宫殿月沉沉。不闻北斗倾尧酒,空觉南风入舜琴。歌压钧天闲梦尽,诏归秋水道情深。雪风更起古杉叶,时送步虚清磬音。”这里可以看出当时在太清宫里演唱道情的情况。

唐人谢邈《谢人惠琴材》:“七弦妙制饶仙品,三尺良材称道情。”此处明确说用三尺木板说道情。《续仙传》《武林旧事》中有蓝采和手拿三尺大拍板唱踏歌的记载。拍板为道情演奏时的简板,又称为息气。可见艺人用三尺简板说道情绝非空穴来风。至少在晚唐时期,道情已经发展为由大拍板敲击伴奏的说唱艺术了。

在唐代文献中,道情更多出现在唐人赠别寄远的诗歌中。唐人的“道情”是以诗歌的形式寄给友人。例如李郢《宿怜上人房》:“药裹关身病,经函寄道情。”陆龟蒙《奉和袭美赠魏处士五贶诗·乌龙养和》:“养和名字好,偏寄道情深。”皎然《杼山上峰和颜使君真卿、袁侍御五韵赋得印字》:“道情寄远岳,放旷临千仞。”《西溪独泛》:“道情何所寄,素舸漫流间。”这里的道情,是寄给远人的信函诗,表达人们深厚的情谊。通过这类道情诗,诗人表达“万象自心出”的高远意趣,或赞美友人“澹然无所营”的高洁情操。

唐诗中,与佛教关联的道情多于道教。如元稹《伴僧行》“春来求事百无成,因向愁中识道情”,白居易《送后集往庐山东林寺,兼寄云皋上人》“别后道情添几许,老来筋力又如何”,周贺《赠神遘上人》“道情淡薄闲愁尽,霜色何因入鬓根”,张祜《题润州鹤林寺》“古寺名僧多异时,道情虚遣俗情悲”,李郢《宿怜上人房》“药裹关身病,经函寄道情”,陆龟蒙《奉和袭美宿报恩寺水阁》“周颙不用裁书劝,自得凉天证道情”,张乔《东湖赠僧子兰》“道情闲外见,心地语来知”等。唐代提及道情最多的诗人是皎然,有 8 首。其次是贯休,有 4 首。S.5648 写卷中出现的两首道情诗,一首为七言,一首为五言。其中《道情诗》(知命愁难入),徐俊考证“此诗见《祖堂集》卷九《肥田伏禅师傅》”[①],作者是释慧光,且此

① 徐俊:《敦煌诗集残卷辑考》,北京:中华书局,2000 年,第 634 页。

诗还见抄于“北七四(人字一〇)背《多心经一卷》后倒书诗二行(抄两遍),即此诗末二句”[①]。敦煌写卷 P.3093《佛说观弥勒菩萨上生兜率天经讲经文》写道:“唯向人间畅道情。”唐代的道情似乎非道家专有。[②]

笔者推测道情可能最早并非源自道教,而是佛教讲经文中的文体,后来逐渐演化为两部分:一部分为道情诗歌,主要用来唱和送远、寄情达意;另一部分可能演变为说唱文学的一种,借助了檀板、道教音乐,逐渐成为唐代道家擅长的一种道场形式。皎然诗《奉应颜尚书真卿观玄真子置酒张乐舞破阵画洞庭三山歌》:“道流迹异人共惊,寄向画中观道情。如何万象自心出,而心澹然无所营。”

汪泛舟在《敦煌道教诗歌补论》一文中提到 S.5648 道情诗《如意园》为佛教诗歌,而《小游仙诗一首》为道教诗歌。[③]此处还不能准确地判定 S.5648 卷首所抄《七言道情诗》就是佛教诗歌,但是卷中出现了道教主题诗歌《小游仙诗一首》,且《七言道情诗》曰:“鹤辞林去羽初成。”鹤是道教祥瑞之一,判定这也是一首和道教有关系的诗歌。若此观点能够成立,在较为集中抄写佛教歌偈的写卷中发现道教诗歌,说明在唐代的佛寺中,表演各类主题的文艺形式是不受严格限制的。而 S.5648 出现的道情诗,可能就是当时经常在寺院中演唱的道情。此时的道情,正如孙福轩在《道情小释》提出的是“曲辞道情”。[④]

---

① 徐俊:《敦煌诗集残卷辑考》,北京:中华书局,2000 年,第 634 页。

② 王定勇:《江苏道情考论》,北京:社会科学文献出版社,2013 年,第 7 页。

③ 汪泛舟:《敦煌道教诗歌补论》,《敦煌研究》1998 年第 4 期,第 88—96 页。

④ 孙福轩在《道情小释》中提出:“对道情产生时间的判断,应以不同的类型体制为准则。道情从东汉的‘道歌’到宋代的所谓类似‘鼓子词’的说唱艺术,一直到明代才产生了真正以讲述道教故事为主的叙事体和道情剧。所以,作为一种说唱形式而言,‘曲辞道情’应是唐代产生的,而作为叙事意义上的道情则是从明代才开始的。”

第四章 敦煌诗歌写本的主要传播者

郑振满认为:“每一种民间文献都有形成和演变的过程，也有流传和使用的过程。我们必须回到文献的历史脉络,才有可能发现它的历史意义和时代特征。最后是要找到文献的主人。每一种民间文献都是在特定的历史环境中形成的,为特定的人群服务的。”[①]

第一节 唐代幕府官吏与诗歌传播

《全唐诗》录高适诗 208 首,敦煌卷子中高适诗有 13 个写本,共 79 题 104 首(含一赋)[②]。高适是敦煌卷子中存录唐诗最多的诗人。李白在《全唐诗》中存诗 896 首,在敦煌写本中存诗 42 首。岑参在《全唐诗》存诗 388 首,敦煌写本中存诗 11 首。敦煌写本中仅存王维诗歌 1 首。孟浩然在《全唐诗》中存诗 268 首,敦煌写本中存诗 12 首;王昌龄在《全唐诗》中存诗 170 首,敦煌写本中存诗 8 首。分析高适、岑参、李白、王维、孟浩然、王昌龄这六位在盛唐影响较大的诗人,我们发现在唐代河西方镇中长期充任幕僚尤其是中级官吏,其诗歌在敦煌

① 郑振满、郑莉、梁勇:《新史料与新史学——郑振满教授访谈》,《学术月刊》2012 年第 4 期,第 159 页。
② 黄永武,施淑婷:《敦煌的唐诗续编》,台北:文史哲出版社,1989 年,第 24 页。

写本中最多。敦煌写本中高适诗歌多数是他在河西充任幕僚时写的，甚至是写给同僚的。

戴伟华在《唐代使府与文学研究》一书中提出文人诗歌在方镇中的传播途径：文人（方镇）→行人→朝廷（为己所为）。

诗文的传播方式则为：

1. 方镇（甲）→使者（出使）→方镇（乙）；

2. 方镇（乙）→使者（还使）→方镇（甲）。

如果考虑到使者途经之处对传播的作用，诗文的传播方式则又可写成这样：方镇→使者（途经方镇）→方镇。

← ←

这一类作品传播范围已不再限于一两个方镇使府了。[①]

岑参的传世本诗集中写给朋友的诗歌非常多，尤其是他两次出使安西，诗作颇丰。在敦煌文献中，岑参诗歌仅见 11 首，赴安西的纪行诗 3 首。岑参本人或朋友有可能在沿途传播诗歌。

敦煌写本中高适的诗歌分为两大类：一类是《燕歌行》这样的歌行体，一类是他写给朋友的诗，这些朋友多为判官。这些慕僚是中层官吏，一般在 35 岁到 45 岁，判官至少是他们的第三任官职。判官升到高层官吏的可能性非常大，说明这些人有相当强的影响力。结合敦煌文献，这些中层官吏是诗歌的主要传播者之一。

P.2567+P.2552 抄有高适诗歌，此卷“实存作者十人，诗一〇八题抄一一九首，其中阙题一首，重出一首，残存诗题并序一首”[②]。“原卷首尾俱残，篇幅甚巨，书法秀整，行款谨严，为敦煌诗卷精品之最。”[③]此卷抄录高适诗歌 43 首，位居全卷之首。首残，抄录考功员外郎李昂[④]诗歌 3 首，王昌龄诗歌 7 首，孟浩然

① 戴伟华：《唐代使府与文学研究》，桂林：广西师范大学出版社，1998 年，第 134 页。
② 徐俊：《敦煌诗集残卷辑考》，北京：中华书局，2000 年，第 42 页。
③ 徐俊：《敦煌诗集残卷辑考》，北京：中华书局，2000 年，第 43 页。
④ 徐俊认为此处“李昂”和卷后“李昂”非一人。

诗歌9首，荆冬倩诗歌1首，丘为6首，陶翰、常建各1首，李白诗歌36首，仓部员外郎李昂诗2首。此卷高适诗前抄李白诗，后抄仓部员外郎李昂诗，高适诗歌抄录比较完整。罗振玉把此卷定为唐中叶写本[①]，徐俊通过对此卷中避讳之字，高适创作最晚的一首诗歌《同吕员外范司直贺大夫再破黄河九曲之作》，结合P.2567卷背载有《癸酉年沙州莲台寺诸家散施历》，判断此卷编选和抄写当在天宝十二载(753)以后，唐顺宗李诵即位(805)以前。[②]

高适诗歌在P.2567+P.2552卷次序为：1.《信安王出塞(并序)》；2.《上陈左相》；3.《上李右相》；4.《奉酬李太守丈夏日平阴亭见赠》；5.《宋中即事赠李太守》；6.《东平寓奉赠薛太守》；7.《自武威赴临洮谒大夫不及因书即事寄河西陇右幕下诸公》；8.《同吕员外范司直贺大夫再破黄河九曲之作》；9.《饯宋判官之岭外》；10.《睢阳酬畅判官》；11.《东平留赠狄司户》；12.《同朱五题卢太府义井》；13.《塞上听吹笛》；14.《行路难》；15.《送兵还作》；16.《送韦参军》；17.《留别郑三韦九兼呈洛下诸公》；18.《送蔡山人》；19.《宋中遇刘书记有别》；20.《东平留赠狄司马》；21.《遇冲和先生》；22.《酬李别驾》；23.《别李四少府》；24.《别崔少府》；25.《邯郸少年行》；26、27、28.《三君咏(并序)》；29.《送冯判官》；30.《塞上》；31.《送郭处士往莱芜兼寄苟山人》；32.《使清夷军》(3首)；35.《自蓟北归》；36.《古大梁行》；37.《同陈留崔司户早春宴蓬池》；38.《宴郭校书因之有别》；39.《别韦兵曹》；40.《同李司仓早春宴睢阳东亭》；41.《广陵别郑处士》；42.《别董令望》；43《蓟门五首》；48.《赠别晋处士》；49.《送刘评事充朔方判官》。

P.2567+P.2552为卷轴装，正面书写唐诗108题119首诗歌。其中存阙题诗1首，高适《东平留赠狄司马》重出，共抄唐代10位诗人作品。首残，据罗振玉考

① 罗振玉认为："唐人总集，当代选本传世者仅《箧中》《国秀》诸集，此卷作者均开、天间人，更在元、芮所集之前。以卷中避讳诸字考之，尚为唐中叶写本。"

② 徐俊提出："原卷中凡有'世'皆缺笔，'叶'皆作'枽'，为避唐太宗讳，而'诵'字不避唐顺宗讳(如王昌龄《题净眼禅师房》'朱唇皓齿能诵经'、高适《遇冲和先生》'每诵西升经')。又卷中高适诗有《同吕员外范司值贺大夫再破黄河九曲之作》，考哥舒翰击吐蕃，悉收九曲部落，时在天宝十二载五月，为卷中存诗可考知最晚创作年代。知此卷编选和抄写年代当在天宝十二载(753)以后，唐顺宗李诵即位(805)以前。又伯二五六七卷背载有《癸酉年沙州莲台寺诸家散施历》，记莲台寺十是年正月三日至二月八日所受布施。池田温先生将'癸酉年'定在贞元九年(793)，可作正面诗卷抄写时间的印证。"(《敦煌诗集残卷辑考》第42页)

证为李昂《戚夫人楚舞歌》,起抄自“何异浮萍寄深水”句,依次抄王昌龄诗 7 首、孟浩然 9 首、荆冬倩 1 首、丘为 6 首、陶翰 1 首、常建 1 首、李白 42 首、高适 49 首、李昂诗和诗序 2 首。其中《塞上听弹胡笳作(并序)》抄至“况此地近胡”,下残。此卷抄写在由 15 张纸前后粘接的卷轴写卷上,每页大致有 30 行,每行大致抄有 28 个字,全部用木笔或芦秆制成的硬笔抄写,诗题、作者和诗句分行抄写。同一作者的几首诗歌仅在第一首抄写作者。本卷抄写题署作者的有 6 处,其中仅王昌龄、王翰、李白兼抄官名。首位是王昌龄,抄有“校书郎”官职。其次是孟浩然、荆冬倩诗,未题署名字,其中荆冬倩一首《咏青》,《国秀集》卷下收录,题为《奉试咏青》,并注明荆冬倩为校书郎。后乃丘为诗,丘为有名字无官职。王翰名下有礼部员外郎。常建名字卷中未见,李白诗歌的中间部分《宫中三章》下抄写“皇帝侍文李白”。《信安王出塞》下抄高适,《驯鸽篇》下抄李昂。天子、地、诏、明主、未央殿、意、紫微、君王、圣、庙堂、帝、丹墀、廷议、乾坤、诏选、恩、金殿、太后等前均空格。另外 P.2567 卷所抄王昌龄诗《邯郸少年行》,在《河岳英灵集》作《城傍曲》,而紧接其下所抄的一首佚诗作“城旁”(下面严重残缺,徐俊认为此处缺二三字,据此可以判断下缺一“曲”字)。《邯郸少年行》据胡问涛、罗琴考证为王昌龄入仕前所作,即开元十五年(727)之前,因和《城旁曲》抄在一起,推测两诗的写作时间接近。根据胡问涛、罗琴考证,王昌龄在开元十一年(723)前游历河南、河北、河东一带,在开元十二年(724)、十三年(725)游历河陇。开元十五年(727)进士及第,授秘书省校书郎一职。孟浩然曾有《送王大校书》。开元二十二年(734),王昌龄举博学宏词科,迁汜水县尉。《送单十三晁五归□□》《巴陵别李十二》《送康浦之京》作于开元二十七年(739)王昌龄被贬谪之后,传世本唐诗选中《送康浦之京》作《送李浦之京》,王昌龄此时有写给李浦的一首《重别李评事》,评事就是大理评事,大理寺官员,掌出使推按。开元二十六年(738),王昌龄贬谪岭南,曾客留襄阳,与孟浩然相会。孟浩然有《送王大昌龄之岭南》。王昌龄曾写《巴陵别李十二》(传世本作《巴陵送李十二》),《送单十三晁五归□□》(传世本作《送人归江夏》)中有“寒江绿竹楚云深,莫道离居迁远心”,可证这些诗确实写于贬谪岭南途中。

孟浩然的《奉和卢明府九日岘山宴马二使君崔员外张郎中》一诗，宋蜀刻本《孟浩然诗集》题作《卢明府九日宴袁使君张郎中崔员外》。《全唐诗》"九日"下有"岘山"，"袁"下注"一作马"。据刘文刚考证："卢明府之宴在开元二十三年，这位刺史任职当也在本年前后，而以史考之，开元二十二年至开元二十四年任襄州刺史的是韩朝宗。"[①]即便如此，我们也不能完全说"马二使君"有误，此诗题确实为唐代抄本之一种。《与黄侍御北津泛舟》一诗，据《孟浩然年谱》："侍御史，有举荐浩然之意。浩然作《与黄侍御北津泛舟》诗表示谢绝。"[②]《新唐书》《旧唐书》均言浩然四十岁游京师。进士不第。张九龄镇荆州，署为从事。此卷《洞庭湖作》仅四句。孟浩然的《洞庭湖作》诗题有多种，宋本作《岳阳楼》，《文苑英华》作《望洞庭湖上张丞相》，《全唐诗》作《望洞庭湖赠张丞相》（并注"一作《临洞庭》"），可视为孟浩然在张九龄幕府所作。《梅道士水亭》（"亭金刚波若"）传世本均无题，下小注"亭金刚波若"。"襄阳道士，道观距浩然家不远，二人过从甚密，浩然有《寻梅道士张逸人》《梅道士水亭》《清明日宴梅道士房》。"[③]孟浩然的《与张折冲游耆阇寺》一诗，耆阇寺具体位置已经无法考证了，虽然南朝时南京有耆阇寺，但是和此诗中的汉南不符。这首诗里，张折冲是个来自塞北折冲府折冲都尉之类的武官。在孟浩然的诗歌中，流传的写本诗歌应多是作于张九龄幕府时期。这个写卷中的孟浩然诗全部是写给朋友的赠诗，其中有是正字、张折冲、黄侍御、姚开府、张丞相、卢明府、马使君、崔员外、张郎中、李少府等人。通过官名，我们大致推测孟浩然的诗歌也很可能受到了幕府政治的影响，在幕府为官的这些中级官吏可能起到了传播诗人诗名的作用。

据《旧唐书·王毛仲传》载："自玄宗先天正位后，以后父王同皎及姚崇、宋璟及毛仲，十五年间四人至开府。"开元间封为开府的姚姓只有姚崇，故浩然诗所称"姚开府"为姚崇一支人无疑。而姚崇卒于开元九年（721），故此诗中的"姚

① 刘文刚：《孟浩然年谱》，北京：人民文学出版社，1995年，第115页。
② 刘文刚：《孟浩然年谱》，北京：人民文学出版社，1995年，第123页。
③ 刘文刚：《孟浩然年谱》，北京：人民文学出版社，1995年，第122页。

开府”为袭封的姚崇后人，所以诗云“主人新邸第，相国旧池台”①。

《咏青》一诗作者为校书郎荆冬倩。“校书郎”在本卷诗歌中出现了两次。其实王昌龄此时已不再担任校书郎了，但是仍题署校书郎。这个错误非常值得注意。唐玄宗《择堪边任诏》：“边远判官，多有老弱，宜令吏部每年于选人内，拣择强干堪边任者，随阙补授，秩满量减三两选与留。”②安史之乱前，边镇幕府文官虽然普遍老弱，但人员相对稳定。P.2567 卷仍然注明王昌龄校书郎的身份，这也可能是边镇幕府长期任职的文官对中原的很多信息不是那么清楚，他们还停留在入幕前对某人职位的了解上。

写卷中的诗作者多担任校书郎、正字等官职。而被赠诗的人，往往是方镇幕府的判官、掌书记。据戴伟华考证，掌书记就是“掌理使府表奏书檄之事”③。《昌黎先生集·徐泗濠三州节度掌书记厅石记》载：“书记之任亦难矣。元戎整齐三军之士，统理所部之氓，以镇守邦国，赞天子，施教化，而又外与宾客四邻交；其朝觐聘问、慰荐、祭祀、祈祝之文，与所部之政，三军之号令升黜，凡文辞之事，皆出书记。非闳辨通敏兼人之才，莫宜居之。然皆元戎自辟，然后命于天子。苟其帅之不文，则其所辟或不当，亦其理宜也。”④很多掌书记都有秘书省校书郎的经历。韩愈在此文中就提到了“陇西李博自前乡贡进士授秘书省校书郎”。《旧唐书》记载杜亚“至德初，于灵武献封章，言政事，授校书郎”⑤；《新唐书》载：“肃宗在灵武，上书论当世事，擢校书郎。”⑥杜甫有《送从弟亚赴河西判官》一诗。杜亚任校书郎后，赴河西节度使杜鸿渐幕府。据权德舆撰写的《唐故东都留守东都汝州防御使银青光禄大夫检校吏部尚书判东都尚书省事兼御史大夫上柱国扶风县开国伯赠太子少傅杜公神道碑铭并序》，杜亚以处士身份授校书郎，后来入河西杜鸿渐幕府。秘书省校书郎后来从事掌书记或者幕府判官，他们的这种

① 刘文刚：《孟浩然年谱》，北京：人民文学出版社，1995 年，第 46 页。
② 董诰：《全唐文》，北京：中华书局，1983 年，第 336 页。
③ 戴伟华：《唐代使府与文学研究》，桂林：广西师范大学出版社，1998 年，第 30 页。
④ 韩愈：《昌黎先生集》，北京：北京图书馆出版社，2003 年。
⑤ 刘昫等：《旧唐书》，北京：中华书局，1975 年，第 3962 页。
⑥ 欧阳修、宋祁：《新唐书》，北京：中华书局，1975 年，第 5207 页。

经历会带动文化上的传播。

《通典·职官》“秘书校书郎”条云：“大唐置八人，掌雠校典籍，为文士起家之良选。其弘文、崇文馆、著作、司经局，并有校书之官，皆为美职，而秘书省为最。”[①]赖瑞和认为：“唐代几个有校书郎的官署中，以秘书省的校书郎人数最多，官品最高，也最清贵。”[②]秘书省是一个“著撰文史，鸠聚学徒之所也”[③]。敦煌写本中确实记载了唐人早期仕进之后担任秘书省校书郎，后来又入职幕府任掌书记或判官，例如王昌龄、荆冬倩等人明确表明校书郎的身份。

赖瑞和统计，唐代主要诗人从正字出身的有王绩、陈子昂、柳宗元，释褐校书郎的有杨炯、张说、张九龄、王昌龄、刘禹锡、白居易、元稹、李德裕、杜牧、李商隐、杜牧、韦庄。赖瑞和根据《新唐书》《旧唐书》之列传、《新唐书·艺文志》《新唐书·宰相世系表》《全唐文》《全唐诗》《太平广记》和近年出土墓志，能找到的校书郎有四百人以上，同批史料中的正字出身的有一百多人。[④]据令狐峘《光禄大夫太子太师上柱国鲁郡开国公颜真卿墓志铭》载，颜真卿“弱冠进士出身，寻判入高第，授秘书省校书郎。天宝初制策甲科，作尉礼泉，又以八使表能，迁于长安。未几，拜监察御史。洊承诏旨，巡抚河陇，曾至五原”[⑤]。高适的诗序中写到与颜真卿的交往，以及颜真卿对他的鼓吹。颜真卿有巡抚河陇的经历。这些到过河陇的官员可能带来了中原的诗歌抄本，伴随着他们的行迹把诗歌传播出去。

赖瑞和的《唐代基层文官》载：“唐代士人释褐任第一个官职，主要有两条路可走：(一)到州府任参军，或在外县任主簿、县尉。中晚唐更有人到外地幕府任推官、巡官等职，如韩愈。(二)留在长安京城任校书郎、正字。”[⑥]“秘书省为皇室的藏书库。它的长官是秘书监，下面还有秘书少监、秘书丞、秘书郎、校书郎和正字。校书郎和正字是秘书省中最低的两种品官。一般读书人释褐，也就从

① 杜佑：《通典》，北京：中华书局，1988年，第736页。
② 赖瑞和：《唐代基层文官》，北京：中华书局，2008年，第22页。
③ 欧阳修、宋祁：《新唐书》，北京：中华书局，1975年，第1847页。
④ 赖瑞和：《唐代基层文官》，北京：中华书局，2008年，第15页。
⑤ 周绍良主编：《全唐文新编》，长春：吉林文史出版社，2000年，第4515页。
⑥ 赖瑞和：《唐代基层文官》，北京：中华书局，2008年，第14页。

这两官做起。”[①]

唐代的秘书省沿用隋制，是主持国家图书事业的中央机构，负责保存和整理国家藏书。“唐代秘书省图书，按经典四分法分为经、史、子、集四部，分库庋藏，标以甲、乙、丙、丁之名。‘凡四部之书，必立三本，曰正本、副本、贮本，以供进内及赐人。凡敕赐人书，秘书无本，皆别写给之。’其‘正本’专供‘御览’，书缝并盖有小印。其‘副本’则主要用来赐人。秘书省图书在性质上属于‘御书’，因此向臣下或宗室颁赐图书，自来被视为一种‘殊荣’。”[②]“唐朝在与睦邻交往中，出于亲善或‘陶一声教’的目的，也往往采取赐书的方式，如太宗、武后赐书新罗，玄宗令秘书省写《毛诗》《礼记》《左传》《文选》各一部予吐蕃等，便是如此。除赐人外，副本似尚可‘供诸司及官人等’借阅，贞观末李敬玄借读御书、武后时李邕入秘阁读书、文宗时段成式披阅秘书等，利用的本子即当为副本。其‘贮本’，顾名思义，相当于现代意义上的库本。盛唐时期的韦述在《两京杂记》中曾记载：‘秘阁图书，皆表以牙签，覆以锦帕。’表明唐时的书籍制度仍为传统的卷轴形式。”[③]

据《唐会要》记载，开元八年(720)春草编成二百卷的《群书四录》，共著录了秘书省藏书二千六百五十五部四万八千一百六十九卷。但由于《群书四录》书成草率，未遑精悉，实际上是一部未圆满完成的国家图书目录，因此其所著录的数字与实际情形并不完全相符。这部目录的主要编修者之一的毋煚曾自言：“常有遗恨，窃思追雪。乃与类同契，积思潜心，审正旧疑，详开新制。”而在《群书四录》基础之上撰成的四十卷《古今书录》，据《旧唐书·经籍志序》引毋煚《古今书录序》所载，《古今书录》共著录秘书省经、史、子、集四部图书三千零六十部五万一千八百五十二卷，其中经部十二类五百七十五部六千二百四十一卷，史部十三类八百四十部一万七千九百四十六卷，子部十七类七百五十三部一万五千六百三十七卷，集部三类八百九十二部一万二千零二十八卷；毋煚另

① 赖瑞和：《唐代基层文官》，北京：中华书局，2008年，第22页。
② 赵永东：《谈谈唐代的秘书省》，《文献》1987年第1期，第270页。
③ 赵永东：《谈谈唐代的秘书省》，《文献》1987年第1期，第271页。

撰有《开元内外经录》，著录佛经、道经凡二千五百余部九千五百余卷。[①]

安史之乱中，秘书省不可避免地受到洗劫，“安禄山之乱，尺简不藏”[②]。安史之乱后，秘书省重建国家藏书。文宗大和四年(830)曾达到六万余卷，甘露之变后尚余五万六千四百七十六卷。其后甚至一度达到了“七万余卷”，但随即在黄巢起义的战火中几乎化为灰烬。更事搜募之后，仅得一二万卷。[③]

李华的《著作郎厅壁记》和权德舆的《秘书郎厅壁记》记载了秘书省命运的转变。天宝十一载(752)十月，敕秘书省检覆四库书，与集贤院计会填写。秘书省开始与集贤院平分秋色。天宝十二载(753)，左相陈希烈任秘书省图书使。这标志着秘书省重新获得最高统治者的青睐[④]。这正好是敦煌写卷中高适等人诗歌创作的高潮期，敦煌写卷中高适的诗歌多数是在这段时间写成的。

《唐会要·开元礼举》载元和八年(813)四月吏部奏云：“近日缘校书、正字登名望稍优，但沾科第，皆求注拟，坚待员阙，或至逾年。若无科条，恐长侥幸。起今已后，等第稍高，文学兼优者，伏请量注校、正。”[⑤]校书、正字选拔的标准可能就是“等第稍高，文学兼优者”[⑥]。韩愈《石鼎联句诗序》：“元和七年十二月四日，衡山道士轩辕弥明自衡下来，旧与刘师服进士衡湘中相识，将过太白，知师服在京，夜抵其居，宿。有校书郎侯喜，新有能诗声，夜与刘说诗。”这个记载反映了唐代校书郎精于诗歌创作的史实。而这样的文学兼优者往往肩负着文学收集和整理的工作。秘书省正字就有“出外括访图书”的工作[⑦]。司空曙《送李嘉祐正字括图书兼往扬州觐省》：“不事兰台贵，全多韦带风。儒官比刘向，使者得陈农。晚烧平芜外，朝阳叠浪东。归来喜调膳，寒笋出林中。”

萧颖士在《登临河城赋并序》中缅怀自己的亡舅时提道：

---

① 赵永东：《谈谈唐代的秘书省》，《文献》1987年第1期，第272页。
② 欧阳修、宋祁：《新唐书》，北京：中华书局，1975年，第1423页。
③ 赵永东：《谈谈唐代的秘书省》，《文献》1987年第1期，第273页。
④ 吴夏平：《唐代秘书省社会地位变迁考论》，《兰台世界》2008年第4期，第53页。
⑤ 王溥：《唐会要》，北京：中华书局，1955年，第1397页。
⑥ 吴夏平：《唐校书郎考述》，《贵州文史丛刊》2005年第1期，第6页。
⑦ 赖瑞和：《唐代基层文官》，北京：中华书局，2008年，第88页。

既而谢策桂林，校书芸阁，道为知己遇，名为海内称，舅氏之力也。天宝元年秋八月，奉使求遗书于人间。越来月，届于临河之旧邑，览物增怀，泫然有赋。①

苏颋《送贾起居奉使入洛取图书因便拜觐》：

旧国才因地，当朝史命官。遗文征阙简，还思采芳兰。
传发关门候，觞称邑里欢。早持京副入，旋伫洛书刊。②

韦应物《送颜司议使蜀访图书》：

轺驾一封急，蜀门千岭曛。讵分江转字，但见路缘云。
山馆夜听雨，秋猿独叫群。无为久留滞，圣主待遗文。③

钱起《送集贤崔八叔承恩括图书》：

雨露满儒服，天心知子虚。还劳五经笥，更访百家书。
赠别倾文苑，光华比使车。晚云随客散，寒树出关疏。
相见应朝夕，归期在玉除。④

戴叔伦《送崔拾遗峒江淮访图书》：

九门思谏议，万里采风谣。关外逢秋月，天涯过晚潮。

---

① 董诰：《全唐文》，北京：中华书局，1983年，第3262页。
② 彭定求等编撰，中华书局编辑部点校：《全唐诗》（增订本），北京：中华书局，1999年，第801页。
③ 彭定求等编撰，中华书局编辑部点校：《全唐诗》（增订本），北京：中华书局，1999年，第1939页。
④ 彭定求等编撰，中华书局编辑部点校：《全唐诗》（增订本），北京：中华书局，1999年，第2642页。

雁来云杳杳，木落浦萧萧。空怨他乡别，回舟暮寂寥。[①]

卢纶《送耿拾遗沣充括图书使往江淮》：

传令收遗籍，诸儒喜饯君。孔家唯有地，禹穴但生云。
编简知还续，虫鱼亦自分。如逢北山隐，一为谢移文。[②]

李端《送耿拾遗沣使江南括图书》：

驱传草连天，回风满树蝉。将过夫子宅，前问孝廉船。
汉使收三箧，周诗采百篇。别来将有泪，不是怨流年。[③]

从以上唐诗中，我们可知唐代中央政府经常派校书郎、正字等文官到各地括图书。这些朝廷派出的文化官员会在括书活动中搜集到民间抄写的各种别集或者单行本。他们也会传播所持有的一些抄本。

民间流传的一些善本可能最初是由秘书省的各类文官传播到民间去的。唐代的士子年轻时登科，获得秘书省校书郎或者正字一职，入幕方镇幕府后，势必会带去他在秘书省所持有的抄本。

王重民《补全唐诗》收录丘为诗六首，不见于传世文献。《伤河龛老人》在敦煌文献中有三个抄本，分别抄在 P.2544、S.2049 和 P.2567。P.2544 题为《老人篇》，S.2049 无题，都抄在《大漠行》后，P.2544、S.2049 两卷较为相近，应为同一个抄本。与 P.2567 卷差别较大，不是一个抄写体系。据《唐才子传》记载："（丘）为，嘉兴人，初累举不第，归山读书数年。天宝初，刘单榜进士。"[④]丘为做过太子右庶子。

① 彭定求等编撰，中华书局编辑部点校：《全唐诗》（增订本），北京：中华书局，1999 年，第 3083 页。
② 彭定求等编撰，中华书局编辑部点校：《全唐诗》（增订本），北京：中华书局，1999 年，第 3180 页。
③ 彭定求等编撰，中华书局编辑部点校：《全唐诗》（增订本），北京：中华书局，1999 年，第 3251 页。
④ 辛文房：《唐才子传》，上海：古典文学出版社，1957 年，第 30 页。

陶翰《古意》在传世本中题作《古塞下曲》或《塞下曲》。此处题署陶翰官职礼部员外郎。陶翰为润州人，开元十八年(730)进士及第，次年中博学宏词科，天宝时又登拔萃科，累陟太常博士、礼部员外郎，翰诗笔双美，殷璠《河岳英灵集》评价他的诗“既多兴象，复备风骨”。据《礼部员外郎陶氏集序》：

乐殷上帝，上帝临下。俾夫文星，惊动民心。二南六义，在乎章句。安乐哀思，在乎音响。君子入其国，观其乐，知其教，制氏徒备乎铿锵，此立言之大。《传》称“不朽”，《易》曰“尚词”。唐词臣姓陶氏，讳翰，冀方思深之裔：前汉青，后汉谦，东晋侃，至靖节、贞白二先生。生人表秀，闲朝育才，方守省署，庆钟于君。开元十八年进士上第，天宝文明载登宏词拔萃两科，累陟太常博士、礼部员外郎。喉舌密勿，坛场破的，无发不中。行在六经，志在五言，尤精赋序。朝出暮遍，殷如奋铎，声塞海隅，化诸溺音，蔚公之容，风山籁静。然华实光于苑圃，綦母著作潜、王龙标昌龄则其勍敌。登公之门，李膺之门也，鲍、马二京兆中书谢舍人良弼、良辅，侍御史李封殿中刘全诚名自公出。名著公器，神人所怪，宁贵不名详矣。大抵文体十年一更，有体病而才赡，有言纡而事直，有文胜而理乖，雅艳殊致，云和之源，杳以无穷。折为万派，嗣子问儒为法官。捧先人之集，霜露之疾，将愬于吾綦毋通问之世友。抚事编次，咨于彝训，稽于故实，是有冠篇之述乎哉。①

《监察御史诸公集序》：

圣人贤人，皆钟运而生，述圣贤之意，亦钟运盛衰矣。开元十四年，严黄门知考功，以鲁国诸公进士高第，与崔国辅员外、綦毋潜著作同时。其明年，擢第常建少府、王龙标昌龄，此数人皆当时之秀。而侍御声价隐隐，辚轹诸子。其文篇赋论，凡七十卷，虽无云雷之会，意气相感，而扶危拯病，绰有

① 周绍良主编:《全唐文新编》，长春:吉林文史出版社，2000年，第6148页。

贤达之风。拔身虏庭，竟陷危邦。士生不融，可以言命。然窥其鸿黄窈窕之学，金石管磬之声，如登瑶台而进玉府，灵篇邃宇，景物寥映，绿流翠草，佳木好鸟，不足称珍。嗣息曰溶，亦凤毛骏骨。恐坠先志，溯洄千里，泣拜告余曰："我先人与王右丞，伯仲之欢也，相国缙云，尝以序冠编次，会缙云之谪，亡焉。"后辈据文之士，风流不接，故小子获忝操简。伏恐魂游无方，嗤责造次，茫茫古道不见来者，岂以龙战，害乎鹿鸣。齐竽竟吹，燕石争宝。呜呼！薄游之士，未跻一峰，已代其峻。登阆风者，乃知其迤逦昏明。掩豁将尽，复通之者，其若是乎。①

高适《信安王出塞》序曰："开元廿年，国家有事林胡，诏礼部尚书信安王总戎大举，时考功郎中刘公，主客郎中魏公、侍御史李公、监察崔公，咸在幕府，以颂数公，见于词，凡卅韵。"此序说明高适这些诗歌与幕府官员的关系，是写给这些幕府官员的，与开元二十年(732)西北战事有关。

李昂《塞上听弹胡笳作》序曰："□□□□达两蕃，常顿兵十万，裹粮作坐甲，无粟不守。故天子命我柱史韦公，括□□□，监统收籴。韦公谓我不忝，奏充判官，天宝七载十有一月，次于赤水军，将计□□。时有若尚书郎苏公，专交兵使，处于别馆。是日也，余因从韦公相与谒诣，既尽筹画，且开樽俎。客有尹侯者，高冠长剑，尤善鼓琴。因接弦奏《胡笳》之曲，摧藏哀抑，闻之忘味。夫《胡笳》者首出蔡女，没于胡尘，泣胡霜而凄汉月，烦冤愁思之所作也，故有出塞入塞之声，清商清□之韵。其音苦，其调悲。况此地近胡下残。"

李昂的两首诗均有小序。高适的诗第一首也有小序，此处可以看出来，这个写本绝非来自口头的传唱或者一般的民间抄写者。从抄写的书法、格式及抄写中作者的排序，非常明显地表明抄写者的文化水平较高，抄写的底本也是非常可靠的善本。所抄写的十位诗人大致活动时间是开元至天宝年间。除了孟浩然之外，其他诗人都有一定的官职。除李白外，这些人都参加了唐代的科举考试。

---

① 李昉：《文苑英华》，北京：中华书局，1966年，第3623—3624页。

诗人们多在开元十五年(727)前后登第,在此期间他们在朝在野都有比较大的名气。陶翰诗笔双美,常建、王昌龄为开元年间的当朝之秀。丘为、李白、高适名声大噪,是盛唐有名的诗人,而荆冬倩、王昌龄担任过秘书省的校书郎,两个李昂分别为仓部员外郎和礼部员外郎。李白担任过翰林供奉,非翰林学士。此卷中非常清楚地点明李白是皇帝侍文,说明抄写者清楚这两个职位的区别。所以,笔者认为抄写者不但具有非常高的文化素养,而且对唐代的官吏制度有超出常人的认识和理解。

结合 P.2567 整卷的情况来看,本卷中出现的诗人有李昂、王昌龄、孟浩然、荆冬倩、丘为、陶翰、常建、李白、高适和李昂。依徐俊说法,两个李昂不是一个人。根据徐松《登科记考》载,开元九年(721)李昂及进士第;开元十五年(727)王昌龄、常建登科;开元十八年(730)陶翰登科,开元十九年(731)陶翰、王昌龄举博学宏词科;天宝二载(743)丘为登科;天宝八载(749)高适举有道科[①]。孟浩然一生白衣,但是诗名极大,张九龄、王昌龄、王维、李白等人都对他推崇备至。李白虽然没有应举登科,但是他入仕翰林供奉。这个写卷是开元九年(721)到天宝八载(749)的诗人诗作,而且几乎是按照这些诗人登科的时间顺序抄写的。前已提及,天宝八载(749)高适举有道科,非科甲出身,和李白一样都是依靠入仕前的诗名得到张九皋、贺知章等人的举荐而入仕的。卷中所抄高适、李白诗歌数量极多,反映了上述诗人活跃于诗坛的时间顺序及在民间的流行情况。

河西幕府中下层官吏抄写诗歌的情况在敦煌写本中非常常见。P.3250、P.3608 抄写的是垂拱职制户婚厩库律,其抄写者可能是某位掌管礼仪的地方官员。这两卷还抄录了《大唐陇西李氏莫高窟修功德记》《讽谏今上鲜于叔明令孤峘等请试僧尼及不许交易书》《直谏书》等。能够抄写这些内容的,可能是敦煌当地的幕僚——中下级文官,他们因公文写作的需要会抄录这些内容。这也是唐代敦煌地区见到的官方文书经典范本,抄写者完全有可能把它们当作官

① 徐松撰,赵守俨点校:《登科记考》,北京:中华书局,1984 年,第 227—319 页。

方的某种经典书仪而学习。

唐代诗人创作诗歌可提高自己的诗名，通过上层官僚的推荐使自己更快地晋身仕途。那些科场失意的士人通过诗名也可以被举荐入仕。高适就是一个非常典型的例子。他完全是依靠诗名而得到了举荐,从而获得了进入仕途的机会,并得以施展才华。

胡震亨《唐音癸签》卷二十七记载:“唐词人自禁林外,节镇幕府为盛。如高适之依哥舒翰,岑参之依高仙芝,杜甫之依严武,比比而是。中叶后尤多。盖唐制,新及第人,例就辟外幕,而布衣流落才士更多因缘幕府,蹑级进身。”[①]P.2567卷中多次出现了“幕府”一词。《信安王出塞》小序中提到所写诗的对象“咸在幕府”。《塞上听弹胡笳作》小序虽无明确提到“幕府”二字,却可以从行文判断出李昂此时为韦公幕府判官。P.2567卷抄写的119首诗歌,绝大多数诗歌内容和西北边塞有关。这个写本可能在唐代西北方镇幕府中流传。

“唐代的幕府制度因节度使的设立而产生重要变化。方镇指掌握兵权、镇守一方的军事长官,晋之持节都督者,即谓之方镇。”[②]吴廷燮《唐方镇年表》序录云:“唐自天宝,方镇始盛,权任之重,沿袭江左;节度之目,改由总管。观察、处置,本为采访,至德而后,关河诸道,多以节度兼领观察;江湖僻远,则以观察而带团练;邕容诸管,又名经略。质而言之,皆方镇也。”[③]

唐代幕府制度对唐文化传播起着至关重要的作用。《唐语林》载:“开元已前,诸节制并无宪官,自张守珪为幽州节度,加御史大夫,幕府始带宪官。由是方面威权益重。游宦之士,至以朝廷为闲地,谓幕府为要津,迁腾倏忽,坐致郎官。弹劾之职,遂不复举。”[④]幕府中活动着大量有才华的文士,他们投靠幕府,为今后的政治生涯开辟了一个入口。“唐代因有幕府制度,文士在仕宦之途上可以分流。其上者在朝为官,仕途亨通,没有挫折;下者则受辟入幕,俟机入朝。”[⑤]他们去不

① 胡震亨:《唐音癸签》上海:上海古籍出版社,1981年,第285页。
② 戴伟华:《唐代使府与文学研究》,桂林:广西师范大学出版社,1998年,第9页。
③ 吴廷燮:《唐方镇年表》,北京:中华书局,1980年,第1页。
④ 王谠撰,周勋初校正:《唐语林校正》,北京:中华书局,1987年,第693页。
⑤ 戴伟华:《唐代使府与文学研究》,桂林:广西师范大学出版社,1998年,第12页。

同的地方做幕僚,不自觉地把中原文化带到了各方镇管辖之地。

P.2567 有十多首佚诗,传世本《河岳英灵集》《国秀集》《又玄集》《才调集》中的诗歌在此卷中不多，此写本说明敦煌和中原地区在文化交流上一度出现过断层。写本背部有贞元九年(793)寺院的账表,推测正面抄写诗歌的时间不会晚于贞元九年。抄写者选抄诗的意图不是很明显,但仍有一些规律。P.2567 卷中酬赠诗比较多,王昌龄 7 首诗,有 3 首是送别诗,还有 3 首为乐府古题,可能是方镇幕府中佐宴之曲。孟浩然 9 首诗,有 4 首寄赠之作,而其他几首也是专门写给友人以纪念友情的。李白的诗歌和王昌龄的诗歌类型基本相似:一类是古乐府,这类诗歌最多;一类是寄赠诗歌,有 7 首。高适诗歌极具代表性,有 31 首是寄赠送别友人的诗。李白的《送族弟绾从军安西》《送程刘二侍郎兼独孤判官赴安西幕府》以言明所送之人要到安西去。高适的《自武威赴临洮谒大夫不及因书即事寄河西陇右幕下诸公》在传世文献中未见,而独见于敦煌写本。这个抄本和河西陇右幕府的关系是紧密的，可能是西北方镇幕府中被传抄的一个善本。

高适到过河西地区,此卷中有《饯宋判官之岭外》《睢阳酬畅判官》《送冯判官》《宴郭校书因之有别》《送刘评事充朔方判官得征马嘶》《宋中遇刘书记有别》,以上诗题可以看出与高适交往的主要是幕府的中低级文官。严耕望在《唐代方镇使府佐僚考》中指出:“唐代方镇使府之组织有文武两系统。”①文职佐僚有副史、行军司马、判官、掌书记、支使、推官、巡官与馆驿巡官、衙推、参谋、孔目官、府院法直官、要籍、逐要、驱使官、随军、随身、傔人与别奏;军将有都知兵马使、左右厢后院等兵马使、虞候、都虞候、押衙、都押衙、教练使、都教练使。题中“宋判官”“郭校书”“刘评事”“刘书记”均为方镇文职佐僚,他们本身具有非常高的文学素养,是写本时代方镇幕府中传播诗歌文化的主力军。

高适诗在敦煌文献中见于 13 个卷号。P.2748 卷抄诗 37 首,高适诗仅《燕歌行》1 首。P.3862 卷同样出现《燕歌行》。P.2976 卷有 9 首诗,有高适的《封丘作》

① 严耕望:《唐代方镇使府佐僚考》,《唐史研究丛稿》,香港:新亚研究所,1969 年,第 177 页。

《自蓟北归》《宴别郭校书》《酬李别驾》4 首诗。《封丘作》又见于 P.3862 卷。《自蓟北归》《宴别郭校书》《酬李别驾》又见于 P.2567、P.2552。P.3195、P.2677、S.12098 有高适 2 首诗。P.3619 有 48 首诗，高适诗 3 首，其中《九月九日登高》又见于 P.3862。《饯故人》又见于 P.3885、P.4994。S.2049、P.2544 有 17 首诗，高适《汉家篇》又见于 P.3862。S.788 有 3 首诗，高适《古大梁行》又见于 P.2567+P.2552。Дx.3871、P.2555 有高适 2 首诗，均见于 P.2567、P.2552。这些证据表明敦煌文献中的高适诗主要来自 P.2567+P.2552 和 P.3862 两个写本。

P.3862 正面由 9 张单页前后拼接成一卷，卷轴装。每页有 26—27 行，每行抄 19—21 字。第六页行距忽然变得紧密，有 31 行。“原卷首尾残失，存高适诗三十五题四十九首(卷首第一诗题残，卷末一首仅存诗题)，其中《遇崔二有别》《奉寄平原颜太守并序》二诗为佚诗，其余各诗均见于今传本高适诗集。另《双六头赋送李参军》为高适佚赋。原卷书法秀整可观，避唐讳甚谨，确是唐人所书。”[①]

P.2567+P.2552 和 P.3862 都是用硬笔所写，抄写的格式基本相似。P.3862 抄写的是高适诗歌，没有题署作者。“施淑婷先生将此卷与伯二五六七、伯二五五二拼合卷比较，认为二者仅见一重题，而无重篇。又卷中遇圣主、哥舒翰大夫皆空格示尊之行款，以及避唐讳甚严等事，二者皆同。因疑二卷为好高适诗者有计划地抄录。其抄诗之年代亦当相近。并谓此卷宜定名作《高适诗选集》。”[②]《燕歌行》有题注，并用双排小字书写。而诗序则低于正文两字书写。这在其他写本中非常少见。“天子”“恩”“明主”前均空格。P.3862 中《遇崔二有别》《奉寄平原颜太守并序》和 P.2567+P.2552 中《同李司仓早春宴睢阳东亭》《自武威赴临洮谒大夫不及因书即事寄河西陇右幕下诸公》仅 4 首为佚诗，说明这两个写本所抄诗歌在唐代的流传度比较高。

这两卷中出现的诗序非常值得注意。《奉寄平原颜太守》序中曰：“初颜公任兰台郎，与余有周旋之分，而于词赋，特为深知。洎擢在宪司，而仆寓于梁宋。

①② 徐俊：《敦煌诗集残卷辑考》，北京：中华书局，2000 年，第 392 页。

今南海太守张公之牧梁也，亦谬以仆为才，遂奏所制诗集于明主，而颜公又作四言诗数百字并序，序张公吹嘘之美，兼述小人狂简之盛，遍呈当代之英，况终不才，无以为用，龙钟蹭蹬，适负知己。夫意所感，乃形于言，凡廿韵。”徐俊提出P.3862卷中“《奉赠平原颜太守》诗序云：‘今南海太守张公之牧梁也，遂奏所制诗集于明主。’王重民先生指出张公即张九皋，颜真卿为平原太守在天宝十二载(753)，赠诗当作于是年或次年。周勋初先生谓张九皋荐举高适之前，奏上高适诗集，时间在天宝八载。诗云：‘上将拓边西，薄才忝从戎。’……一为天涯客，三见南飞鸿，因定此诗作于天宝十四载(755)秋天。为本卷诗中可考知的最晚创作时间”①。

颜真卿在任兰台郎的时候，曾和高适有交往，而且他们二人于词赋特为知己。高适在序中说颜真卿后来到宪司任职，他则寓于梁宋。这个写卷明显是高适写于梁宋的诗作。张九皋在天宝八载(749)曾向皇帝举荐高适，呈奏高适诗集，颜真卿同时做了四言诗序吹捧高适诗作，这也是高适诗歌名震当时、传播非常远的原因。

《旧唐书·高适传》：“适少濩落，不事生业，家贫，客于梁、宋，以求丐取给。天宝中，海内事干进者注意文词。适年过五十，始留意诗什，数年之间，体格渐变，以气质自高，每吟一篇，已为好事者称诵。”②

《旧唐书》《新唐书》皆载高适“有文集二十卷”。晁公武《郡斋读书志》载：“高适集十卷，集外文一卷，别诗一卷。”③

据施淑婷《敦煌写本高适诗研究》统计，敦煌写本高适诗“有八题(含一赋与今本见存者一重题）八首不见今本”，“另七十二题九十六首今本见存者，诗题及字句与今本多有异文”④。据此判断敦煌流传的写本与传世本有别，可能是高适诗歌早期流传本。

---

① 徐俊：《敦煌诗集残卷辑考》，北京：中华书局，2000年，第392页。
② 刘昫等：《旧唐书》，北京：中华书局，1975年，第3328页。
③ 晁公武撰，孙猛校正：《郡斋读书志校正》，上海古籍出版社，1990年，第851页。
④ 黄永武，施淑婷：《敦煌的唐诗续编》，台北：文史哲出版社，1989年，第1—2页。

《信安王幕府诗》序曰:“开元二十年,国家有事林胡,诏礼部尚书信安王总戎大举。”诗曰:“曳裾诚已矣,投笔尚凄然”“直道常兼济,微才独弃捐”“云霄不可望,空欲养神仙。”高适自言从军之后,仍不得意,欲求李祎幕下诸人援手。[①]开元二十年(732),33岁的高适献诗信安王李祎幕下诸人,并没有结果。

高适入仕较晚,几次投诗希求引荐,一次在开元二十年(732),还有一次在天宝八载(749)。《奉寄平原颜太守》序曰:“初颜公任兰台郎,与余有周旋之分,而于词赋,特为深知。洎擢在宪司,而仆寓于梁宋。今南海太守张公之牧梁也,亦谬以仆为才,遂奏所制诗集于明主,而颜公又作四言诗数百字并序,序张公吹嘘之美,兼述小人狂简之盛,遍呈当代之英,况终不才,无以为用,龙钟蹭蹬,适负知己。夫意所感,乃形于言,凡廿韵。”这首诗及序正好抄在P.3862。周勋初考证:天宝八载(749),高适由“睢阳太守张九皋荐举有道科。三伏时至长安,授封丘县尉”[②]。《旧唐书·高适传》:“宋州刺史张九皋深奇之,荐举有道科。时右相李林甫擅权,薄于文雅,唯以举子待之。解褐汴州封丘尉,非其好也,乃去位,客游河右。河西节度使哥舒翰见而异之,表为左骁卫兵曹,充翰府掌书记,从翰入朝,盛称之于上前。”[③]周勋初考定:“新旧《唐书》均作宋州刺史张九皋,此乃沿袭旧称。是时宋州已改名睢阳郡,故而张九皋之头衔应正称之曰睢阳太守。萧昕《殿中监张公神道碑》曰:‘及元昆出牧荆镇,公亦随贬外台,遂历安康、淮安、彭城、睢阳四郡守。’按唐制仕宦年代推算,张九皋此时正在睢阳太守任上。”[④]并证《答侯大少府》《上陈左相》《留上李右相》《留别郑三韦九兼呈洛下诸公》均作于此时。三诗均见于P.2567,《答侯大少府》见于P.3862。

殷璠《河岳英灵集》评价高适:“评事性拓落,不拘小节,耻预常科,隐迹博徒,才名自远。然适诗多胸臆语,兼有气骨,故朝野通赏其文。至如《燕歌行》等篇,甚有奇句。且余所最深爱者:‘未知肝胆向谁是,令人却忆平原君。’”借助幕

① 周勋初:《高适年谱》,上海:上海古籍出版社,1980年,第15页。
② 周勋初:《高适年谱》,上海:上海古籍出版社,1980年,第58页。
③ 刘昫等:《旧唐书》,北京:中华书局,1975年,第3328页。
④ 周勋初:《高适年谱》,上海:上海古籍出版社,1980年,第59页。

僚向权贵投献行卷的风气是唐代文人进入仕途的一条捷径。“唐代科举制度固然发达。亲近、贵戚官爵荫袭之事实依然存在。布衣往往不得干谒明主。故不论布衣侧身之士或及第新人，皆因缘幕府，蹑级进身。”[①]高适“耻预常科”，就不得不采用献诗援引的方式。

殷璠在《河岳英灵集·叙》中说：“武德初，微波尚在。贞观末，标格渐高。景云中，颇通远调。开元十五年后，声律风骨始备矣。实由主上恶华好朴，去伪从真，使海内词人，翕然尊古，南风周雅，称阐今日。”[②]《河岳英灵集》收高适诗 13 首，即《哭单父梁九少府》《宋中遇陈兼》《宋中》《九日酬颜少府》《见薛大臂鹰作》《酬岑主簿秋夜见赠》《送韦参军》《封丘作》《邯郸少年行》《燕歌行》《行路难》《塞上闻笛》《营州歌》，敦煌写本见 9 首。其中《燕歌行》分别有 5 个抄本；《九日酬颜少府》《封丘作》《塞上闻笛》有 2 个抄本；敦煌写本中的高适诗与《河岳英灵集》有高度的认同性，开元十五年(727)前后，高适在文人群中有较高的诗名，这正是盛唐时期流行的诗歌审美观念的体现，也是诗歌主要由文士官僚传播到敦煌地区的一个有力证据。

“高适年轻时已能诗，其后即以诗文交结各地官吏与四方友好，五十岁之前已有诗名。此处需探讨者为‘五十学诗’之说由何而起？今可知者，高适五十前后生活发生巨大变化：未仕之前，蹭蹬落魄，盛唐诗人中罕有其比；入仕之后，煊赫显达，盛唐诗人中亦罕有其比，故本年实为其个人历史变化上一大关键。前此不久，结识李邕，蒙其推奖，对诗名之传播当有影响。盖唐代诗人之得名无不凭藉显宦名流之吹嘘。李白、杜甫、王维诸人莫不如此。本年承当地官吏张九皋之推荐，代进诗集，制科中第，‘名声从此大，汩没一朝伸’，于政治文化中心长安亦已占有地位。后不久，高适第四次入长安，即以名诗人身份与杜甫、王维、储光羲、岑参、薛据、崔颢、綦毋潜等诗人唱和，于文坛上占有甚高之地位，遂得哥舒翰之赏识而引之掌书记。杜甫日后赠诗乃有‘新诗日又多，美名人不及’等颂词矣。凡此均可为五十留意篇什之说作注脚。要而言之，高适五十之

---

① 施淑婷：《敦煌写本高适诗研究》，黄永武《敦煌的唐诗续编》，台北：文史哲出版社，1989 年，第 6 页。

前文学上之成就，为其入仕奠定基础，五十之后仕途升迁之速促使他便注意其文学上之成就，五十是关键。"[①]

王维、高适、岑参等人都先后入幕河西或者安西。王维在河西幕府的时间非常短，所以他的诗歌在以敦煌为中心的河西地区流传的并不是很多。高适和岑参在此地都有较长时间的入幕活动，甚至两度入河西，入幕期间他们和幕府文职官僚之间的诗歌唱和赠答活动非常频繁，这才是他们的诗歌在敦煌写卷中大量出现的原因。

高适的多数诗歌作于开元二十二年(734)到至德元年(756)，这是他被张九皋荐举有道科，解褐封丘尉和入幕哥舒翰幕府的时间。在写卷中出现《奉寄平原颜太守并序》绝不是偶然现象，P.3862很可能就是这段时间由高适本人带到河西的诗歌。进入官场之后，伴随着仕途上的通达得意，高适的诗歌创作也逐渐回落，晚年创作的诗歌非常少，敦煌写本中也销声匿迹了。

许多研究者注意到了高适、岑参到边塞之后创作的诗歌非常多。但是在敦煌文献中，我们发现传到敦煌的高适诗歌大多是他在中原时创作的。流传最广的《燕歌行》也不是写于河西幕府时期。这说明高适的诗歌传播和诗歌创作的地域没有太大关系，而是与其早期的诗名，显宦张九皋、颜真卿等人的推举，以及早期诗集的出现有关。

岑参与边塞题材无关的诗歌也出现在敦煌写卷中。敦煌写卷中岑参很多前往安西的纪行诗虽然残破，但比较集中地抄写在一起，和岑参的其他诗歌一起保存下来。岑参曾两次到安西，两次途经敦煌。岑参的诗集可能是从中原传过来的。当时岑参沿途写的纪行诗可能在当地也有流传，若能和他的早期诗歌放在一起抄写，一定是有一个非常完整的底抄本。

戴伟华指出："真正把幕府视为要津的是那些取得进士资格而又未能入朝做官或只是在京任校书郎之类微官、俸禄极低的人。因为文士(知识分子)一生理想还在于在朝中为官，盛唐时代的高适、岑参如此：他们是在仕途不得意的

① 周勋初：《高适年谱》，上海：上海古籍出版社，1980年，第64—65页。

情况下才到边地幕府的，在边地他们时刻盼望早日入京，能够荣升。”[1]这在敦煌写本中非常明显，高适、岑参离开西北边塞之后，他们的诗歌传抄也伴随着其足迹越行越远而沉寂了。

第二节　敦煌诗僧对诗歌传播的贡献

敦煌影响最大、留下诗作最多的诗僧是归义军时期的悟真（约811—895）。大中二年（848），悟真参戎入幕，担任归义军时期重要的僧侣文职。大中五年（851），悟真受河西节度太保的派遣，曾入京奏事，和长安的十三位大德高僧过从密切，双方都以诗歌赞颂这次文化会晤。这些诗歌更多地被保存在敦煌藏经洞中，敦煌写本生动具体地表现了悟真和长安僧侣的诗歌酬唱活动，是一千多年前敦煌和长安在文化上互动的真实写照。

P.3720、P.3886、S.4654抄写的内容为《悟真受牒及两街大德赠答诗》21首，其中P.3720有悟真所作之序：

> 河西都僧统京城内外临坛供奉大德兼僧录阐扬三教大法师赐紫沙门悟真，自十五出家，二十进具，依师学业，专竞寸阴，年登九夏，便讲经论，闲孔无余。特蒙前河西节度故太保随军驱使，长为耳目，修表题书。大中五年，入京奏事，面对玉阶，特赐章服，前后重受官告四通，兼诸节度使所赐文牒，两街大德及诸朝官各有诗上，累在军营所立功勋，题之于后。

从此序可以看出，悟真在大中五年（851）受河西节度太保的派遣，曾入京奏事。且P.3720释辩章《右街千福寺三教首座入内讲论赐紫大德辩章赞奖词》中提道：“瓜沙僧悟真，生自西蕃，来趋上国。诏入丹禁，面奉龙须。”悟真乃出生

① 戴伟华：《唐代使府与文学研究》，桂林：广西师范大学出版社，1998年，第11页。

在西蕃的僧人，受河西节度派遣入京奏事，受到唐廷的重视，诏许两街巡礼诸寺，和两街诸寺有酬唱诗。从写本中可以看出，当时的辩章、右街千福寺内道场表白兼应制赐紫大德宗茝、荐福寺内供奉大德栖白上、内供奉文章应制大德有孚、内供奉可道上、京城临坛大德报圣寺道钧等人写诗赠悟真。这些僧侣也多是京城左右大街名寺内供奉的应制大德。唐代诗僧主要出现在这类群体。

悟真是敦煌名僧，他出生于敦煌，"生在狐狢地，长在碛边城"（见 P.3720），十五岁于敦煌灵图寺出家，二十岁受比丘具足戒。大中五年（851），悟真受张议潮和敦煌僧界领袖洪辩之命，担任出使团主使，赴京上奏。这次受命赴京，和京城的高僧有广泛的交流，悟真将这次文化交流活动中的诗歌带回敦煌。这是张氏归义军政权成立前夕唯一一次记载敦煌和长安僧界文学交流活动。

悟真虽为僧侣，却一直参与政治活动，担任重要的僧职。大中十年（856），悟真敕授沙州都僧录；咸通三年（862），任河西副僧统；咸通十年（869），敕授河西都僧统。悟真"艺行兼通释与儒"，有非常高的文化素养，在敦煌地区享有非常高的声誉，他的多部作品在敦煌流传。敦煌文献中所见悟真作品见表 4.1：[①]

表 4.1 敦煌写卷所见悟真作品

时间	卷号	内容
吐蕃统治时期	P.3770	《发愿文》《禳灾文》
归义军政权时期	P.2226、P.2331v、P.3770	《社文》
	P.3770	《张族庆寺文》《悟真未敢酬答和尚故有辞谢》
	S.4654	《悟真辄成韵句》
	S.4654、P.3645	《敦煌昔日旧时人》《重云缭绕拱丹霄》《表奏明君入紫微》
	P.3645	《远涉风沙路几千》
	P.2807v	《三五年来复圣唐》
	P.3554	《谨上河西道节度公德政及祥瑞五更转兼十二时共一十七首并序》
	P.2807v	《三五年来复圣唐》

① 颜廷亮：《敦煌文学千年史》，北京：人民文学出版社，2013 年，第 194—199 页。

续表

时间	卷号	内容
归义军政权时期	P.3554①	《谨上河西道节度公德政及祥瑞五更转兼十二时共一十七首并序》
	P.4660	《故沙州释门赐紫梁僧政邈真赞》《河西节度故左马步都押衙阴文通邈真赞》《沙州释门索法律窟铭》《翟家碑》《义辩邈真赞》《翟和尚邈真赞》《前沙州释门故索法律智岳邈真赞》《阎公邈真赞》《辞弁邈真赞》《康使君邈真赞》《释门阴法律邈真赞》《大唐前河西节度押衙银青光禄大夫检校太子宾客甘州删丹镇遏充凉州西界游弈防营都知兵马兼殿中侍御史康公讳通讳信邈真赞》《金光明寺索法律邈真赞》
	莫高窟第156窟前室北壁	《莫高窟记》
	S.10468+S.12956	《悟真自序》
	P.3681	《奉酬判官》
	P.3720	《悟真文书集自序》
	P.2178	《赞述四兽恩颂》
	P.4654　P.3645	《龙沙西尽隔恩波》
	P.2748　P.3821　S.0930 P.3054　P.2847	《国师唐和尚百岁诗》十首
	S.6161+S.3329v+S.11564+ S.6973+P.2672	《敕河西节度兵部尚书张公德政碑》
	P.4986　P.4660	《京兆杜氏邈真赞并序》
	S.5711	《乍别大众三两月》《此院有个刘法和》

从上表统计可以看出，在敦煌归义军时期的重要政治活动中，悟真担任重要的角色，很多有影响的政治人物的碑铭赞由悟真执笔。尤其是《敕河西节度兵部尚书张公德政碑》，具有重大的政治意义。悟真与敦煌的士族关系密切。上

① 此卷仅存序，诗佚。

述碑铭中，悟真与张氏、曹氏、索氏、阴氏等上层贵族均有往来，在敦煌归义军政权中具有重要的地位和影响。悟真本人精通文学，在一定程度上促进了敦煌地区诗歌的传播和发展。悟真是敦煌文献中有名可考作品最多的一位诗僧，写本中存诗 21 首、邈真赞 14 篇。在敦煌文献中，《国师唐和尚百岁诗(十首并序)》在敦煌广为流传，多达 9 个写本。

悟真赴长安，得到唐宣宗恩赐，并诏许和长安左右大街高僧大德相过从。这成为悟真一生中最荣耀的回忆，同时他也带回这次文学盛会的记载。颜廷亮认为悟真和长安僧界的文学活动全部内容并没有完全保存下来[①]，仅见两部分：一部分是悟真和长安僧界酬赠诗歌，有诗文十六题十七篇，还有杨庭贯(身份不详)附诗一首；另一部分是记载此次交往活动的诗文，如 S.4654、P.3645《敦煌昔日旧时人》《重云缭绕拱丹霄》《表奏明君入紫微》《远涉风沙路几千》，P.2807v《三五年来复圣唐》等。

《悟真受牒及两街大德赠答诗》出现在 P.3720、P.3886、S.4654 三个写本中。P.3720 卷首全；P.3886 为残卷，首尾均残；S.4654 首尾完整。P.3720 中的《悟真未敢酬答和尚故有辞谢》还见于 S.10534 残卷，仅存一行。《依韵奉酬》还见于 S.9424，与 P.3720 有细微差别。S.4654《谨上沙州专使持表从化诗一首》、阙题四首《燉煌昔日旧时人》[②]等还见于 P.3645。

从《悟真受牒及两街大德赠答诗》抄写于敦煌写本的情况分析，悟真从长安带回来的这些诗在敦煌当地引起了不小的轰动，产生一定的政治效应，所以传抄得比较多，保存得较为完整。从这类写本中，我们得以窥见写本时代长安和敦煌在文化上的交流多么宝贵和难得，也再一次证实了敦煌地区的很多诗歌写本，尤其是善本，极可能是经过类似悟真这样的僧侣兼使节身份的行人携带到河西地区的。

---

① 颜廷亮：《敦煌文学千年史》，北京：人民文学出版社，2013 年，第 200 页。

② S.4654《燉煌昔日旧时人》四首阙题诗，没有题署作者，颜廷亮、徐俊二位先生从内容上均判断为悟真诗，本文从其说。

第三节 敦煌学郎对诗歌传播的促进作用

敦煌写本和藏经洞窟中出现了许多学郎题记。这些学郎题记抄写在佛经、变文、蒙书、儒家经典和一些书仪中,透露出一些细微的信息,题记仿佛在诉说着千年前人类文化传播的某种可能性和特点。人类文明和文化就是在这些学郎们稚拙的字迹中传播开的。

虽然敦煌学郎题记很早就引起了学者们的注意，但是针对敦煌学郎题记的研究是从20世纪80年代开始的。李正宇于1987年发表《敦煌学郎题记辑注》[①],首次对敦煌各处发现的学郎题记进行收集整理。徐俊于1994年发表《敦煌学郎诗作者问题考略》[②],对学郎的身份进行考订,是首篇专门研究学郎具体情况的论文。进入21世纪后,柴剑虹先生有《敦煌学郎诗抄与唐五代诗歌的传播》[③],最先注意到学郎和诗歌传播的关系。

在三位学界前辈研究的基础上，笔者对敦煌写本出现的学郎题记重新进行梳理,意在挖掘学郎和敦煌地区文化传播的某种关系。

按照唐律,学郎入学年纪应在七岁左右。最大年纪的学郎没有明确记载,但是在敦煌文献中出现的学郎翟奉达已经有二十岁。从学郎题写在各处的字迹来看，少有书法精湛者。陈祚龙提到敦煌的写手学习写书法一般有三个步骤:始涂鸦练笔画;继临摹范本,考究字形;后凭个人才智,发展书学。[④]陈氏此观点结合敦煌写本大致不谬,在写本中确实发现了许多涂鸦练笔和临摹字帖,这也是中国古代民间书法学习的范式。检阅敦煌文献中出现学郎题记的写本,

---

① 李正宇:《敦煌学郎题记辑注》,《敦煌学辑刊》1987年第1期,第26—40页。
② 徐俊:《敦煌学郎诗作者问题考略》,《文献》1994年第4期,第14—23页。
③ 柴剑虹:《敦煌学与敦煌文化》,上海:上海古籍出版社,2007年,第147—156页。
④ 陈祚龙:《敦煌资料考屑》(上),台北:台湾商务印书馆,1979年,第158页。

我们会发现大多数学郎的字迹稚拙,书法上乘的极少。根据李正宇先生统计的学郎题记辑注,学郎题记和道教经典抄写在一起的未见一例,和佛经抄写在一起的也寥寥无几。(见表4.2)

表4.2 敦煌诗歌写本所见学郎题记及其诗歌抄写位置[①]

内容	题记出现位置	题记	卷号
儒学类	《古文尚书》末题	乾元二年正月二十六日，义学生王老子写了,故记之也。	P.2643
	《论语集解卷第一》末题	大中五年五月一日,学生阴惠达受持诵读,书记。	散665
	《论语集解卷第六》末题	大中七年十一月廿六日,学生、判官高英建写记。	P.3441
	《论语集解卷第七》末题	大中九年三月廿二日学生令狐再晟写记。	P.2716
	《论语集卷解第八》尾题	咸通三年二(月)十五(日)学生张文营书。	P.3745
	《论语集解卷第七》末题	咸通五年四月十二日,童子令狐文进书记。	P.2716
	《论语集解卷第一》末题	沙州灵图寺上座随军弟子索庭珍写记。乾符三年学士张喜进念。	P.2618
	《论语集解卷第二》末题	壬寅年岁次十一月廿九日学事高奴子写记了。	P.3972
	《论语集解卷第五》末题	丑年三月人生六日学吴良义。	P.2663
	《论语集解第二》末题	未年正月十九日社学写记了。	P.2904
	《论语集解》末题	金光明寺学郎张再口。	S.1586
	卷背《论语集解》卷第六背题	伎术院礼生翟奉达。	P.3192
	《论语集解》背题	台寺学仕郎氾安住等。	P.2618
	《论语序》下题	咸通十五年三月三日学生王文川。	P.3193
	《论语序》下题	学生李文段书一卷。 (抄有“今朝闷会会”诗句)	P.3305
	《论语白文》末题	文德元年正月十三日燉煌郡学士张圆通书。	P.3783

① 此表据李正宇《敦煌学郎题记辑注》选取多数学郎题记统计。

续表

内容	题记出现位置	题记	卷号
儒学类	《论语卷第六》末题	金光明寺学郎□□□□□戊寅年十一月六日僧马永隆手写论语一卷之耳。	S.3011
	《毛诗诂训传卷十六·大雅·文王之什》背面《逆刺占》末题	于时天复二转岁在壬戌四月丁丑朔七日,河西敦煌郡州学上足子弟翟再温记。温字奉达也, 抄有“三端俱全大丈夫”俗诗。	敦煌某氏藏
	《毛诗卷第九》末题	寅年净土寺学生赵令全读为己。	P.2570
	《孝经疏》末题	天宝元年十一月八日于郡学写了。阴庭□□张处□。	P.3274
	《孝经白文》卷末题	乾符三年十一月二十一日学生索什德书卷,书记之也。 咸通十五年五月八日沙州学□索什德。	P.3369
	《孝经白文》背题	图寺学郎□。	P.3698
	《孝经》末题	同光三年乙酉岁十一月八日三界寺学仕郎,郎君曹元深写记。	S.707
	《孝经一卷》末题	翟□飒郎君翟□飒诗卷岁至庚辰月造季秋日逮第三拙诗一首。 (抄有“读诵须勤苦”诗)	P.2746
	《孝经》卷末第一条题记	丙申年五月四日灵图寺沙弥德荣写过,后辈弟子梁子松。 庚子年二月十五日灵图寺学郎李再昌己,梁子松。	S.728
诗赋类	正面《燕子赋一卷》下题	咸通八年□家学生□□。	P.3666
	《燕子赋》卷背题	咸通八年正月廿日学生 ▭	
	《燕子赋》末题	癸未年十二月廿一日永安寺学士郎杜友遂书记之耳。 甲申年三月廿三日永安寺学郎杜友遂书记之耳。	S.214
	《燕子赋一首》首行下题	金光明寺学士郎就载红、孔目氾员□。	P.3757
	《敦煌廿咏》末题	咸通十二年十一月廿日学生刘文端写记读书,索文□。	P.3870
	《贰师泉赋·渔父赋歌》末题	贞明六年庚辰岁二月十九日,龙兴寺学郎张安人写记之耳。	P.2712
	卷背《渔父沧浪赋》末题	长兴五年岁次癸巳八月五日敦煌郡净土寺学仕郎员义。	P.2621

续表

内容	题记出现位置	题记	卷号
诗赋类	《大汉三年季布骂阵词文·杨满山咏孝经》末题	维大晋天福七年壬寅岁七月廿二日三界寺学士郎张富盈记 壬午年正月九日净土寺南院学仕郎□。	P.3386
	《杨满山咏孝经壹拾捌章五言》末题	许辰年十月卅日三界寺学士。	
	《齖魺新妇文·书仪·酒赋·崔氏夫人要女文杨满山咏孝经》背题	壬午年十一月十一日三界寺学士郎□。	P.2633
	《秦妇吟》末题	天复五年乙丑岁十二月十五日敦煌郡金光明寺学仕郎张龟。	P.3381
	《秦妇吟》末题	贞明五年已卯岁四月十一日燉煌郡金光明寺学士郎安友盛写记。 (有诗:今日写书了)	S.692
	《秦妇吟》卷末 《秦妇吟》卷背	显德四年丁巳岁二月十七日就家学士郎马富德书记。 显德四年丁巳岁二月十九日学生童儿马富德。 大周显德四年丁巳岁九月廿七日就家学士郎。 大周显德四年丁巳岁就家学士郎马富德书记。	P.3780
		丙子年五月十五日学仕郎杨定千自手书记之耳也。	
	《王梵志诗卷第三》末题	丙申年二月拾九日莲台寺学郎王和通写记。	P.3833
	卷背《王梵志诗一卷》末题	己酉年二月十三日学郎高□全文。	P.2842
	《王梵志诗》背题	三界寺学郎董人形图己酉年九月十五日。	S.3393
	《王梵志诗集》末题	大云寺学郎邓庆［　　　　］大云寺学仕郎邓庆长。壬戌年十一月五日邓庆长。	S.778
	《李陵苏武往还书》末题	天成三年戊子岁正月七日,学郎李幸思书记。 (有“幸思比是老生儿”俗诗)	P.2498
	《李陵苏武书》末题	乙亥年六月八日三界寺学士郎张英俊书记之也。	S.173
	《李陵苏武往还书》	壬午年二月廿五日金光明寺学郎索富通书记之耳。	P.3692
	《李陵苏武往还书》背题	金光明学士酒索富通书卷。	

续表

内容	题记出现位置	题记	卷号
诗赋类	《李陵与苏武书》卷背题	图寺学郎曹延叶题记之耳。	S.785
	《沈侍郎等赞字宝碎金诗》题于夹行间	天福七年壬寅岁四月二十日，伎术院学郎，知慈惠乡书手吕□。	P.3906
	《崔氏夫人训女文》背题	己酉年正月…学郎氾文建学郎身姓阴财艺精令不求心真是□过奉尊昇好儿郎高保昇。	S.4129
	《孔子项托一卷》末题	天福八年癸卯岁十一月十日净土寺郎张延保记。	S.395
	《茶酒论》末题	开宝三年壬申岁正月十四日知术院弟子阎海真自手书记。	P.2718
	《茶酒论》卷端题	己卯年正月十八日阴奴儿□	P.3910
	《捉季布传文》前题	戊寅年二月廿日氾□□学仕郎田文深、李应绍。	S.5441
	《捉季布传文》末题	太平兴三年戊寅岁四月十日记氾孔目学仕郎阴奴儿自手写《季布》一卷。	
	《捉季布传文》背题	《新撰时务纂集珠玉要略抄一卷》圣教伎术院学士敦煌礼生翟奉达。	P.3197
	《珠玉抄》前题	辛巳年十一月十一日三界寺学士郎梁流庆书记之也。	P.3393
	《无名歌》末题	未年三月廿五日学生张议潮写。	P.3620
蒙书类	《太公家教》末题	天复九年己巳岁十一月八日，学仕郎张厶乙午时写记之耳。	P.3764
	《太公家教》背题	开宝九年丁丑年四月八日王会长自手书记学郎大歌李延□	P.3797
	《太公家教》末题	壬申年十月十四学仕郎张盈信纪业文。	P.4588
	《太公家教》末题	庚戌年十二月十七日永安寺学仕郎儿顺进自手书记。	S.1163
	卷背《千字文一卷》末题	乾宁三年岁次丙辰二月十九日学士郎氾贤信书记之也。	P.3211
	《千字文》卷末题	无题写人和时间记载。 (抄有“今日书他智”)	S.3287

续表

内容	题记出现位置	题记	卷号
蒙书类	《开蒙要训》末题	天成四年九十八日，敦煌郡学仕郎张显顺书。	P.2578
	《开蒙要训》末题	显德五年十二月十五日大云寺学郎□。	S.5463
	《开蒙要训》背题	戌年二月十六日学士。	P.3243
	《开蒙要训》末题	三界寺学士郎张彦宗写记。	P.3189
	《新集严父教》末题	雍熙三年岁次丙戌七月六日安参谋学侍郎〔崔定兴〕李神奴写《严父教》记之耳。	S.4307
	《新集严父教》末题	丁亥年三月九日定南坊学郎李神奴自手书记之耳。	S.4307
书仪类	《吉凶书仪》末题	大中十三年四月四日午时写了。 (抄有："今朝书字笔头干"等俗诗)	P.2622
	《新集吉凶书仪》末题	天复八年，岁次戊辰，二月廿日，学郎赵怀通写记。	P.2646
	《新集吉凶书仪》末题	天复八年，岁次戊辰，二月廿日，学郎赵怀通写记。	
	《新集吉凶书仪》末题	天福五年庚子岁二月十六日，学士郎吴儒贤诗记写耳续诵记。	P.3691
	《书仪》末题	维大周显德七年岁次庚申七月一日大云寺学郎邓清子自手记。	P.3886
	《书仪》背题	净土寺学士郎氾安德笔记。	S.3691
占卜类	《卜筮书》末题	庚辰年正月十七日学生张大庆书记之也。(抄有"首恶笔若"句)	P.3322
变文类	《大目乾连冥间救母变文并图一卷》末题	贞明七年辛巳岁四月十六日，净土寺学郎薛安俊写张保达文书。	S.2614
	卷背《目连变文》末题	太平兴国二年岁在丁丑闰六月五日显德寺学士郎杨愿受一人思微，发愿作福，写尽此《目连变》一卷，后同释迦牟尼佛一会弥勒，生作佛为定，后有众生，同发信心，写尽《目连变》者，同池愿力，莫堕三涂。	BD.00876
	《汉将王陵变》	太平兴国三年索清子孔目官学仕郎索清子书记耳，后有人读讽者请莫怪也了也。	散 1566
类书	《事森》末	戊子年四月十日学郎员义写书故记。(抄有"写书不饮酒"诗)	P.2621

续表

内容	题记出现位置	题记	卷号
类书	《兔园册第一》末题	巳年四月六日学生索广翼写了。(抄有“高门出贵子”残诗)	S.614
方技类	《方技书》前	岁月日时州学上足子弟尹安仁书。	P.2661
佛经类	佛经残页背	咸通九年正月四日每学生往书卷。	P.4579
	《佛经》背面	咸通九年岁次□□□□□□学生马□□上。	P.4627
	《佛经》	维大唐乾符六年正月十三日沙州敦煌县学士张。	P.4057
	《因缘心释论》卷背题	大唐河中伍年三月十八日沙州燉煌郡郎义君学士孝顺。	BD.04083
	《金刚经注》背	清泰二年乙未岁元月五日学生阎弘润记。	P.2216
	《大身真言》末	大晋天福八年癸卯岁十一月十一日学士郎阴彦清发心自手写此尊经流传士信。	P.3398
	《小乘三科》末题	太平兴国二年丁丑岁二月廿九日白侍郎门下学侍郎押衙董延长写《小乘三科》题记。	P.2841
	《观音经》末	辛丑年七月二十八日,学生童子唐文英为妹久患写,毕功记。	BD.04584
	《妙法莲华经》背	己巳年三月十六日悬泉学士郎武保会、判官武保瑞自手书。	BD.05819

敦煌文献五万卷,大约九成为佛经。正规的写经文中没有见到学郎的留款,依隋唐写经制度,抄写人、校对人均在卷后记载。佛教经典一般都是由具有一定书法水平的抄经生完成。即使个别佛教经文中出现学郎的题记,也纯粹是个人积累功德的抄录。学郎不是敦煌文献中佛教典籍的主要抄写者。

根据李正宇先生的统计,敦煌写卷中所见的一百多条学郎题记,基本上是抄写在儒家经典《论语》《尚书》《毛诗笺》《孝经》,以及诗赋、蒙书、书仪、类书和变文故事等上面。这说明学郎抄写的内容分为两部分:一部分是学校学习内容,所谓儒学经典、类书、书仪、蒙书;一类为世俗文书,所谓占卜、变文、方技和一些诗赋。诗赋类文书中可能有一大部分是学校学习内容,所以也会作为抄写内容。通过上表可以看出,出现学郎题记的《论语》有16卷、《孝经》6卷、《毛诗》2卷、《古文尚书》1卷、《太公家教》4卷、《开蒙要训》4卷、《千字文》2卷、《新集严父教》2卷、《书仪》6卷、《事森》和《兔园策》类书类抄本各1卷。诗赋类出现学郎题记的有《秦妇吟》3卷、《王梵志诗》4卷、《苏武李陵往还书》5卷、《燕子赋》3卷、《捉季布传文》3卷、《茶酒论》2卷、《碎金诗》和《训女文》1卷,等等。学郎题记大量出现在这些文书中,说明敦煌诗歌写本极有可能被学郎抄写而流传。

P.2687正面抄写《论语集解·先进篇》,卷背抄写初唐诗11首;P.2748正面抄写《古文尚书》之《落诰》第十五到《蔡仲之命》第十九,背面抄写《燕歌行》《古贤集》等37首唐诗词;P.2973卷正面为《汉书》残卷,背面为《咏月》诗6首;[①] P.3195、P.2677、S.12098抄有《论语集解》残卷,旁边抄写屈同仙《燕歌行》等诗;P.4994、S.2049、P.2544正面抄写十六行《毛诗笺》之《杕杜》《鱼丽》《南陔》,背后抄写17首唐诗。Дx.2173正面抄写南朝诗人吴均的诗歌,背面抄写《礼记·曲礼上》。儒家经典和诗歌抄在同一个卷子的情况还是比较常见的,因此推测这样的写卷多数可能是流传于敦煌地区各类学校中的抄本。

笔者认为敦煌地区的学校教育仍然以中原唐朝的教育模式为主,所以敦煌文书中出现了非常多的儒家经典和类书。诗歌写本也和这些写卷杂抄在一起。在学校中它被传授给儿童、学郎,又通过一代又一代的学郎传到民间。

第四节　河西地区人口流动与唐诗的西传

唐代的文化传播,写本是主要的传播方式之一。唐代的诗歌作为主流文学的重要组成部分,在科举选拔、言志娱情、酬唱赠答中扮演着重要的角色。随着

① 王重民《伯希和劫经录》认为《咏月》诗在正面,《汉书》残卷在背面,徐俊认为正好相反。敦煌写木中极少见背面抄写经史文献而正面抄写诗歌的。

丝绸之路贸易和文化交流的兴盛，唐代的主流文学——诗歌也会凭借各种传播载体向西传播。但是，目前的中西文化交流研究中，学者较多地关注佛教东传，或西域、中亚文化对中原文化的浸染、胡化现象，唐诗西传研究则较少。古代文化传播借助人口流动才能实现。唐代的人口流动较为复杂、频繁，唐移民对迁入地的文化影响逐步受到个别研究者的关注。葛剑雄的《移民与文化传播——以绍兴为例》[①]、李浩的《论唐代文学士族的迁徙流动》[②]、吴松弟的《中国移民史》(隋唐五代时期)[③]等论著纷纷注意到移民在文化传播中的作用和影响力。随着敦煌文献研究的逐步深入，敦煌诗歌文献中隐藏的东西文化交流上的细节，以及文化上的联系、影响、繁衍，成为敦煌诗歌文献研究的新视角。徐俊的《敦煌诗集残卷辑考》、陈尚君的《长沙窑唐诗书后》[④]、胡可先的《长沙窑新出土唐诗考论》[⑤]都谈到了唐诗在传播中的细节问题。通过历史上唐代河西地区的人口流动，借助敦煌文献阐述唐诗西传的地缘特征研究尚属空白。据此，本文通过分析包含较多政治、经济、社会因素的唐代人口迁移历史事件，探讨敦煌诗歌写本在具体西传过程中借助的传播媒介，力求剥离出在此历史场景中可能存在的种种文化传播细节。

7至10世纪，唐帝国以强大的文化优势和国家实力吸引着周边国家甚至来自更远国度人们的追慕和向往。唐代的长安更是一个各种文化交流碰撞的舞台。以长安为中心，唐廷向东西南北各方均有经济文化上的交流，但丝绸之路是当时最繁忙的经济文化交流通道。敦煌地处丝绸之路的东西段交汇处，是丝绸之路通向西域南、中、北线的咽喉。敦煌藏经洞的诗歌写本有力地证明了中原文学西传的史实。诗歌写本的传播预示着一定人口的迁移和流动。在五万多种敦煌写本中，两千多种写本中有唐诗。仅仅借助丝绸之路上往来的僧侣和

① 葛剑雄:《移民与文化传播——以绍兴为例》,《绍兴文理学院学报》2010年第4期,第1—7页。
② 李浩:《论唐代文学士族的迁徙流动》,《文学评论》2005年第2期,第35—45页。
③ 吴松弟:《中国移民史》(隋唐五代时期),福州:福建人民出版社,1997年。
④ 陈尚君:《敬畏传统》,上海:复旦大学出版社,2011年,第170—173页。
⑤ 胡可先:《出土文献与唐代诗学研究》,北京:中华书局,2012年,第631—667页。

商队、使者,如此规模的诗歌写本在敦煌地区广泛传播难以实现。[①]大规模的人口迁移是孕育中原诗歌文化西传的丰厚土壤。

集中抄录一定数量的敦煌诗歌写本，抄录的诗歌多为初盛唐时期由中原传入。换而言之,安史之乱前的作品较多,那时传入敦煌的多是乐府旧题或歌行体。安史之乱后出现了新旧乐府、歌行体和格律诗数量相当的情况,当地诗人创作以格律诗为主。传入敦煌的诗歌送别怀乡、闺情离怨的内容占70%以上。散佚在其他写卷中残存的个别诗歌,多是敦煌当地学郎、僧侣写的劝学、劝善诵经诗。散佚在其他写卷中的个别诗,最有可能是敦煌当地人为学习、传播教义的习作,艺术价值往往不高。尤其是学郎的习作、练笔,处于文化传播链的末端,被他人再次传抄的可能性较小。此类诗多数阙题,作者不可考,创作信息模糊,这样的诗歌往往成为敦煌写卷中的孤本。有些虽有多个抄本,不过是当时妇孺老少口中人尽皆知的民间谚语,不能说明问题。而对于那些专门抄写的诗歌卷子,尤其是敦煌写本中多次被抄写的诗歌,例如韦庄的《秦妇吟》,S.788、P.2567、P.2552 高适的《古大梁行》,S.788、P.3862、P.2748 高适的《燕歌行》,P.4994+S.2049+P.2544、P.2567、P.2552 李白的《惜樽空》、丘为的《老人篇》等,在敦煌流传较广,艺术价值较高。虽然这些抄本中也存在阙题和作者不可考的现象,但这种情况较少,有些是写卷本身的残破造成的。

安史之乱前,敦煌地区的诗歌主要由中原传入。随着安史之乱的爆发,吐蕃占领敦煌地区,敦煌和中原的文化联系一度受阻,敦煌的诗歌文化走上了自我发展的道路,敦煌诗人辈出。大量被掳掠到河西地区的战争移民成为敦煌诗歌文化的缔造者。这些移民不仅带来了中原诗歌文化,很多人本身也是文学修养极高的诗人。落蕃诗夹抄在早期传入的唐诗中,在当地流传。唐后期,随着归义军政权对敦煌的有效统治,黄巢起义促使中原大量人口向河西迁徙。这时,反映中原战乱、人民流离失所、民不聊生的叙事诗《秦妇吟》成为敦煌地区最受

① 本文集中探讨敦煌诗歌和人口流动的关系,僧侣、商人的往来不属于人口较大规模的流动,因此不在讨论之列。这些人在文化传播中影响到一些带有宗教色彩的诗歌,亦不在本文讨论之列。

关注、传播最广的诗。

唐代人口一定规模的迁移主要分为四大类：逃避徭役兵役的逃户，逃避政治迫害或者躲避战争流离失所的难民，屯田戍边的将士及其家属，在战争中被俘获的中原人民。“隋唐时期汉族人民往边疆的迁移，主要有几种类型：被掳掠，被俘，参加屯田，躲避战乱，逃避赋役，因犯罪逃跑，等等。”[①]各种人口流动因素对文学传播的干预，以及历史事件中表现出的地缘性特点在此都有所反映。

“隋末中原大乱，因避乱进入东突厥和西域的中原人民数量不少。贞观初太宗指出：‘自隋季道消，天下沦丧，衣冠之族，疆场之人，或寄命诸戎，或见拘寇手。’”[②]据吴松弟在《中国移民史》中统计：“唐初贞观四年(630)灭东突厥，此后直到吐蕃占领河西走廊，汉族人口都在增加。贞观十三年，河西走廊的凉、甘、肃、瓜四州著籍户口，为户 14052，口 56150；天宝十一年(752)，四州著籍户、口分别达 31553 和 155836。”他分析唐前期人口增长最快的区域主要分布在东部的凉州和甘州，西部诸州较慢，很显然是大量中原移民的迁入造成的。

敦煌写卷中发现了大量的王梵志诗。任半塘、项楚依据《桂苑丛谈》考证王梵志大约生于隋，其诗在初唐时期大量流传。[③]这种浅显通俗的诗体，最容易被大量移民通过不同方式传入敦煌，且得以留存，敦煌有 31 个写本。其中 P.3418、P.3211 写本集中地反映了当时普遍存在的逃户等人口流动问题：

丁儿避征防，不虑弃家门。(P.3211)

儿行母亦征。(P.3211)

天下浮逃人，不啻多一半。南北掷踪藏，诳他质归贯。游游自觅活，不愁应户役。无心念二亲，有意随恶伴。强处出头来，不须曹主唤。闻苦即深

① 吴松弟：《中国移民史》，福州：福建人民出版社，1997 年，第 203 页。
② 吴松弟：《中国移民史》，福州：福建人民出版社，1997 年，第 207 页。
③ 项楚：《敦煌诗歌导论》，成都：巴蜀书社，2001 年，第 277 页。

藏,寻常拟相算。欲似鸟作群,惊即当头散。心毒无忠孝,不过浮游汉。此是五逆贼,打煞何须案。(P.3418)

唐长孺根据《陈伯玉集》卷八“上军国利害事”三条;《唐会要》卷八五“逃户”记载证圣元年(695)李峤上表称“天下之人,流散非一”,流户问题已引起朝臣注意;《旧唐书》卷八八记载,韦嗣立为凤阁舍人,上书:“今天下户口逃亡过半,租调既减,国用不足。”敦煌写卷中王梵志诗“天下浮逃人”与此历史史实正符。①

在敦煌写卷中,初唐时期的诗歌数量还是颇为可观的。某些初唐诗歌中杂抄梁、陈、隋的诗歌,抄本中诗歌逐渐由南朝向隋唐过渡的痕迹还是很明显的。如P.3480《诗文丛抄》分别抄录刘希夷《白头翁》、王粲《登楼赋》、无名氏《落花篇》、樊铸阙题诗、陈子昂《感遇》、冯待征《虞美人怨》、王泠然《汴河柳》。据徐俊《敦煌诗集残卷辑考》考证:“原卷共存两纸,薄卷裱褙,诗文题署严格,书法纯熟,行间有丝栏界格,并间存朱墨点断之迹。卷中所抄王粲《登楼赋》,原署作者‘王仲宣’,与敦煌诗文写卷中作者署名的通例不同,或抄自通行的《文选》写本。这种与唐前诗文名篇合抄的诗卷在敦煌诗卷中也颇为少见。”②P.3480所抄诗歌虽然不多,但其中的《白头翁》又见于P.3619,王粲《登楼赋》在敦煌本《文选》中较为常见,《落花篇》又见于Дx.3871+P.2555,樊铸阙题诗又见于P.2976卷背,冯待征《虞美人怨》又见于P.3195。这说明写卷抄录的是在敦煌传播较广的“敦煌地方通行之诗文”③。此外,P.2640也存在虞世南、梁简文帝、王江乘、李义府同卷出现的情况。据徐俊考证,此卷第一首未题写作者和题目,“经考为虞世南《怨歌行》。在《拟费昶秋夜听捣衣》诗与《常何墓碑》之间,空约十行位置,并以较前后诗文略大之字录五言诗句一联,五言四句诗一首,似是抄写者随手添写。经考,前者为梁简文帝萧纲《咏雪诗》句,后者为梁王江乘与何逊《相

① 唐长孺:《唐长孺社会文化史论丛》,武汉:武汉大学出版社,2001年,第254—256页。
② 徐俊:《敦煌诗集残卷辑考》,北京:中华书局,2000年,第264页。
③ 徐俊:《敦煌诗集残卷辑考》,北京:中华书局,2000年,第686页。

送联句》诗。卷末《常何墓碑》尾残，为敦煌遗书中为数极少的传自中原的碑文之一”。[①]依据《常何墓碑》是“敦煌遗书中为数极少的传自中原的碑文”的判断，P.2640 和中原写本有更为密切的关系，所抄诗歌存在多个写本，说明经西迁汉人传播至此。

流传到敦煌地区的初盛唐诗，多是乐府或歌行等古体诗。众所周知，唐代是中国诗歌史上歌行体、格律诗的定型期和成熟期。七言歌行早于七律在初唐已逐步完善。刘希夷的《代悲白头翁》《捣衣篇》《北邙篇》《死马赋》，张若虚的《春江花月夜》发轫于乐府旧题，却是更具开拓意义的唐人歌行，卢照邻的《长安古意》和骆宾王的《帝京篇》是更加成熟的歌行体。从《全唐诗》和《全唐诗补遗》等诗歌收录情况来看，唐代的格律诗占绝大多数，其次为歌行体。初唐时值得关注的是“非乐府题的七言歌行的成熟”[②]。敦煌文献中发现的诗歌写本，以唐代中原传入的诗歌为主，这其中又以歌行体为多。五七言格律诗是在初唐四杰和沈宋手里定型的，但在全国流行甚至被民间接受仍需要一段时间，传入敦煌的时间可能更滞后。另外，唐代的歌行体本身也有适于传播的特点。关于唐代歌行体的定义，目前学术界还存在分歧，但歌行体的一些特点是比较清楚的。例如马茂元说：“唐代七言歌行是在声韵、格律的基础上糅合‘古’‘今’体而发展起来的一种新型的长篇诗歌。像《长安古意》和张若虚的《春江花月夜》，语言的流利宛转，音节的和谐铿锵，灵活地运用对仗，有规律地转韵等，最能表现这种特色。”[③]在“歌行”之名来自汉乐府已成共识的前提下，葛晓音提出唐代的歌行体具有四大特点：(1)以叙事体和人生教训式的谚语体为主；(2)除少数作品散见于其他曲辞外，绝大多数在相和歌辞的平、清、瑟三调中；(3)有的同一题目下有若干篇内容不同的作品；(4)篇幅一般较长，大多是可分节分章演奏的乐诗。在分析“行”的含义中，葛晓音指出“这里的‘行’即乐府行诗。既用鼓点

---

① 徐俊：《敦煌诗集残卷辑考》，北京：中华书局，2000 年，第 110 页。

② 葛晓音：《初盛唐七言歌行的发展——兼论歌行的形成及其与七古的分野》，《文学遗产》1997 年第 5 期，第 52 页。

③ 马茂元：《唐诗选》，上海：上海古籍出版社，1999 年，第 2 页。

伴奏,且一再行之,其繁音促节可以想见。叶燮说'《燕歌行》节促而意短'(《原诗》),很可能当时'行'诗的节奏都比较急促,但又一再反复"[①],进而断定"歌行从它萌生时起即初步具备了语意复叠、节奏分明的基本特征"。[②]同时,初唐的歌行体还兼具"多取乐府诗客观叙事的顺叙语气"[③]。总体上讲,初盛唐时期以刘希夷、卢照邻、骆宾王、李白、高适为代表的作家的歌行体"是通过各种重叠反复的字法句式以及层意的复沓,追求流畅跌宕的声情、开合动荡的气势、淋漓酣畅的铺排、转换层叠的结构"[④]。这样的歌行体,因节奏分明非常便于记忆和传唱。盛唐时期,李白、杜甫、高适、岑参均为同时代的诗人,他们私交甚好,交往过密。杜甫七言古体诗和格律诗的艺术价值不相上下。敦煌写本竟未发现一篇杜甫的七言歌行。这除了传播中的选择性之外,和杜甫七言歌行体多选择新题乐府有关,他有意"打破初盛唐歌行语言畅达易晓的传统规范,寻求与描绘对象的神情特点相协调的语感节奏, 以艰涩拗口的字法句式取得声情顿挫的效果"[⑤]。以上论述,意在说明敦煌写本中大量出现的歌行体,是以初盛唐时期李白等人创作的流畅跌宕、语意复叠、节奏分明的乐府古题为主。这类歌行体因定型时间早、体制完备、便于传唱,在民间早已被广泛接受,流行并大量留存于民间抄本中。

白居易两首代表性歌行体诗歌《琵琶行》和《长恨歌》,如果对这两部作品非要做一个题材上的区别, 松浦由久提出:"大致采取作者个人的第一人称视点,因而场面本身也是与作者个人的主体经验直接关联着的",以及"视点的第三人称化、场面的客体化"[⑥]。他指出了问题的关键。歌行体或表述作者在场中

---

①② 葛晓音:《初盛唐七言歌行的发展——兼论歌行的形成及其与七古的分野》,《文学遗产》1997 年第 5 期,第 48 页。

③ 葛晓音:《初盛唐七言歌行的发展——兼论歌行的形成及其与七古的分野》,《文学遗产》1997 年第 5 期,第 53 页。

④ 葛晓音:《初盛唐七言歌行的发展——兼论歌行的形成及其与七古的分野》,《文学遗产》1997 年第 5 期,第 61 页。

⑤ 葛晓音:《初盛唐七言歌行的发展——兼论歌行的形成及其与七古的分野》,《文学遗产》1997 年第 5 期,第 60 页。

⑥ [日]松浦由久著,孙昌武,郑天刚译:《中国诗歌原理》,沈阳:辽宁教育出版社,1990 年,第 282 页。

的个人主体经验，或是旁观视点中他者的场面描述。这些特点有助于我们理解敦煌写本何以存有大量歌行体。

歌行体的大量出现和人口的迁移有着密切关系。以往学者较多地注意丝绸之路上的粟特商旅、宗教僧侣、西域使节，这些人群更多的是外来文化的传播者。虽然这些群体也会不可避免地传播中原诗歌文化，但来自中原的人才是汉文化最主要的传播者。在文学传播的过程中，某些诗歌虽是经过商人僧旅传到河西地区的，但如果没有河西地区大量的汉族移民在此生息，这样的诗歌抄本也将淹没在漫漫的戈壁沙漠中。河西移民直接影响了诗歌抄本的传播和保存。初盛唐歌行体抄本的存在，暗示着这些节奏感非常强、音节流畅、语意复叠、极富音乐性的诗歌最有可能被人传唱歌咏，并随着移民的足印来到敦煌，在此繁衍生息。

唐政府的屯田戍边政策也极大地影响了河西地区的移民数量。唐代在东起今辽宁，西至今新疆、青海的沿边地区都搞过屯田。屯田分军屯、非军屯两种。军屯系军队组织经营，主要由兵士耕作。“河西节度使下辖蕃汉兵 2.6 万人，其中赤水军(驻凉州)1 万人，玉门军(驻今玉门市北)和豆卢军(驻今敦煌市)各 0.2 万人，各军公私营种，且耕且战。”[①]唐开元以后，军事制度发生很大的变化，士兵长驻边地，允许携带家口，并出现专门从事屯田的军队。某些军屯已具有移民性质。[②]唐代为了巩固边防，给军队补给供养，在河西地区大量实行民屯。武则天时期，甘州“诸屯犬牙相见，所聚粟、麦积数十万。田因水利，种无不收”。“据开元年间的记载，河西走廊有屯田 49 万亩，其中凉州为 18 万亩，甘州为 25 万亩，肃州有 3.5 万亩，玉门有 2.5 万亩。由于汉族移民的开垦，到天宝末，包括河西走廊在内的陇右道已成为闾阎相望、桑麻翳野的以农业为主的富庶地区”[③]。安史之乱前，河西地区成为唐代移民重要的迁入区。正是由于唐政府戍边、屯田等大规模地向河西地区迁入人口，河西才会在不到一百年时间内

---

①③ 吴松弟:《中国移民史》,福州:福建人民出版社,1997 年,第 212 页。
② 吴松弟:《中国移民史》,福州:福建人民出版社,1997 年,第 206 页。

人口数量急剧增长。P.3418《王梵志诗》也集中体现了因为唐代的府兵、屯田政策,大量中原男丁背井离乡的社会问题:

儿大作兵佚,西征吐蕃贼。(P.3418)

十六作夫役,二十充府兵。碛里向西走,衣甲困须擎。白日趁食地,每夜悉知更。铁钵淹乾吃,同伙共纷争。长头饥欲死,肚似破穷坑。(P.3418)

带刀拟斗煞,逢阵即须行。将军马上死,兵灭地居营。血流遍荒野,白骨在边庭。去马游残迹,空留纸上名。关山千万里,影绝故乡城。(P.3418)

中原人口躲避战乱或者因政治陷害而落入番邦的在隋甚至更早的时候就非常普遍,据《旧唐书·吐蕃传》"贞元十七年条"有:

见一吐蕃少年,身长六尺余,赤髭大目,乃徐舍人也。命解缚,坐帐中,曰:"师勿惧,余本汉人。司空英国公五代孙也,属武后斫丧王室。高祖建义中泯,子孙流播绝域,今三代矣。"①

据《旧唐书·李勣传》载:"勣诸子孙坐敬业诛杀,靡有遗胤,偶脱祸者,皆窜迹胡越。"这位赤髭大目的吐蕃少年,竟是李勣的五代孙。

元和元年正月,福建道送到吐蕃生口十七人,诏给递乘放还蕃。六月,遣使论勃藏来朝。五年五月,遣使论思耶热来朝。并归郑叔矩、路泌之柩及叔矩男文延等一十三人。叔矩、泌,平凉之盟陷焉,凡二十余年,竟不屈节。因没于蕃中,至是请和,故归之。②

---

① 刘昫等:《旧唐书》,北京:中华书局,1975年,第5259页。
② 刘昫等:《旧唐书》,北京:中华书局,1975年,第5261页。

因政治迫害而从中原迁移到边疆的,往往是有较高文化教养的贵族。他们的迁移,势必将中原地区文学艺术价值较高的诗歌带入边疆,这些写本也会影响民间诗歌抄本的编纂。在敦煌写本中,那些被不同写卷抄录的诗歌,极有可能是来自这些贵族所持有的写卷,而囿于当时文化传播的局限,能够传抄这些诗歌的人不会太多,他们往往视古雅的乐府旧题或长篇歌行为上乘。

战争中吐蕃大量掳掠人口,这也是河西地区人口迁移的一个主要途径。贞元二年(786),吐蕃占领了敦煌。大中二年(848),沙州大族张议潮聚众起义。吐蕃统治敦煌达六十多年。有唐一代,吐蕃对人口的掠夺从来不曾中断。据《旧唐书·吐蕃传》记载:

> (贞元三年)九月,诏神策军将石季章以众三千戍武功,召唐良臣自潘原戍百里城。是月,吐蕃大掠汧阳、吴山、华亭等界人庶男女万余口,悉送至安化峡西,将分隶羌、浑等,乃曰:"从尔辈东向哭辞乡国。"众遂大哭。其时一恸而绝者数百人,投崖谷死伤者千余人。闻之者为之痛心焉。①
>
> 吐蕃驱掠连云堡之众及邠、泾编户逃窜山谷者,并牛畜万计。悉其众送至弹筝峡。自是泾、陇、邠等贼之所至,俘掠殆尽。②
>
> 四年五月,吐蕃三万余骑犯塞,分入泾、邠、宁、庆、麟等州,焚彭原县廨舍,所至烧庐舍,人畜没者约二三万,计凡二旬方退。③
>
> 八年四月,吐蕃寇灵州,掠人畜,攻陷水口城,进围州城,塞水口及支渠以营田。诏河东、振武分兵为援、又分神策六军之卒三千余人戍于定远、怀远二城。上御神武楼劳遣之。吐蕃引去。六月,吐蕃数千骑由青石岭寇泾州,掠田军千余人还。④
>
> 十七年七月,吐蕃寇盐州,又陷麟州,杀刺史郭锋,毁城隍。大掠居人,驱党项部落而去。⑤

---

①②③ 刘昫等:《旧唐书》,北京:中华书局,1975年,第5255—5256页。
④ 刘昫等:《旧唐书》,北京:中华书局,1975年,第5257页。
⑤ 刘昫等:《旧唐书》,北京:中华书局,1975年,第5259页。

Дx.3871+P.2555 抄 210 首诗歌，这个写卷非常能说明唐代因战争引起的人口迁移而带来的文化影响。此卷中除了抄录安雅、张谓、岑参、冷朝光、高适、薛维翰、王昌龄、孔璋、刘商、刘长卿、郑遂初、上官昭容、颜舒、李元纮、李商隐、王諲、孟浩然、刘希夷、窦昊、朱湾、唐玄宗等人的诗歌,还有署名毛押牙、马云奇的两位落蕃诗人。西传至此的诗歌,内容也都是羁旅行役、临行赠别、边塞闺情等,其中以闺怨为题的诗竟多达十首。无署名的作者,多是当地或者被迫流落到河西地区的移民。其中阙题诗 “男儿有武须自致”“李牧能坚守”“无事却辞家”等均涉及边塞行役生活。另外,《冬出敦煌郡入退浑国朝发马圈之作》《至墨离海奉怀敦煌知己》《冬日书情》《登山奉怀知己》《夏日忽见飞雪之作》《夏日野望》《夏日途中即事》《青海卧疾之作》《秋夜》《青海望敦煌之作》《首秋闻雁并怀敦煌知己》《秋夜雨雪》《临水闻雁》《秋中霖雨》《梦到沙州奉怀殿下》《秋夜望月》《夏日非所书情》《忆故人》《夜度赤岭怀诸知己》《晚次白水古戍见枯骨之作》《晚秋至临蕃被禁之作》《晚秋登城之作》《秋夜闻风水》《望敦煌》《晚秋羁情》《国中登山》《有恨久囚》《冬夜非所》《忽有故人相问以诗代书达知己两首》《得信酬回》《闻城哭声有作》《除夜》《春宵有怀》《久感缧绁之作》《非所寄王都护姨夫》《哭押牙四寂》、阙题“白日走风沙”、《感蓑草初生》《春日羁情》等,从诗歌内容看,是敦煌地区移民的身世自道,诗作者以极富深情的笔触写下困居敦煌的落魄,以及在敦煌的生活、行役,是千千万万移民在敦煌生活的缩影。

安史之乱后,吐蕃占领了河西走廊,敦煌和中原的文化交流受到极大的限制。“吐蕃统治时期的敦煌地区,吐蕃语言文字广泛流行使用;纪年方式改为蕃式纪年,原有的官私学校大致被废止,基本上只存在寺学;敦煌遗书中属于吐蕃统治时期抄写的经、史、子、集及原先敦煌本地著述的抄本,从有抄写题记者来看,极为稀有;汉族习俗悉受排斥和禁止。总之,吐蕃化的矛头所指,就是本来居于主体地位的中原传统文化,就是用吐蕃文化代替中原传统文化。”[①]杜

① 颜廷亮.《关于吐蕃占领时期敦煌文学的新思考》,范鹏主编.《陇上学人文存·颜廷亮卷》,兰州.甘肃人民出版社,2011 年,第 89 页。

甫、白居易、元稹、韩愈、柳宗元、刘禹锡、孟郊、贾岛、李商隐等中晚唐登上文坛的诗人作品在敦煌写本中非常有限。杜诗流传近1500首，在元和年间已经引起唐人重视，韩愈、元稹等均把杜甫和李白放在一起评价。但在敦煌写卷中竟无一首。元白的诗在中原流传非常广，“禁省、观寺、邮堠、墙壁之上无不书，王公、妾妇、牛童、马走之口无不道”①，甚至远播鸡林海外，是有唐一代被传播最广的作家。敦煌写卷中白诗仅存P.2492+Дx.3865、P.3597 2个写卷21首。另外署名白侍郎的作品，基本上是些游戏诗、碎金诗，是否为白居易所作争议较大。和高适、岑参相比，白诗流传到敦煌的数量及不同写卷中被抄写的次数不算多。“当时敦煌地区文学的基本格局，仍然是唐前期及其以前的格局。”②初唐时期的刘希夷、王勃、宋之问在敦煌写卷中保存的诗歌数量相对较多，甚至在一些晚唐抄本中仍存在，说明这些诗歌在敦煌地区的影响持续时间较长。除了前文所提到的Дx.3871+P.2555写卷表现出吐蕃统治对敦煌诗歌传播的影响外，P.3619写本也非常有代表性。此卷共录诗48首，抄录安史之乱前流传的刘希夷、宋之问、崔颢、李白、孟浩然等初盛唐诗人诗歌。中间有沙门日进《登灵岩寺》、无名氏《吐蕃党舍人临刑》③等敦煌当地诗人诗歌。随着吐蕃占领敦煌地区并对其进行有效的统治，敦煌地区的人口流动不再以屯田戍边为主，此时落蕃诗人成为创作的主体，他们的诗歌和初盛唐诗歌一起在敦煌当地传播。

敦煌文献中有十一个《秦妇吟》写本，分别是S.0692、S.5476、S.5477、S.5834+P2700、P.3381、P.3780、P.3910、P.3953、李盛铎藏本、Дx.10740。韦庄《秦妇吟》的记载最早见于孙光宪的《北梦琐言》卷六：“蜀相韦庄应举时，遇黄寇犯阙，著《秦妇吟》一篇，内一联云：‘内库烧为锦绣灰，天街踏尽公卿骨。’而后公卿亦多垂讶，庄乃讳之，时人号‘秦妇吟秀才’。他日撰家戒，内不许垂《秦妇吟》幛子。以此止谤，亦无及也。”韦庄《秦妇吟》写于应举之时，当时举子中盛行行卷、温

① 元稹：《元稹集》，北京：中华书局，1982年，第555页。

② 颜廷亮：《关于吐蕃占领时期敦煌文学的新思考》，范鹏主编：《陇上学人文存·颜廷亮卷》，兰州：甘肃人民出版社，2011年，第93页。

③ 原卷未署作者，陈尚君《全唐诗续拾》卷一三收作“浑维明”。

卷，在应举的时候为增加及第的可能，多将自己平日诗文加以编辑，写成卷轴，在考试前送呈有地位者，以求推荐。程千帆在《唐代进士行卷与文学》中指出："他们的诗，必然有一些是专门为了行卷而写的，还有许多则是通过行卷这种特殊风尚才流传开来的。"韦庄很有可能把《秦妇吟》写作"行卷"的形式。"在《秦妇吟》的十个写卷中，伯3381为天复五年(905)张龟写本，是诸本中抄写最早者，下署'右补阙韦庄撰'。其书手题记云'天复五年乙丑岁十二月十五日敦煌郡金光明寺学仕张龟'。时作者韦庄仍在世，距《秦妇吟》创作时间亦仅二十二年。"[①]吴淑玲据此认为《秦妇吟》在非常短的时间里从洛阳传到江南，又从江南传到敦煌。根据抄写者为金光明寺学仕张龟，她提出由敦煌寺学学郎传播的概念。笔者认为，敦煌寺学学郎仅仅是写本的抄写者和敦煌地区《秦妇吟》的传抄者，在中古时代资讯工具受限的情况下，《秦妇吟》能迅速传到敦煌地区，这说明《秦妇吟》最有可能是由受黄巢起义军影响而被迫迁移到河西地区的移民带来的。

费省在《论唐代的人口迁移》一文中提到，黄巢"农民军从进入长安到撤离，前后共两年多，其虽与唐军屡有战斗，造成人员损失，但见于史书的损失数并不多，6 万—7 万人，若加上不见记载的其他战役的损失，数字也不会过大，暂假定为10万人。减去这10万人，农民军还应有 40万—50 万人。但是，当黄巢率军从武关道撤退时，却只有18万人了。这个数字加上假定损失的10万，共28万人，大约只有初入长安时人数的一半，那么，剩余的下落如何？这余下的20万—30万人中有一些投降了唐军，如驻防同、华二州的农民军就投降了王重荣。另一些可能是溃散在关中或附近地区了。黄巢率军18万东进后，几经战斗，士卒损失严重。后来，尚让等农民军将领率残部投降，这批人留在了中原，同先前降唐的农民军一起，成为朱温军队的基干。通过以上分析，可以认为黄巢起义军在征战中，使数以十万计的江南人留到关中、河南等地区，形成了

① 吴淑玲：《论敦煌唐写本〈秦妇吟〉的传播学价值》，《唐代文学研究》第12辑，桂林：广西师范大学出版社，2008年，第775—776页。

一次不小的人口迁移。”[①]如果费省的分析无误的话，很有可能《秦妇吟》就是随着这些战争流民迅速地传到敦煌，而不是传到江南后才传入敦煌地区的。敦煌地区在吐蕃占领之后逐渐出现了说唱文学，叙事诗从此在敦煌民间广为流传。除了需要通过《秦妇吟》这样的叙事诗来了解中原的政治时事外，恐怕和说唱文学在敦煌地区的最早兴起有密切的关系。

① 费省：《论唐代的人口迁移》，《中国历史地理论丛》1989 年第 3 期，第 69—70 页。

第五章 敦煌地区对唐诗的接受

敦煌写本中，唐前期的诗人有虞世南、王绩、玄奘、李义府、武则天、韦承庆、苏味道、李峤、王勃、刘希夷、王无竞、崔融、郭元振、沈佺期、宋之问、陈子昂、刘知几、元希声、李适、上官婉儿、苏颋、崔湜、李邕、马吉甫、阎朝隐、胡皓、乔备、房元阳、杨齐哲、刘允济、郑遂初、东方虬、李福业、苏晋、侯休祥、梁去惑、房旭、孟婴、□嘉惠。初唐诗人的诗作在《全唐诗》等传世本中较少。李峤、刘希夷、沈佺期、宋之问、王勃、元希声、崔湜、李邕、胡皓、乔备、东方虬等人诗作在敦煌写本中的出现，基本上代表了当时比较活跃的诗人和诗歌传播情况。此时律诗正在经历定型的蜕变，流传的诗歌多是古体诗歌，刘希夷的诗在敦煌写本中最具有代表性。

第一节 唐代七言诗在敦煌民间的兴盛

在敦煌写卷中，刘希夷有5首[①]诗歌存抄于7个写本，是初唐诗人中传播最广的一位作者。他的《代悲白头翁》就有4个抄本。刘希夷的诗在初唐并不被

① 关于敦煌写本中刘希夷诗歌的数量，王重民、张锡厚认为10首，伏俊琏认为5首。因几首佚诗没有署名刘希夷，对其归属存在争议。此处笔者采纳伏俊琏认为5首的看法。

重视，直至盛唐时他才声名鹊起。天宝年间，丽正殿学士孙翌编选《正声集》，收录刘诗最多，刘希夷自此诗名大噪。

刘希夷的歌行继承了古诗的传统，极少使用对句、典故。文字浅显流畅，诗意也不隐晦。这些特征和初唐流行的文风不合，在当时被认为肤浅俚俗，有乖风雅。①他的诗歌被排斥在正统文学的视野之外，但在民间广泛流传。

刘希夷诗歌多为“七言歌行”，这是从乐府歌辞中演变发展的七言古诗，施蛰存认为“歌行是诗，不是乐府曲辞了”②。

初唐，歌行体的发展刚刚成熟，和乐府曲辞的关系未必疏远，唐代民间乐歌传唱歌行的情况是比较普遍的，民间文化的选择有时与上层文士的审美意识背道而驰。在敦煌写本中，七言歌行体的数量并不少，在古代传播文字有限的条件下，民间抄本中出现大量的长篇歌行，非常有可能借助了音乐的形式，作为歌曲被记录下来。

刘希夷《代悲白头吟》与传世本多有不同。《唐音》《唐诗归》《唐诗品汇》《全唐诗》均作《代悲白头翁》。《文苑英华》《乐府诗集》《韵语阳秋》作《白头吟》。尤袤《全唐诗话》作《白头翁咏》。此诗又见于宋之问诗集，题作《有所思》。

P.3619 题作《白头翁》，作者为刘希移；P.2555 题作《白头老翁》；S.2049 题作《落扬篇》，未题署作者；P.3480 无题目与作者。敦煌写本中出现的题目，S.2049 与传世本差别较大。为了比勘三种写本的差异，现抄录 S.2049《落扬篇》、P.2555《白头老翁》、P.3619《白头翁》。

S.2049录文：

落扬篇　落扬城东桃李花　飞来飞去落谁家
落扬女儿惜颜色　行逢落花长叹昔　今年落花颜色改
明年花开复谁在　既是松柏最为新　更闻桑田变成海
古人无复落城东　今人还对落花蓬　年年岁岁花相似

①② 施蛰存：《施蛰存全集》(第 6 卷)，上海：华东师范大学出版社，2011 年，第 27 页。

岁岁年年人不同　寄言全盛红颜子　须怜半死白头翁

此翁白头真可怜　忆昔红颜美少年　公子王孙方树下

轻歌妙舞落花前光禄池台闻锦绣将军楼阁半

神仙一朝卧病无知几三春行洛在谁边宛转俄眉

能几时　须臾鹤发乱如丝但看故来歌舞地唯

有黄昏鸟鹊悲

P.2555录文：

白头老翁

洛阳城东桃李花飞来飞去落谁家女儿惜颜色行逢落花长叹昔今年花

落颜色改明年花开复谁在已见松柏摧为薪 更闻桑田变成海古人无
复洛成

东今人还对落花风年年岁岁花相似岁岁年年人不同寄语今城红颜子
须怜半

死白头翁此翁白头真可怜伊昔红颜美少年公子王孙芳树下清歌妙
舞落

花前光禄池台文锦绣将军楼阁画神仙一朝卧病无人识三春行乐在谁
边婉

转娥眉能几时须臾鹤发乱如丝但看古来歌舞唯有黄昏鸟鹊悲

P.3619录文：

白头翁　刘希移

洛阳城东桃里花飞来飞去落谁家

女儿惜颜色行逢落花长叹昔

今年花落颜色改明年花开复谁在

已见松柏摧为薪更见桑田变成海
古人无复洛城成东新人还对落花风
年年岁岁花相似岁岁年年人不同寄语
年少红颜子须怜半死白头翁此翁
白头甚可怜伊惜红颜美少年公子王
孙芳树下清歌妙舞落花前光禄
台文锦绣将军楼阁画神仙一朝
卧病无人识千朝游历在谁边宛转
俄眉能几时须臾鹤白发古难思但看
古来歌舞唯有见黄昏鸟雀悲

以上三个抄本中出现的同一首诗,仅题目就有《洛阳篇》《白头老翁》《白头翁》三个不同的版本,均和传世本不同①。施蛰存在《唐诗百话》中就传世本刘希夷此诗出现不同题目的问题,提出了自己的看法:"唐人编《搜玉小集》题作《代白头吟》。闻一多以为应当以《代白头吟》为是,因为《白头吟》是乐府旧题,晋宋人拟作古乐府,都加一个'代'字,例如鲍照所作乐府,就有《代白头吟》《代东门行》等。《代闺人春日》《代秦女赠行人》,这两个'代'字之后,并不是乐府旧题,可见《代悲白头翁》绝不是《代白头吟》之误。又同时诗人崔颢有《江畔老人愁》,张谓有《代北州老翁答》,都是代老人诉苦的作品,可知当时曾流行过这样的主题。因此,我以为这首诗的题目仍当以《代悲白头翁》为是。"

闻一多以为应当以《代白头吟》为是,施蛰存却提出不同的看法,认为初唐流行过代老人诉苦的主题,以《代悲白头翁》为是。据徐陵《玉台新咏》中所收《拟乐府白头吟》为相和歌辞楚调曲,主要写男女情事。韩宁《刘希夷〈代悲白头

① 刘希夷此诗唐人编《搜玉小集》题作《代白头吟》,《唐音》《唐诗归》《唐诗品汇》《全唐诗》作《代悲白头翁》,《文苑英华》《乐府诗集》《韵语阳秋》题作《白头吟》,尤袤《全唐诗话》作《白头翁咏》。此诗又见于宋之问诗集,题作《有所思》。

翁〉非乐府〈白头吟〉》一文有详细论证,此不赘述。[①]敦煌抄本中出现的刘希夷诗三种抄本,题目均未出现“吟”,可以判断施蛰存观点为确。多个传世本题目中有“代”一字,而敦煌抄本同样也未出现,此诗是不是拟乐府古题,非常值得探讨。P.3619作《白头翁》、P.2555作《白头老翁》,此二卷较为接近。

S.2049抄本与P.2555、P.3619存在较大的差异,虽然抄写错误较多,但其仍透露出较多的信息。S.2049卷题目作《落扬篇》,书法次于P.2555、P.3619两卷。抄写错误较多,如“洛阳”写作“落扬”,“芳树下”写作“方树下”,“清歌妙舞”写作“轻歌妙舞”等。这些现象说明S.2049可能并没有可供抄写的底本,而是通过传唱由抄写人凭记忆记录下来的。

P.2555、P.3619抄本题目作《白头(老)翁》,与S.2049《落(洛)扬(阳)篇》差别较大。南宋尤袤《全唐诗话》卷一刘希夷条下有这样的双排小注:“或云:之问害希夷,以洛阳篇为己作;至今载此篇,在之问集中。”[②]陈登元编《唐人故事诗》中也有相同记载:“或云:之问害希夷,而以洛阳之篇为己作;至今此篇,存之问集中。诚如其言,则与隋炀帝以‘空梁落燕泥’杀薛道衡,何以异乎?‘洛阳’云云,诗首句以‘洛阳城东桃李花’起也。”[③]可见,以《洛阳篇》为题,的确存在过,绝非敦煌抄本中的孤立现象。S.2049中“寄言全盛红颜子”之“寄言全盛”二字与P.2555、P.3619不同,与传世本同。这些现象表明S.2049来自有别于P.2555和P.3619的另一流传本。唐代至少有《白头翁》和《洛阳篇》两种题目的存在,有两个不同体系的抄本同时流传。

S.2049中《洛阳篇》的题目在刘希夷各种传世诗集中没有出现,宋人尤袤的《全唐诗话》中有过这样的提法。这表明S.2049是传抄于民间的诗歌集录本,也暗示《洛阳篇》和唐代新歌的某种密切关系。

《全唐诗》有刘希夷诗一卷34首。据张锡厚《全敦煌诗》载,敦煌写本抄录刘希夷诗分别为《死马赋》《白头翁》《嵩岳闻笙》《北邙篇》《捣衣篇》《晚憩南阳

① 韩宁:《初唐乐府诗研究》,北京:社会科学文献出版社,2013年,第128页。
② 尤袤:《全唐诗话》,北京:中华书局,1985年,第14页。
③ 陈登元:《唐人故事诗》,扬州:江苏广陵古籍印刻社,1931年,第2页。

旅馆》《独鹤篇》《北邙篇》(南桥昏晓人万万)、《初度岭过韶州灵鹫广果二寺其寺院相接故同诗一首》《江上羁情》10首,分别存抄在8个抄本上。[①]其中《独鹤篇》《北邙篇》(南桥昏晓人万万)、《初度岭过韶州灵鹫广果二寺其寺院相接故同诗一首》《江上羁情》皆不见于传世本。王重民《全唐诗补遗》收作刘希夷诗,证据略显不足。徐俊等人对此持怀疑态度,故此处存疑,不作为主要的研究依据。《死马赋》《白头翁》《嵩岳闻笙》《北邙篇》《捣衣篇》《晚憩南阳旅馆》传世本有明确记载,为刘希夷作。此6首诗歌,《嵩岳闻笙》《晚憩南阳旅馆》为五言诗,其他四篇为七言诗。《白头翁》在敦煌抄本中有4个写卷,其中S.2049《洛阳篇》和《北邙篇》《捣衣篇》有相似之处,都是七言。这三首诗是初唐出现的律化歌行体,它们的篇幅不及卢照邻的《长安古意》,首句开始入韵,隔句押韵,中间时有换韵,与传统句句押韵的古乐府不同。这几首诗更接近唐人七言律诗的节奏,是初唐时出现的晓畅平易新歌。薛天纬认为在卢照邻、骆宾王之后,初唐的歌行体出现了乐府古题、自制歌辞性新题、自制非歌辞性新题三类。其中新制歌辞性诗题,数量有所增加,出现30多首,占初唐歌行总数的一半。尤其是以"篇"命题者,有15首之多,其中就有刘希夷的《捣衣篇》和《北邙篇》[②]。薛文提出"初唐是'篇'诗大盛的时代"[③],认为此时的"篇诗依曲填词的属性不复存在,它已成为脱离了音乐的纯诗"[④]。本文认为作者选择用"篇""行""操""引""吟"这样的字眼作为题目,一定和歌辞的音乐性有非常密切的关系。吴相洲提道:"在唐代,歌诗传唱曾是一个普遍的客观存在。……而唐人所唱,除了句式长短不齐的杂言歌词以外,还有齐言的诗。"[⑤]

刘希夷生于唐高宗永徽二年(651),登进士第,刘肃《大唐新语》卷八说其"少有文华,好为宫体,词旨悲苦,不为时所重。善掐琵琶……后孙翌撰《正声集》,以希夷为集中之最。由是稍为时人所称"[⑥]。《旧唐书·文苑传》说:"时又有

① 张锡厚:《全敦煌诗》,北京:作家出版社,2006年,第1582页。
②③④ 薛天纬:《唐代歌行论》,北京:人民文学出版社,2006年,第118页。
⑤ 吴相洲:《唐诗创作与歌诗传唱关系研究》,北京:北京大学出版社,2004年,第1页。
⑥ [唐]刘肃撰,许德楠、李鼎霞点校:《大唐新语》,北京:中华书局,1984年,第128页。

汝州人刘希夷,善为从军闺情之诗,词调哀苦,为时所重,志行不修,为奸人所杀。"[①]《唐才子传》说:"苦篇咏,特善闺帷之作,词情哀怨,多依古调,体势与时不合,遂不为所重。希夷美姿容,好谈笑,善弹琵琶,饮酒至数斗不醉,落魄不拘常检。"

毛水清据《旧唐书·音乐志》载"搊琵琶"是唐太宗贞观之后的手弹琵琶,考证刘希夷擅长手弹琵琶,并且根据刘希夷流传于世的35首诗歌,提出他与音乐的密切关系。[②]刘希夷的许多诗是乐府旧题,如《从军行》《白头吟》《采桑》《江南曲》《入塞》等,毛水清认为这些诗"音乐性也极强。没有对前代乐府音乐的熟悉,也难写得这样得心应手。他的诗民歌气息很浓,有许多民歌句法、民歌的语汇,有的逼肖南朝民歌,这也说明他努力学习民间音乐"[③]。尤其是刘希夷有一首专门写乐器的《嵩岳闻笙》,此诗同样见于敦煌抄本。

《洛阳篇》中"篇"的出现值得重视。敦煌诗歌写卷中以"篇"命名的诗歌不在少数。除上文提到刘希夷的几首诗歌外,还有李白《行行游猎篇》(P.2567+P.2552),李昂《驯鸽篇》(P.2552),阙名(王重民收入刘希夷名下)、《落花篇》(P.2687)、《锦衣篇》(分别见于P.2748、P.4994、S.2049),王泠然《野烧篇》(分别见于P.3608、S.12098)、《寒食篇》(P.3608),郭元振《北邙篇》(P.3619)、《宝剑篇》(分别见于P.3619、P.3885),李邕《彩云篇》(P.3619),张镜微《采莲篇》(P.3619),高适《画马篇》(P.3862)、《汉家篇》(分别见于S.2049、P.3862),丘为《老人篇》(分别见于P.2544、P.2567、P2552),阙名《帝京篇》(S.2717),《赠捣练篇一首》(S.8467),《落花篇》(分别见于Дx.3871+P.2555、P.3480)。上述诗人,最年长者为刘希夷,刘希夷生于唐高宗永徽二年(651),高宗上元二年(675)登进士第。最晚者为丘为,约生于武后长安二年(702),玄宗天宝二年(743)登进士第。张镜微生卒时间不详,但据《旧唐书·王丘传》载,张镜微开元初任桃林尉,名震一时。此事《旧唐书》《新唐书》《唐会要》皆有记载。敦煌抄本中的"篇"诗作者全

---

① 刘昫等:《旧唐书》,北京:中华书局,1975年,第5012页。

②③ 毛水清:《唐代乐人考述》,北京:东方出版社,2006年,第12页。

部活跃在安史之乱之前,基本上属于初盛唐诗人。张镜微在《全唐诗》仅存诗一首,同样出现于敦煌抄本中。郭元振、王泠然、李昂、丘为传世诗歌非常少,有些数字仅在个位之内,敦煌抄本中却不乏其作。如丘为传世诗歌有 13 首,敦煌抄本就有 6 首。刘希夷的"篇"诗更是多次出现于敦煌写本。敦煌大量出现此类诗歌,是因为这些"篇"诗是初盛唐时代流行的新歌,这些歌诗介于唐代旧题乐府向新歌行之间,是旧题乐府向新歌行的过渡。

吴相洲认为:"不能把唐人在诗题中加入'行''引''歌''词'等名称,看作毫无实际意义。"[①]曹植的《鼙舞歌五首》分别为《圣皇篇》《灵芝篇》《大魏篇》《精微篇》《孟冬篇》,均以"篇"为名,其诗前小序曰:"汉灵帝西园鼓吹有李坚者,能鼙舞,遭乱,西随段颎。先帝闻其旧有技,召之。坚既中废,兼古曲多谬误,异代之文,未必相袭,故依前曲,改作新歌五篇。不敢充之黄门,近以成下国之陋焉。"[②]薛天纬认为"篇"的含义就是依曲所填的词。"篇"在汉时就是依曲所作的新歌。本文认为"故依前曲,改作新歌五篇",说明"篇"诗应是在音乐上承袭旧有的曲调,歌辞上有所新创的新歌。刘希夷《洛阳篇》、王泠然《野烧篇》、丘为《老人篇》、无名氏《寒食篇》《帝京篇》《赠捣练篇一首》等均为整齐的七言。刘希夷等人的《北邙篇》《捣衣篇》可能是初唐时依曲所作的新歌。换而言之,以"篇"命名的题目,为初盛唐出现的新乐歌,这种新歌多采用整齐的七言,隔句押韵,中间可换韵,是古体七言和唐七律的桥梁,既带有七言古诗较为松散的用韵要求,同时也有别于传统七古句句押韵,更加流畅宛转。[③]这样的体裁集中出现在安史之乱前,高宗、武后时期更加集中。到了大历之后,这样的诗体逐渐变少。正是因为新的歌行体和七律更成熟,在民间传唱更普遍,取代了初唐这类篇诗。

另外,李白《行行游且猎篇》首句"边城儿,生年不读一字书",郭元振《宝剑篇》首句"君不见,昆吾铁冶飞炎烟"为三七句式开头。郭元振《宝剑篇》抄写于

---

① 吴相洲:《唐诗创作与歌诗传唱关系研究》,北京:北京大学出版社,2004 年,第 1 页。
② 曹植著,赵幼文校注:《曹植集校注》,北京:人民文学出版社,1984 年,第 323 页。
③ 这种诗歌的形式在唐代向七言歌行和七律发展。

P.3619，此卷依次抄有苏乩《青(清)明日登张女郎神》、郭元振《宝剑篇》、刘希夷《死马赋》《白头翁》《北邙篇》《捣衣篇》等48首诗歌。这几首诗显然不是毫无规律地抄在一起，苏乩《青(清)明日登张女郎神》为三三七句式，郭元振《宝剑篇》首句为三七句式。陈寅恪在《元白诗笺证稿》中提到三三七句式时说："其与当时民间流行歌谣之体制有关……后见敦煌发现之变文俗曲殊多三三七句之体，始得其解。"[①]根据P.3619前卷抄写的这几首诗，结合陈寅恪的看法，这类以"三三七"开头的诗和民间流行的歌谣有密切关系。

Дх.3871+P.2555抄诗210首，刘希夷此诗抄在一组闺情诗后，在此卷单独抄写。P.3619连续抄写了刘希夷多首诗，联系前后抄录的诗歌，结合P.3619中的实际抄写情况，可以发现一些线索。

对比P.2555、P.3619两卷的差异，P.2555作"桃李花"，P.3619作"桃里花"；P.3619作"新人还对落花风"，P.2555作"今人还对落花风"；P.3619作"寄语年少红颜子"，P.2555作"寄语今城红颜子"。此二卷的关系比较近，可能来自相近的抄本，但在传抄的过程中仍发生了变异。这些变异往往是传唱抄写中的记忆错误和再加工引起的。

P.3619中并不是孤立地抄写《白头翁》，P.3619抄诗48首，其中有郭元振的《宝剑篇》，刘希夷的《死马篇》《北邙篇》《捣衣篇》，李邕的《彩云篇》，张镜微的《采莲篇》等多首唐代歌行。P.3619抄诗多以初盛唐为多，P.2555抄写的诗出现了晚唐诗歌，P.3619可能早于P.2555。P.3619比P.2555更接近中原传世本，P.2555抄写诗歌创作时间跨度较大，出现较晚，被加工改变得会更多一些。

抄写刘希夷《洛阳篇》的S.2049是一个残卷，前后分别和P.4994、P.2544卷缀合。这个合卷抄有17首诗歌，依次抄写有安雅《王昭君》，无名氏《古贤集》，刘希夷《洛阳篇》，刘长卿《酒赋》《锦衣篇》，高适《汉家篇》《大漠行》，丘为《老人篇》，王翰《饮马长城窟行》，李白《惜樽空》，无名氏阙题诗(君不见咸阳城北咸阳原)、《老人相问嗟叹诗》，阙题诗(时仲春)、《藏钩》《苑中牧马思诗》，卢

① 陈寅恪:《元白诗笺证稿》,北京:生活·读书·新知三联书店,2011年,第125页。

竧《龙门赋》《北邙篇》。从这个写本中，我们可以看到更具明显的音乐性，完全就是敦煌人在宴饮时所演唱的各类祝酒、劝酒歌。前文分析这个写本的错误多是同音别字，这也是由于抄写者听抄记录所致。

写本时代，由于印刷术尚未普遍应用于文化传播，歌唱与吟诵（而非书写）是文学传播的最主要方式。中国古代诗歌史始终伴随着以音乐文学为主体的历史，诗歌从名称上就体现着音乐与文学双重属性，在经历了民间自然歌唱的发展阶段，经文人之手逐渐成为一种成熟的文学样式。敦煌写本中大量的诗篇，正是民间歌谣经文人之手重新焕发出光彩的记录，这样的诗因其清新流畅、明白俚俗的特征被民间广泛地传唱、记录。

第二节　唐代宴饮文化中的诗歌传播

隋唐五代时期，文人谣歌蔚然成风。伴随着音乐的繁荣，隋唐时全社会对歌唱十分重视，唐代诗歌文学迅速发展，势必要求作家从民间文化中汲取丰富的营养。《国秀集·序》明确提出“谴谪芜秽，登纳菁英，可被管弦者”的美学标准。“妍词一发，乐府传贵”是唐代文人的时代风尚。唐人甚至以诗能否入歌评定其价值高下。[①]这种能够入歌的诗，有很大一部分是唐人在宴饮中演唱的，也是唐人诗酒风流中的一部分。P.2544 中刘长卿诗题作《酒赋》，P.2555 题作《高兴歌》，在敦煌写本中有 7 个卷本。这个现象说明，在唐代民间很多文人的歌赋被各种形式利用，它们在民间文化生活中发挥着不同作用，愉悦满足人们日常生活中的文艺需要。“赋”体到“歌”诗的共存一方面代表了唐代文人歌诗的兴盛，另一方面也展示了唐代上层主流文化对民间俗文化的渗透。唐人一边积极学习着来自民间生动活泼的歌谣，一边将雅正的文学传入民间，借助曼妙的音乐，在宴饮活动中传唱。敦煌写本中同一首诗见于不同卷本，往往就是这类文人歌诗。

① 王昆吾：《隋唐五代燕乐杂言歌辞研究》，北京：中华书局，1996 年，第 324 页。

表 5.1 敦煌所见古体诗多卷本一览表

作者	题目	所见写本数量	所抄卷号
刘希夷	《洛阳篇》	4	①P.3619 ②P.2555 ③S.2049 ④P.3480
李 白	《惜樽空》	3	①P.2567、P.2552 ②P.2544 ③S.2049
高 适	《汉家篇》	6	①P.2544 ②P.2748 ③P.3195 ④P.3862 ⑤P.4984 ⑥S.2049
丘 为	《老人篇》	3	①P.2544 ②S.2049 ③P.2567、P.2552《伤河龛老人》
刘长卿	《酒赋》	7	①P.2544 ②P.2633 ③P.2488 ④S.2049 ⑤P.4993 ⑥P.3812 ⑦P.2555《高兴歌》
安 雅	《王昭君》	4	①P.2673 ②P.4994 ③S.2049
佚 名	《锦衣篇》	4	①P.2544 ②S.2049 ③P.2748(仅存题) ④P.2598
佚 名	《古贤集》	9	①P.2748 ②P.3174 ③P.3113 ④P.3929 ⑤P.3960 ⑥S.2049 ⑦P.4972 ⑧S.6208 ⑨Дx.1776
佚 名	《大漠行》	4	①P.2544 ②S.2049 ③P.2748 ④S.788

敦煌文献中《古贤集》有 9 种写本。其中 P.2748 抄于卷背，接抄于高适《燕歌行》之后；P.3113 接抄于七言《法体十二时》《十恨》后；P.3929 为册页装，抄于《沙州敦煌古迹廿咏并序》后；S.2049 抄于卷背，接抄于《王昭君安雅词》后；S.6208 抄于卷背，接抄于《十二月曲子词》后。可以看出《古贤集》一般抄于歌行、七言唱词、俗曲等之后，说明《古贤集》本身可能是可歌唱的音乐性极强的歌诗，这样的歌诗便于流传并被传唱者记载下来。《大漠行》在敦煌写本中有 4 种，分别见于 P.2748、P.2049、P.2544、S.788。非常巧合的是，P.2049、P.2544、S.788 中的《大漠行》均接抄于高适《汉家篇》(又名《燕歌行》)之后，P.2748 中的《大漠行》抄于高适《燕歌行》、佚名《古贤集》后，说明《大漠行》在敦煌写本中的主要流传本都是和《燕歌行》《古贤集》抄在一起的。

隋唐五代民间歌谣中出现“三三七”开头的形式，这种歌谣具有“顺而肆”的特征，是民间歌谣最常见的歌调。隋唐五代僧徒的唱辞，也多用此体。很多谶语也以这样的形式记载下来[①]。

“三三七”体歌辞与曲子词有着明显的区别。不少谣歌辞和曲子辞存在格调相同的现象，但谣歌辞基本格调上往往出现句式延长或句子增减，表现出徒歌的特征，这是曲子词所少见的。[②]P.3619有《清明日登张女郎神》，此诗开头为“三三七”格式，“汧水北，陇山东，汉家神女庙其中”明显是民间歌谣。其后抄写郭元振《宝剑篇》：“君不见，昆吾铁冶飞炎烟，红光紫气俱赫然。”这明显看出民间歌谣经文人之手润色。文人介入歌谣创作，首句从“三三七”到“三七”，最后变为七言的形式。《宝剑篇》后面抄有刘希夷《死马篇》《白头翁》《北邙篇》《捣衣篇》、崔颢《登黄鹤楼》，均为整齐的七言诗，这隐含了唐人诗歌发展的内在线索。以“三三七”的民歌起调，逐步过渡到带有“三七”体式，再逐步过渡到整齐的七言。敦煌写本中的抄写顺序，往往无意间记录了唐代某种歌体的发展脉络。在唐人的宴饮文化中，文人接受到来自民间新鲜的文学形式，他们敏锐捕捉到了这样有价值的艺术形式，参与到这样的文学体裁中，丰富完善它的形式和内容。在P.3619写本中，我们看到了这种可能性。

“三三七”歌谣主要来自民间文艺，在S.2049中也有体现。S.2049更集中地体现了唐代文人诗和民间歌谣共存的现象。S.2049与P.4994卷前后缀合，一共抄有17首诗歌。这个合卷的正面抄有《毛诗笺》，后面抄有唐诗。徐俊据正面《毛诗笺》卷中“民”字缺末笔，背面卷首完整，判定此卷为唐人写卷，正面抄写在前，背面抄写时间在后。[③]S.2049、P.4994正面抄写的《毛诗笺》有界栏，写有双排小注，楷书抄写，书法上乘。对儒家经典的抄写，格式非常严谨。背面字体显然和正面书法有别，非一人抄写。无界栏，卷首抄有“诸杂记字录为用后流传”。可见抄写者有意辑纂抄写，是为了流传。下抄“正月孟春犹寒，二月仲春渐暖，三月季春渐暄；四月孟夏盛热，五月仲夏盛热，六月季夏极热；七月孟秋已热，八月仲秋渐凉，九月季秋霜冷；十月孟冬渐寒，十一月仲冬盛寒，十二月季冬盛寒。四

① 王昆吾：《隋唐五代燕乐杂言歌辞研究》，北京：中华书局，1996年，第349—352页。
② 王昆吾：《隋唐五代燕乐杂言歌辞研究》，北京：中华书局，1996年，第349页。
③ 徐俊：《敦煌诗集残卷辑考》，北京：中华书局，2000年，第464页。

时春夏秋冬。八节立春、春分、立夏、夏至、立秋、秋分、立冬、冬至。三才天地人;四渎,江河淮齐。五岳东岳太(泰)山,西岳华山,南岳衡山,北岳恒山,中岳嵩高山。”此处抄写的可能是敦煌当地流传的歌谣,也非常像私塾学校中的生活知识。下抄《王昭君》《古贤集》《洛阳篇》《酒赋》《锦衣篇》《汉家篇》《大漠行》《老人篇》《饮马长城窟》《惜樽空》、阙题(君不见咸阳城北咸阳原)、《老人相问嗟叹诗》、阙题诗(时仲春)、《藏钩》《苑中牧马思诗》《龙门赋》《北邙篇》,以上诗见于敦煌多个写本,是普遍流行于敦煌当地的诗抄。“篇”诗集中出现,是某种歌调或同一种表演形式。从内容判断,在宴饮场合演唱的可能性大。这些诗的题目非常值得注意。

S.2049 有《藏钩》诗,抄于本卷的后半部分。“藏钩”据载是源自汉代的一种游戏。《荆楚岁时记》载:“岁前又为藏弫之戏始于钩弋夫人。按汉武帝故事云:上巡狩河间,见青光自地署天,望气者云下有贵子。上求之,见一女子在空室中,姿色殊绝,两手皆拳。数百人擘之莫舒。上自披即舒,号拳夫人,善素女术,大有宠,即钩弋夫人也。辛氏三秦记曰:‘汉昭帝母钩弋夫人,手拳有国色,世人藏钩起于此。’周处风土记云:‘进清醇以告蜡,竭恭敬于明祀,乃有藏钩。俗呼为行弫,盖妇人所作金环,以锴指而缠者。腊日祭后,叟妪各随其侪为藏钩之戏。分二曹以较胜负,得一筹者为胜,其负者起拜谢胜者。’”[①]这种游戏在酒筵上变成一种酒令。宋代窦苹《酒谱》之“酒令”记载:

> 唐柳子厚有《序饮》一篇,始见其以洄溯迟驶为罚爵之差,皆酒令之变也。又有藏钩之戏,或云起于钩弋夫人。有国色而手拳,武帝自披之,乃伸。后人慕之而为此戏。白公诗云“徐动碧芽筹”,又云“转花移酒海”。今之世,酒令其类尤多。有捕醉仙者,为禺人,转之以指席者;有流杯者,有总数者,有密书一字使诵诗句以抵之者;不可殚名。昔五代王章、史宏肇之燕,有手势令。此皆富贵逸居之所宜。若幽人贤士,既无金石丝竹之玩,惟啸咏文史,可以助欢。故曰:“闲征雅令穷经史,醉听新吟胜管弦。”[②]

① 宗懔:《荆楚岁时记》(及其他七种),北京:中华书局,1991 年,第 16 页。
② 窦苹著,石祥编:《酒谱》,北京:中华书局,2010 年,第 192 页。

这里明确记载了唐代藏钩酒令和诗歌的关系。而S.2049前有《酒赋》《惜樽空》,都有劝酒之意。此卷诗歌非常可能是为了助酒或者唐人宴饮需要而专门抄录的,所抄诗出现的卷本也非常多,是因为这些诗在酒筵、游艺中频繁出现。

《藏钩》前为一首阙题诗,巴宙拟题作《球赛》,从诗歌内容看,应为唐代的马毬运动。李金梅、郑志刚根据新发现的汉代民间画像砖考证,马球在东汉时期已经出现。[①]唐代的马毬传自西蕃,据封演《封氏闻见记》卷六记载:"太宗尝御安福门,谓侍臣曰:'闻西蕃人好为打毬,比亦令习,曾一度观之。昨升仙楼有群蕃街里打毬,欲令朕见。此蕃疑朕爱此,骋为之。以此思量,帝王举动岂宜容易,朕已焚此毬以自诫。'"[②]关于西蕃是吐蕃还是波斯,学者对此有分歧。王尧从"马毬"一词和藏语的关系,以及传统史料中吐蕃对唐献奉金颇罗等物证实马毬起源于吐蕃,回应了阴法鲁、应琳、韩国磐等人的观点。S.2049所载之诗虽阙题,却可以从马毬的比赛规则、比赛场地中看出是对马球比赛的详细记载。比赛的时间是"时仲春,草木新,初雨后,路无尘"。比赛的地点在林间的球场。比赛由两队组成,"青一队,红一队",比赛开始时,双方"脱绯衣,著锦衣,银镫金鞍耀日晖"。比赛中"场里尘灰马后去,空中毬势杖前飞"。马毬的毬杖形似月,这些内容都完全符合马毬比赛的记载。马球赛在唐代敦煌地区非常流行,因为马毬本身起源于吐蕃,敦煌地区不仅毗邻吐蕃,而且曾有六十多年被吐蕃占领,故敦煌地区盛行此运动不足为奇。暨远志据敦煌156窟《张议潮出行图》,认为"最后部分20余骑,衣饰均为缺袴衫、革带、毡帽、白靴"[③],穿各式团窠锦袄子的骑队,反映了打马球运动。[④]P.3773卷背《凡节度使新授旌节仪》记载有旌节节度使时,以马毬比赛活跃气氛。

S.2049卷阙题诗"时仲春,草木新"一诗中,在球赛开始前,有"侍中手执白玉鞁,都史乘骑紫骝马"。侍中为执毬杖供奉官,白玉鞁应该是毬杖。"鞁"《敦煌

---

① 李金梅、郑志刚:《中国古代马球源流新考》,《敦煌学辑刊》2014年第1期,第102—108页。
② 封演:《封氏闻见记》,北京:中华书局,1985年,第52页。
③ 暨远志:《张议潮出行图研究——兼论唐代节度使旌节制度》,《敦煌研究》1991年3期,第39页。
④ 暨远志:《论唐代打马球——张议潮出行图研究之三》,李金梅主编:《中国马球史研究》,兰州:甘肃人民出版社,2002年,第101页。

歌辞总编》校录作“鞍”，巴宙校作“鞭”。侍中不可能手执马鞍出场，“鞭”字可解，但是在比赛没有正式开始前，侍中更有可能手执代表比赛将要开始的毬杖入场，似乎更妥。莫高窟156窟《张议潮出行图》、100窟《曹议金出行图》《回鹘公主出行图》均有执毬杖供奉官。[①]都史乘骑紫骝马，紧随手执毬杖的侍中后入场，李正宇考证都史为沙州归义军乐营中的行政班子。[②]

罗香林《唐代波罗球戏考》一文提到唐代波罗球戏分布的几个地区，虽没有提到河西陇右地区。[③]但通过敦煌文献可知，马毬在敦煌也非常盛行，且比赛仪式相当隆重，甚至在一些高规格的政治活动中演奏毬乐。《张淮深变文》记载张淮深“日置歌筵，毬乐宴赏，无日不有”。

正因为马毬在唐人娱乐生活中有重要的作用，所以唐人诗赋中多记载马毬赛，如沈佺期的《幸梨园亭观打毬应制》、阎宽的《温汤御球赋》、蔡孚的《打球篇》、张建封的《酬韩校书愈打球歌》等。

S.2049与P.2544所抄关于唐代马毬运动的诗歌，说明了此卷乃唐人酒筵、游艺歌谣之辑本。出入酒筵、马毬赛场并对歌谣进行辑录的抄写者，极有可能活跃在这类场合。P.4994、S.2049拼合卷中的前半部分，有诸杂记字若干行，首题“诸杂记字，录为用后流传”。抄写者抄写此卷是为了使用和流传。

P.4994、S.2049拼合卷的存在，一方面说明了敦煌地区诗歌在民间文艺中的重要作用，是唐人生活中的一部分。它们丰富和提升了唐人的宴饮文化内涵。另一方面，正因为唐人的生活流淌着诗意，所以这些诗歌才会被抄写，并得以完整保存。

---

① 李正宇：《归义军乐营的结构与配置》，《敦煌研究》2000年第3期，第75—76页。

② 李正宇：《归义军乐营的结构与配置》，《敦煌研究》2000年第3期，第74页。

③ 罗香林：《唐代波罗球戏考》，李金梅主编《中国马球史研究》，兰州：甘肃人民出版社，2002年，第15—21页。

第三节 敦煌写本中的诗歌类书、韵书和敦煌文人诗创作

一、《李峤杂咏诗注》与唐代的类书学

隋唐时期，正是我国类书蓬勃发展的历史时期。文学在南北朝走向自觉，文学的觉醒促就了类书的出现。中国最早出现的类书目前学术界公认的是曹魏时期修撰的《皇览》。《三国志·魏书》卷二《文帝纪》载："初，帝好文学，以著述为务，自所勒成垂百篇。又使诸儒撰集经传，随类相从，凡千余篇，号曰《皇览》。"①可以看出来，类书最初的成型是为文学的需要，才有"所勒成垂百篇"。

据曾贻文、崔文印统计，唐朝出现的类书有高祖时的《艺文类聚》一百卷；太宗时的《文思博要》一千二百卷、目十五卷；高宗时的《瑶山玉彩》五百卷及《累璧》四百卷、目录四卷；武后时期《玄览》一百卷，《三教珠英》一千三百卷、目十三卷；玄宗时《玄宗事类》一百三十卷，《初学记》三十卷。除了官修类书，很多文人自己也编类书，如陆贽《备举文言》二十卷，张仲素《词圃》十卷，元稹《元氏类集》三百卷，白居易《白氏经史事类》三十卷，于立政《类林》十卷，温庭筠《家海》三十卷，皮日休《鹿门家抄》九十卷。这些类书是文人们用来储备撰文赋诗的资料。②

初唐是唐诗逐渐走向定型的时期，此时关于诗歌写作的示范性著作非常多，如褚亮的《古文章巧言语》、上官仪《笔札华梁》、佚名《文笔式》、元兢《诗髓脑》《古今诗人秀句》、崔融《唐朝新定诗体》《李峤杂咏》，等等。尤其值得注意的是《李峤杂咏》，《李峤杂咏》的出现与唐初流行的各种指导对偶声律的著作有

---

① 陈寿撰，裴松之注：《三国志·魏书》，北京：中华书局，2005 年，第 65 页。
② 曾贻文、崔文印：《中国历史文献学述要》，北京：商务印书馆，2010 年，第 165 页。

关系[①],在总结了前人关于声律、对偶发展的成果基础上,李峤采用组诗形式,对唐诗声律、用典、对偶、写景等均做了展示。平安时代,《李峤杂咏》120首、白居易的和李翰的《蒙求》被日本列为三大蒙书。

《李峤杂咏》作于武周时期,葛晓音指出《李峤杂咏》是用标准的五律体写的咏物诗。受到初唐以来大修类书风气的影响,《李峤杂咏》诗题采用类似类书的编排体例。武后时期,珠英学士李峤等26人受命编修《三教珠英》,同时掌握了大量的典故。按照类书的分类方法,其将歌咏的物象之熟典和常见语组织成诗,以便初入门的学诗者学习。[②]玄宗时期,珠英学士张说、徐坚编纂《初学记》,此书就是为了满足皇太子学习的需要。葛晓音将《李峤杂咏》和《初学记》做了一番对照,证实二书写作目的相似,确实为唐代士人学诗的类书式蒙书。[③]非常巧合的是,黑水城文献中也有《初学记》。[④]另外敦煌S.614、S.1086、S.1722、P.2573中的《兔园策府》也是类书式的蒙书,此书以偶俪之语,专讲掌故,唐代甚为流行,南宋后亡佚,抄本在日本流传。敦煌本《兔园策府》残存第一卷五章,三章有注。[⑤]日本宽平年间(889—897),滕原佐世编冷然院藏汉文典籍,《日本国见在书目》总集类下有《兔园策府》九卷。吕思勉认为这些类书均是唐时士大夫供对策之用的,随着时间的推移和科举考试的变化,逐渐被淘汰,反而在远离政治文化的乡僻之地得以保存。[⑥]

为了配合诗歌学习,天宝六载(747)登仕郎守信安郡博士张庭芳为《李峤

---

① 葛晓音:《创作范式的提倡和初盛唐诗的普及》,《文学遗产》1995年第6期,第30—41页。

② 葛晓音:《创作范式的提倡和初盛唐诗的普及》,《文学遗产》1995年第6期,第31—33页。

③ 葛晓音在《山水田园诗派研究》中指出:首先,从类别的编排来看,《李峤杂咏》120首咏物诗共分乾象、坤仪、芳草、嘉树、灵禽、祥兽、居处、服玩、文物、武器、音乐、玉帛12类,每类10首(此分类据日本嵯峨天皇宸翰本)。显然在写作之前按类书的分类做过一个总体的规划。所咏120种物名与《初学记》相同的有92种。各种物名在其所属类目中的编排顺序也大致相近。例如"百咏"的乾象部按日、月、星、风、云、烟、露、雾、雨、雪排列,《初学记》天部按天、日、月、星、云、风、雨、雪、露、雾等排列。其次,从用典的情况来看,《初学记》为初学者取用"省便",所选典故和范文都是常用的,"百咏"所用典故与《初学记》相合者甚多。并经过葛氏统计,"百咏"中有60%的诗,至少有二至三个与《初学记》所选典故相同。他得出:《李峤杂咏》从类目、物名到典故的编排,都带有类书的特色,显然不是一般的诗歌创作,而是为了给初学者提供一种律诗咏物用典的范式。

④ 李辉、冯国栋:《俄藏黑水城文献两件类书定名与拼合》,《宁夏社会科学》2005年第2期,第90—91页。

⑤ 周丕显:《敦煌古钞〈兔园册府〉考析》,《敦煌学辑刊》1994年第2期,第17—29页。

⑥ 吕思勉:《吕思勉全集》,上海:上海古籍出版社,2016年,第930—931页。

杂咏》作注并撰序——《故中书令郑国公李峤杂咏百二十首序》[①]:

> 尝览尊德叙能,述古不作。窃所企慕,情发于中,顾有阙于慎言,诚见贻于尤悔者矣。然夫禁鸡虽谬,周鼠徒珍,犹遇兼金以答,岂独卢胡致哂?顷寻绎故中书令李郑公百二十咏,藻丽词清,调谐律雅,宏溢逾于灵运,密缀掩于延年。特茂霜松,孤悬皓月。高标凛凛,千载仰其清芬;明镜亭亭,万象含其朗耀。味夫纯粹,罕测端倪。故燕公刺异词曰"新诗冠宇宙",斯言不佞,信而不征。于是欲罢不能,研章擿句,辄因注述,思郁文繁。庶有补于琢磨,俾无至于疑滞,且欲纪诸童稚,焉敢贻于后贤?于时臣唐天宝六载,龙集强圉之所述也。

张庭芳以诗歌创作的范式给李峤诗做注,意在用经典启蒙儿童学习诗歌,盛唐时《李峤杂咏》有促进诗歌创作普及的作用。

《新唐书》记载:"峤富才思,有所属缀,人多传讽。武后时,汜水获瑞石,峤为御史,上《皇符》一篇,为世讥薄。然其仕前与王勃、杨盈川接,中与崔融、苏味道齐名,晚诸人没,而为文章宿老,一时学者取法焉。"[②]李峤处于唐代格律诗走向定型的时期,前承四杰,又和崔融、苏味道齐名,他"早负辞学,累居台辅"[③],活跃在文坛上的时间比较长,受到了高宗、武则天、唐玄宗等的赏识,当时的学者普遍向他学习。天宝八载(749),张庭芳为编纂蒙书的需要,选取李峤的诗进行注解,这在唐朝极为少见。按照主题类分编写诗歌虽在唐初就出现过,但这种编纂方式并没有被唐人普遍接受,对诗作进行主题类分的写作方式在唐代不多见。中国古代的注释学主要在注经,对集部的注解出现比较晚。

因为李峤在初唐文坛的影响,他的文集有多部流传。《旧唐书·经籍志》载

---

① 周绍良主编:《全唐文新编》,长春:吉林文史出版社,2000年,第4197页。
② 欧阳修、宋祁:《新唐书》,北京:中华书局,1975年,第4371页。
③ 刘昫等:《旧唐书》,北京:中华书局,1975年,第2995页。

李峤文集有三十卷,《旧唐书·李峤传》却说“有文集五十卷”。[①]《新唐书·艺文志》《唐才子传》俱云五十卷。《郡斋读书志》载,李峤“集本六十卷,未见。仅所录一百二十咏而已,或题曰单题诗,有张方注”。根据以上文献记载,李峤集五十卷说比较可靠。因为《李峤杂咏诗注》的蒙书性质,没有引起《旧唐书》《新唐书》的重视,故这两部史书均未提及《李峤杂咏诗注》的情况,杂咏和张方注出现在晁公武《郡斋读书志》中,辛文房《唐才子传》记载:“今集五十卷,《杂咏诗》十二卷,单题诗一百二十首,张方为注,传于世。”[②]辛文房极有可能因袭了晁公武“张庭芳”为“张方”的错误说法。[③]五代北宋初的文献中《李峤杂咏诗注》并没有作为一个独立的部分引起重视,但通过敦煌文献,其在民间的诗歌入门教育中是非常普及的。

《李峤杂咏诗注》是唯一保存至今的唐人注本诗集。[④]敦煌写本中有五种抄本,分别是P.3738、S.555、Дx10298、Дx2999与Дx3058拼合卷、Дx05898残片、Дx11210残片。P.3738首尾俱残,此卷收李峤诗4首,存《兔》《灵禽十首》《凤》《鹤》。残存六行,双行注文,撰者佚。[⑤]背面有题记:“癸亥年正月廿二日得此文书记之人莫取来。”P.3738还有三页残片,分别抄写“宣宗皇帝御制劝百僚”字六行(P.3738p1)、“关纳赠的文字”四残行(P.3738p2)、“习字残片”(P.3738p3)[⑥]。S.555[⑦]首尾俱残,残存十七行,双行注文,收李峤诗七首,诗题存《钱》《锦》《罗》《绫》

---

① 刘昫等:《旧唐书》,北京:中华书局,1975年,第2995页。

②③ 傅璇琮主编:《唐才子传校笺》,北京:中华书局,1987年,第127页。

④ 徐俊:《敦煌诗集残卷辑考》,北京:中华书局,2000年,第345页。

⑤《敦煌遗书总目索引新编》录作“李峤杂咏残存六行,张庭芳注”。敦煌研究院编:《敦煌遗书总目索引新编》,北京:中华书局,2000年,第296页。

⑥ 敦煌研究院编:《敦煌遗书总目索引新编》,北京:中华书局,2000年,第296页。

⑦ 王重民《敦煌古籍叙录》:“斯坦因所得五五五号,为残诗十七行,有注;伯希和所得三七三八号卷,仅六行,诗注均相似,书法亦同,知为同书,惟不知书名与撰人姓氏。”见《敦煌古籍叙录》第289页。笔者对比两份写卷,均为毛笔书写,但是书法有一定差异,S.555书写水平明显高于P.3738,疑非一人书写。徐俊也赞同王重民的提法,认为两卷“二者笔迹、行款格式均同,为一人所抄”。徐俊注意到了S.555上的题记:“斯五五五卷在末诗《布》之后,留有余白。其上有题记一行:‘(上缺)岁乙卯月林钟日刘晟较定。’笔迹与两卷《杂咏》之诗题、正文校补之字,字迹相同,均极浅淡,皆出于刘晟之手;斯五五五背面为唐人诗歌丛抄,伯三七三八卷背无诗抄,仅有题记:‘癸亥年正月廿二日得此文书记之人莫取来。’所指或即正面《李峤杂咏注》应是后来获得此卷者补题。两卷虽不能先后衔接,但不能排除原为一卷,因残裂而分置的可能。”见《敦煌诗集残卷辑考》第345页。

《素》《布》。S.555 上留有一行题记:“岁乙卯月林钟日刘晟校定。”Дx10298 卷背首尾俱残,残存九行,每行下残佚若干字。每首诗抄作两行,诗题在第一行上端,分别抄有《砚》《墨》《纸》《酒》《扇》。惟《酒》有双行注文。[1]Дx2999 与 Дx3058 拼合卷,首尾俱残,仅存《扇》《月》诗之残文。[2]Дx05898 残片、Дx11210 残片,首尾俱残,首起《砚》《墨》《纸》《酒》《扇》《月》六诗。俄藏可缀接,顺序为 Дx.10298+Дx.05898+Дx.2999 与 Дx.3058+Дx.11210。

嘉庆年间,日本天瀑《佚存丛书》发现有《李峤杂咏》刻本,并且存有天宝六载(747)张庭芳的序,分上下二卷:上卷载乾象、坤仪、芳树、嘉树、灵禽、祥兽,下卷载居处、服完、文物、武器、音乐、玉帛,共一十二部,一百二十首诗。《全唐诗》李峤集多有缺句,这个刻本却非常完整。[3]

表 5.2 敦煌本《李峤诗杂咏注》和《佚存丛书》编排次序对照表

《佚存丛书》		P.3738	S.555	Дx.10298	Дx.2999、Дx.3058
乾象	日月星风云烟露雾雨雪				月
坤仪	山石原野田道海江河路				
芳树	兰菊竹藤萱萍菱菰茅荷				
嘉树	松桂槐柳桐桃李梨梅橘				
灵禽	凤鹤乌鹊雁凫莺雀雉燕	凤鹤			
祥兽	龙麟象马牛豹熊鹿羊兔	羊兔			
居处	城门市井宅池楼桥舟车				
服玩	床席帷帘屏被镜扇烛酒			酒扇	
文物	经史诗赋书檄纸笔砚墨			砚墨纸	
武器	剑刀箭弓弩旌旗戈鼓弹				
音乐	琴瑟琵琶筝钟箫笛笙歌舞				
玉帛	珠玉金银钱锦罗绫素布		银钱锦罗绫素布		

① 《俄藏敦煌文献》第一册著录作《咏物诗》的写本残片。

② 《俄藏敦煌文献》拟题作《夹注五言诗》。

③ 孙星衍《平津馆鉴藏书记》:“《全唐诗》李峤集本有此诗,中多缺句,此本俱完。”见万曼《唐集叙录》,北京:中华书局,1980 年,第 30 页。

王重民根据笔迹判断P.3738和S.555为一人抄写。其所见诗题和《佚存丛书》的次序一致，而Дх.10298、Дх.2999、Дх.3058诗题和《佚存丛书》的次序有别。这说明P.3738和S.555与Дх.10298、Дх.2999、Дх.3058不是来自同一个体系的抄本。同时流传到日本的《李峤杂咏》编排次序也不完全一致。《李峤杂咏诗注》在唐代流传的版本可能不止一种。《李峤百咏序》云：

> 李郑公杂咏二卷，或称百咏，或称百二十咏。皇朝中叶甚喜此诗，家弦户诵，至使童蒙受句读者，亦必熟背焉。以故诸家传本不一而足。在彼中则其诗虽散见诸类书各门，而单行本后世盖佚矣。及康熙中编《全唐诗》而杂咏亦列乎其中。然佚数句者甚多。岂掇拾诸书所载以哀录者欤。《唐书·艺文志》云李峤杂咏十二卷，十字疑有误。《宋史·艺文志》作李峤新咏一卷，其已识其非旧矣。新字恐是杂字因形似伪耳。予所览数本，而唯此本最系古眷，其为唐时监本不容疑焉。故校而传之。乙未小重阳日天瀑识。
>
> 张庭芳序撰于作注时，朗咏集注往往引百咏注，而今已亡。爰据原本仍冠其序于首。宋志载庭芳注哀江南赋而不及此注，则逸亡之久可知焉。天瀑又识。①

《李峤杂咏诗注》是出现于天宝六载(747)之后的一个单行本，这个单行本是受唐人类书的影响，按照类别编排咏物诗及带有注解的蒙书，为诗歌写作提供了一个可资参考学习的范本。《李峤杂咏诗注》是用来学习诗歌事类和用典的，这样的形式更容易被唐代民间初具文化知识的人接受。《李峤杂咏诗注》以长安和中原地区为中心，在我国西部的敦煌和日本都有传播。

李峤诗歌的出现，应该注意到这样两个问题。首先，唐代是类书兴盛发展的时代，同时又是中国格律诗成型、发展成熟的时代。李峤所处的时代是格律诗全面走向成熟的时代。武周圣历二年(699)，李峤以宰相之职兼任珠英学士，

① [日]林衡辑：《佚存丛书》，扬州：江苏广陵古籍刻印社，1992年。

主持《三教珠英》修纂。武周久视元年(700),李峤任国子监最高长官成均祭酒,仅从李峤的政治身份就可以看出他对初唐文坛的影响。陈铁民在《论律诗定型于初唐诸学士》一文中指出:“武则天、中宗时代,粘式律诗数在五言新体诗中所占的比例日渐增大,新体诗的律化程度越来越高。”[①]而李峤的新式律体五言诗竟高达164首,其中粘式律有156首,合律程度达95.12%。[②]李峤的120首咏物组诗全是五言八句的律体,是当时社会学习律诗的规范性著作。《李峤杂咏》为格律诗的写作提供了一个范式,是类书和蒙书结合体。正是因为这样的属性,敦煌写本中的《李峤杂咏》以诗注的形式出现。这样的抄写格式多出现在《论语集解》等经部文献卷背,这也表明了其带有课本的性质。其次,当科举考试或者文学上的审美需要发生转移时,《李峤杂咏诗注》这样的书因为脱离实际需要最容易被遗弃。到了宋代,官方的史籍中已经看不到对此书的详细记载。

隋唐正是我国类书兴盛发展的时期,统治者因为政治统治和学术的需要,隋、唐、宋都有编纂大型类书的活动。硕学鸿儒编纂大型类书已经成为一个王朝文治兴盛的标志。同时,民间私纂类书方兴未艾,以文学类、科举类、日用类书的流传最为普遍。类书在以汉字为核心的东亚文化圈流传,在日本、朝鲜半岛、越南均可见类书的存在,是我国类书在域外的传播和延伸。[③]

二、敦煌抄本所见唐韵书、诗格残卷

唐人创作诗赋离不开韵书。魏晋时期就出现了早期的按音分字的韵书。隋代陆法言吸取了颜之推、萧该、魏彦渊、薛道衡等人的思想,编定《切韵》五卷。到了唐代,《切韵》大行于世。同时各类增补《切韵》的韵书大量出现,仅见于文献记载的唐人韵书就有二十余种。这些韵书相当于唐代在不同时间内所流行

① 陈铁民:《论律诗定型于初唐诸学士》,《文学遗产》2000年第1期,第61页。
② 陈铁民:《论律诗定型于初唐诸学士》,《文学遗产》2000年第1期,第60页。
③ 刘全波:《论类书在东亚汉字文化圈的流传》,《敦煌学辑刊》2011年第4期,第119—125页。

的一些字典[①]。敦煌文献中的各类韵书，是唐代敦煌地区人们学习创作诗歌的工具书。这在一定程度上说明了敦煌地区的人们对唐诗的掌握和写作情况。前文说明敦煌文献中存在着《李峤杂咏诗注》这样类书式的诗歌启蒙写本，这是唐人用典和事类的工具书，而音韵格律上的严格要求，则必须借助韵书完成。

周祖谟将发现的唐五代韵书分为六大类：第一类是陆法言的《切韵》传写本，存 P.3798、P.3693+P.3696、S.6187、S.2683+P.4917；第二类笺注本《切韵》，存 S.2071、S.2055、P.3693+P.3694+P.3696+S.6176；第三类增训加字本《切韵》，存 S.5980、P.3799、P.2017、S.6013、S.6012、P.4746、S.6156；第四类王仁昫刊谬补缺《切韵》，存 P.2129、P.2011；无第五类，第五类唐韵写本残页，存 P.2018；第六类五代韵书，存 P.4879+2019、P.2638、P.2014+2015+2016+4747+5531、P.2016 卷背。另外，敦煌文献中所见的韵字摘抄和等韵写本有韵字残页 S.6117、S.6329、P.2758、P.4016，“马”字残页存 P.2659，韵关辩清浊明镜残卷存 P.5006，归三十字母例，S.0512《守温韵学》残卷存 P.2012。[②]俄藏文献中也发现了韵书，据徐朝东考释，Дx.1466 为《唐韵》类韵书；Дx.2391 为《切韵》原卷或者笺注本；Дx.1267+Дx.3109 与 Дx.1372+Дx.3703 是同一类笺注本的《切韵》韵书[③]。

P.2012 正面为“白画曼陀罗佛菩萨设色稿”，背后存有韵书，其中一则有“南梁汉比丘守温述五音及定四等轻重音声韵条例”题记，记载了“三十字母”“四等轻重例”“声韵不和切字不得例”等音韵文献，是现存最早的关于字母、分等和门法的音韵资料，罗常培考证此为唐末音韵写本。[④]卷中抄有“诗云”二字，以“在家疑是客，别国却为亲”为例辨明类格，潘重规提出此二句诗语“乃守温以前所传之歌诀”[⑤]。两句诗双排小注云：“多见上流不明此语，身说多般，故注释如后。”这是守温用两句诗解释语言学理论的。这表明敦煌地区的音韵学之

① 周祖谟：《文字音韵训诂论集》，北京：北京大学出版社，2000 年，第 176 页。
② 周祖谟：《唐五代韵书集存》，北京：中华书局，1983 年，第 957—962 页。
③ 徐朝东：《俄藏敦煌韵书考释》，《艺术百家》2009 年第 5 期，第 171—174 页。
④ 罗常培：《敦煌写本守温韵学残卷跋》，《罗常培文集》（第 8 卷），济南：山东教育出版社，2001 年，第 113—138 页。
⑤ 潘重规：《瀛涯敦煌韵辑新编瀛涯敦煌韵辑别录》，台北：文史哲出版社，1974 年，第 85 页。

发达，而且对语音清浊、唇齿等辨别详细，在诗歌写作和吟唱方面表现最为突出。音韵写本以诗歌为例解释语音现象，也证明它们彼此的密切关系，掌握了汉语的音韵，创作或吟诵诗歌才成为可能。

S.3011 卷中出现诗格的引诗，此卷正面抄写《论语集解》，背面为杂抄，抄写《诗格》一部，《诗格》题后“第一的名对”后行抄写“天青白云外，山峻紫微中。鸟飞随影去，花落逐摇风”，这是唐人按照要求写出名对的诗句，杂抄在写本背后，和习字帖写在一起，表明抄写人练习记忆诗歌创作的规范。

如此大量的韵书及诗格被保存在敦煌文献中，说明唐代敦煌民间使用韵书的情况比较常见，各类韵书是唐人普遍使用的语言类工具书。这些工具书的存在一方面说明唐代敦煌民间学习汉文化、掌握文字，有较高的文化程度；另一方面也证实唐代敦煌地区的人具备学习创作格律诗的音韵基础，敦煌民间对格律诗的掌握达到一定水准，这才是中原诗歌传入敦煌地区并得以继续存在的文化土壤。若对诗歌的格律、用字等写作技巧没有足够的认识，传入的诗歌也会因为失去阅读人群而消亡，更谈不上再度传播。

三、敦煌写本中的敦煌当地诗歌

罗根泽提出唐代诗格有两个兴盛时期，主要出现在初盛唐时期和晚唐时期。这两个时期是格律诗发展的特殊时期。初唐时代，格律诗尚未完全定型，经过上层文人的大力鼓吹和积极创作，五七言格律诗在永徽年间之后已经基本成熟。这是格律诗在唐代发展的第一个高峰期，也是初轫期。另外一个高峰是晚唐时期，此时格律诗歌的创作已经全面成熟，在中唐时期还和格律诗半壁天下的古体诗，已被更多的律诗取代，晚唐文人更加主动地创作律诗。

在敦煌写本中，我们发现晚唐写本多抄近体格律诗，尤其是那些佚名的诗作，多为敦煌当地诗人所作。这些诗歌几乎全部采用了近体诗的形式，敦煌民间的格律诗创作已经非常成熟。

P.2672+S.6973+S.6161+S.3329+S.11564 残卷中，存诗 18 首，诗歌抄写在卷

背,没有撰写人的记载。荣新江考证 P.2762 正面抄写《敕河西节度兵部尚书张公德政之碑》,背面抄写吐蕃文、汉文对译词 9 行,字迹与诗抄相同,为同一人抄写。徐俊根据 P.2762 卷末出现"龙纪二年二月"的纪年,考证此写本为公元 890 年的晚唐抄本。18 首诗均为律诗。第一首《夫字为首尾》为排律,《咏史赵女无恤》《赠王中丞》《赠阴端公》《赠中丞十五弟加章服》、阙题诗(瑰玮奇文出紫泥)、《贺大夫十二郎加官》《赠丞官》、阙题诗(三十年来带玉关)(圣鸟庚辰降此间)均采用了七言律诗的形式。其他诗歌也都是五七言绝句等。晚唐是律诗创作被推向极致的时代,七律更是被晚唐人奉为律诗创作的圭臬。此卷中没有题署作者,后世文献不见著录,从内容判断应为敦煌当地文人诗作,大多数可能为归义军政权下属官僚的酬赠之作。敦煌当地诗歌创作经历了一个漫长的时期后,当地文人的创作水平也逐渐走向成熟。晚唐写本中,以抄写初唐长篇歌行体为主的写卷逐渐在减少,继之而起的是敦煌当地诗人的吟咏。虽然他们的艺术成就无法和中原的诗人比拟,但是他们开始用律诗这种形式吟唱生活。

徐俊判断 P.3946 卷残页为中晚唐写本①。此卷存诗三首,均为七律,其中一首诗残。S.6234+P.5007+P.2672 也是晚唐写本②,存诗 31 首,这些诗都是作者无考的律诗。另外,Дx.3871+P.2555 中出现《冬出燉煌郡入退浑国朝发马圈之作》《闺情》等近百首佚名诗,相关学者已经考证为落蕃诗人诗作。敦煌存有 7 个写本的《敦煌廿咏》,也采用了五律的形式,属于山水五言组诗,这也是中晚唐时期诗歌创作的风格。

上述这些诗全部采用格律诗,再次说明了晚唐时敦煌的律诗创作已日臻成熟,敦煌写本一方面传抄来自中原优秀的诗歌,一方面自觉地走向了独立创作诗歌的道路,他们和中原的诗人一起,共同丰富创造着敦煌地区的文化。

---

① 徐俊:《敦煌诗集残卷辑考》,北京:中华书局,2000 年,第 441 页。

② 王重民《伯希和劫经录》提出作者为开元间人。徐俊提出作者似为张议潮归义军时期客游河西诸州的中原人士,见《敦煌诗集残卷辑考》第 651 页。此处从徐俊说。

结语

敦煌藏经洞发现的63种诗歌写本仅仅是敦煌五万多卷文献中极少的一部分。这些写本抄写的唐人诗歌,是中原文化流传到敦煌地区的见证。在以写本为主要记载方式的历史时期,这些诗歌借助不同的文化载体,艰难地传入敦煌并得以保存,是敦煌地区人民留下的宝贵文化遗产。

本文从敦煌写本的形制、内部特征入手,对写本的用纸、装帧方式、题写格式进行分析。8世纪前,唐代中原地区的造纸术比较精湛,敦煌和中原的交流非常密切,这个时期的敦煌卷子多数为黄麻纸。敦煌由吐蕃统治之后,和中原的交流受到阻碍,不仅文化上鲜有切磋,民间用纸也受到限制,这时敦煌传入的诗歌写本数量明显减少,出现了唐人诗歌和藏文同卷抄写的情况。值得注意的是,此时出现了用藏文转译的唐诗,表明汉藏诗歌文化的交流。此时敦煌用纸完全依靠当地,抄写所用纸张质地较为粗糙。归义军政权统治时期,敦煌写卷中的诗歌写本数量明显增长,表明敦煌和中原的文化交流在一度中断之后得到重建。此时敦煌地区流行灰褐色纸,例如S.6173写本就是灰褐色纸。诗歌写本中仅见S.5744使用白纸抄写,内容为祭祀文,这符合唐代敦煌民间习俗。

敦煌诗歌写本采用了卷轴、折页蝴蝶装的形式,极少见到采用其他装帧形式的诗歌写本。卷轴和折页装是唐人写本最常见的装帧方式。卷轴写本诗歌多抄在卷背,折页装写本正文双面抄写。和佛教、道教写本不完全一致的是,诗歌写本出现界栏的情况仅见于少数几个抄本,书法上乘者较少,多数字迹潦草,不可辨认甚至出现抄写错误。相对于佛经每行大约17字的标准,诗歌写本每行的数字较密集。每行字数在21字以上,甚至达30多字。P.2555是敦煌写本中保存诗歌最多的抄本,抄写210首诗歌,每行抄写字数达30字以上,整卷抄写密集,这是为了节约纸张、便于保存的需要。晚唐时期,敦煌地区较多使用木笔,这时期的写本多为硬笔书法抄写。

诗题接抄于前诗后,这是唐人抄写诗歌的一般格式。这个抄写格式基本被敦煌写本采纳。个别写本中也有诗题顶格抄写情况,并在每题前用“Δ”标记。阙题诗、佚名诗在写本中较常见。有些写本明确注明诗人所任官职,出现了《珠英学士集》此类以官班为次的诗人选集写本,唐代这类诗歌编纂方式十分值得重视。

敦煌民间抄写人已经开始有诗歌体裁和题材的模糊分类意识。五七言诗歌大致分开抄写,甚至有些写本中明确标出“七言”的字样。写本中出现了许多同题诗的抄本,说明抄写者注意到同类题材抄写辑录的方法。更为普遍的情况是,民间抄写者把各类题材、体裁的诗词赋杂抄在一起。大量杂抄的存在说明敦煌诗歌写本主要为了满足个人阅读的需要而辑纂,与中原出于传世目的结集编纂诗歌的文本有别。

抄写诗歌数量较多的写本可以被视为民间唐诗选本,体现了敦煌地区对中原传入唐诗的选择性接受和保存。有 33 种写本抄录诗歌数量超过 10 首,是抄录诗歌较多的写本。这些写本各具特色,P.2567、P.2552 主要抄录初盛唐诗人诗抄;P.3052、Дx.105、Дx.10299 乃敦煌诗僧诗抄;P.3216 唐女冠诗人诗抄和 Дx.3861、Дx.3872、Дx.3874《蔡省风瑶池新咏》两卷为唐代女性诗人诗抄本,表明唐代女性受到一定重视程度的观点绝非空穴来风;以官班为次的 S.2717、P.3771《珠英学士集》也出现了民间流传本,宫廷贵族文化始终是民间文化追慕向往的阳春白雪,它们的流传也在一定程度上矫正了民间诗歌过于俚俗的倾向。P.2973《咏月诗》,P.2624、S.3880《咏廿四节气诗》以歌咏节气、自然现象为主题,体现了写本鲜明活泼的生活气息。P.3676《饯送达法师诗抄》表现饯别送人的主题。S.6171 抄录宫词 39 首,以艳情为主,结合晚唐五代写本中出现的大量闺怨艳情诗,表明百姓频遭兵燹之痛,渴望亲情、爱情,企盼回归家庭生活的心理诉求。

敦煌文献中有近三分之一的写本为宗教类写本,其中以佛教的偈赞、僧侣的同题诗和劝世诗歌为多。道教诗歌仅为 P.3866《李翔涉道诗》。而曾流行于敦煌地区的祆教、摩尼教、景教类的诗歌写本中未发现。佛教各类讲经说法仪式对诗歌流传有一定影响,佛教讲经文和变文中韵文唱词演变为民间歌谣,在多地传唱。这些歌谣或被抄写在敦煌写本中,或被记载在吐鲁番文献中,或出现在长沙窑的瓷器上。结合传世文献,可寻绎出佛教偈赞发展为唐代民间歌谣,进而成熟于文人诗歌的大致轨迹。

本书通过多条线索、多种写本分析唐代敦煌诗歌传播的种种可能性。为了具体说明诗歌写本的特点,本书对个别写本做了忠于原卷的录文,以分析校勘不同写本的差别;对各类写卷做了图表式的分析和说明,综合分析了敦煌写本的总体特征,并对有些诗歌写本进行了个案分析。

个案分析时力求从民间抄写的原生态写本中寻找线索。敦煌卷子中刘希夷的《白头翁》一诗出现多个抄本。P.3619 题作《白头翁》、P.2555 题作《白头老翁》、S.2049 题作《洛阳篇》,与传世本多有不同。《唐音》《唐诗归》《唐诗品汇》《全唐诗》均作《代悲白头翁》。《文苑英华》《乐府诗集》《韵语阳秋》作《白头吟》。尤袤《全唐诗话》作《白头翁咏》。经考辨,笔者认为敦煌写本刘希夷诗可能体现了唐人诗歌流传的原貌,通过探讨"篇"诗在音乐诵唱中的某些特殊性,辨析《白头翁》《白头老人》和《洛阳篇》的题目更接近民间歌咏的方式。初唐"篇"诗在律化过程中,由于便于传唱而在民间普遍流传,在民间流传一段时间后才被主流文人接受认可。这也是刘希夷诗到了天宝年间才受到重视的原因之一。

敦煌写本中出现的异文现象往往是抄写者缺少可靠的底本、凭借记忆抄写而造成的,这是写本时代常见的听抄方式。将口述文本记载下来成为书面文本,这一过程不可避免地造成了异文和错误,也造成流传本多样化的问题。口头传唱的传播作用不容忽视,P.3910、Дx.2301 是最具听唱特点的写本。听唱本一般在所抄正文内容前后均抄录题目,卷中出现"听唱张骞一曲歌"是明显的"听唱"证据。此卷最后抄写《秦妇吟》,下残。本文据此认为《秦妇吟》在敦煌写本的集中出现与唐代敦煌民间的说唱艺术不无关系。

敦煌写本中出现的唐人别集,以高适、岑参、白居易、张祜等人尤为突出。高适是敦煌写本中诗作最多的一位作家。结合高适、岑参的为官经验,发现高、岑诗作在敦煌广为流传与其在河西的入幕有很大关系。分析敦煌写本中的高适诗,发现其诗作多为僚属酬赠诗。本书结合唐代幕府制度,认为高适因在河西入幕,和同僚之间有大量酬赠诗作。其诗被河西幕僚的中下级文官抄写传阅的可能性较大，故高适诗在敦煌写本中大量出现。

P.5005、Дx.1360、Дx.2974 岑参诗歌写本，残存岑参诗歌 11 首，写本中的纪行诗详细记载了岑参赴安西幕途经敦煌的旅程。笔者通过对这个写本的专门分析，试图解析唐纪行诗的传播现象。岑参纪行诗详细记录旅途，类似行人所做的路程标记，这样的诗歌有助于来往行人参考，肩负着文字地图的作用。因此其在敦煌写本中出现，可能是往来于河西走廊的行人传播的。岑参的河碛纪行诗被传播到中原，保存在《嘉州集》中。敦煌写本出现岑参河碛纪行诗和其早期诗歌同卷抄写的情况，是岑诗中原流传本的传播，某种程度上可以视为岑参纪行诗在敦煌地区的回传现象。

对唐人选集和唐人诗集写本进行个案分析之后，笔者对不同写卷的关系做了梳理。敦煌写本中存在同一人抄写多卷诗歌的情况，如 P.2673 卷与 P.3619、P.3885 卷为同一个人抄写。还有不同写卷抄写诗歌内容次序基本一致的情况，如 P.2544 卷与 P.4994、S.2049 拼合卷非同一人抄写，但抄写次序完全一致。这些现象说明在敦煌地区既存在通行本，也存在不同写卷之间相互抄写的情况。不同写本之间相互抄写是更积极的文化传播，扩大了地区之间的诗歌流传范围。

本书对写本时代诗歌的传播载体进行探讨。在刻本没有普及之前，唐人充分利用了一切可以传播文化的载体。敦煌写本中发现可能来自题壁上的诗抄，如 P.2492+Дx.3865 抄写的内容和元、白在蓝武关流传的诗歌有密切关系，此写本的底本可能是抄自唐人驿馆题壁。另外，多个写本出现了来自金石碑刻、书法字帖的诗歌，可能抄写自上述书写载体。长沙出土瓷器上有多首诗歌见于敦煌写本，这些诗歌多题写在酒瓶类瓷器上，被流传到各地。

唐代寺院是宗教活动的重要场所，也是表演之地。僧讲、俗讲类文艺形式的兴盛都极大地提高了寺院传播文化的可能性。S.4472 为《云辩诗文抄》，云辩大师乃晚唐重要的俗讲大师。曹氏归义军使节李琬出使洛阳，受云辩大师的感化，追随云辩大师并记载其诗文，将其诗带回敦煌。唐代寺院俗讲促成了诗歌文化的传播。

使臣携带中原文献来敦煌的记载并不罕见。早在张氏归义军时期，敦煌僧侣悟真受张议潮之命,以使节团使的身份出使京城,受到唐宣宗的接见,并和长安两街高僧大德有一次诗歌互动,悟真将这些诗歌带回敦煌。因为悟真特殊的政治身份和僧统的地位,悟真的诗和其有关的诗在敦煌广为传播。目前发现悟真和长安两街大德酬赠诗的敦煌抄本有三个,最晚到北宋时期,仍有人在抄写悟真和长安诗僧的诗作,表明敦煌民间对中原文化的认同和尊重。

僧侣、使者是诗歌写本传播的最主要群体。敦煌地区的学郎则是诗歌的最主要抄写人。学郎题记多出现在儒家经部文献和蒙书、书仪、诗赋类写本中,这些是敦煌地区学校学习的主要内容,而佛经、道经中见到学郎题记的痕迹明显少于上述文献。多部诗歌写本抄写在《论语集解》等经部文献卷背,证实了这些诗歌抄本最主要的抄写人非学郎莫属。

敦煌文献中同时出现唐人类书诗歌注本《李峤杂咏诗注》和大量韵书写本,证实敦煌地区的律诗学习和创作方兴未艾。进入吐蕃统治时期后,敦煌诗歌写本从依靠中原传入传抄而逐步走向以当地诗人创作为主。晚唐五代敦煌当地的律诗写作日臻成熟,写本中出现的佚名诗基本上为敦煌当地诗人诗作,这些诗歌大多采用了律诗的形式,敦煌民间为诗歌的接受提供了文化孕育的土壤。

口头传唱与诗歌底本的传抄是唐诗在民间同时存在的两种传播形式。唐人在宴饮、游艺生活中处处有诗,他们用诗歌咏生活,用诗来游戏、行酒令,他们传唱诗、抄写诗、传播诗。即使身处边远的敦煌,他们也不由自主地将诗歌作为敦煌和中原在文化上认同的桥梁。所以在一千多年之后,我们有幸看到唐代敦煌的人们曾怎样具体而生动地传播着诗歌文化。

流传在唐代民间的诗歌抄本,它们没有逾越时代在文化传播中的种种束缚,这些诗歌写本难免表现出民间文献的种种局限性,抄写不成体系,字迹零乱难以辨认,有大量的异体字、错字和唐代民间流行的俗体字。抄写中衍文和脱文的现象十分常见。抄写相关信息模糊,没有按照约定俗成的格式抄写,抄写的卷子残破不堪,敦煌文献分割至多地收藏的历史原因为研究带来了诸多困难。我国传世历史文献对民间抄本缺乏详细具体的记载。所以,有些结论只能依靠写本透露出的蛛丝马迹进行推论，证据有待进一步补充。

在收集资料过程中，笔者曾得到南京大学文学院童岭、金程宇二位老师的鼎力相助，得见域外汉籍所收藏的部分唐写本影印本，在此深表感谢！

由于本人才力有限，写作中难免疏漏，可能存在论证不严谨的情况，将在今后的研究中继续完善。

参考文献

一、传世典籍

史部：

班固:《汉书》,北京:中华书局,1962 年。

陈寿:《三国志》,北京:中华书局,1959 年。

宗懔:《荆楚岁时记》(及其他七种),北京:中华书局,1991 年。

杜佑:《通典》,北京:中华书局,1988 年。

刘昫等:《旧唐书》,北京:中华书局,1975 年。

欧阳修,宋祁:《新唐书》,北京:中华书局,1975 年。

司马光:《资治通鉴》,北京:中华书局,1958 年。

王溥:《唐会要》,北京:中华书局,1955 年。

晁公武撰,孙猛校:《郡斋读书志校正》,上海古籍出版社,1990 年。

陈振孙:《直斋书录解题》,北京:中华书局,1985 年。

马端临:《文献通考》,上海:华东师范大学出版社,1985 年。

辛文房:《唐才子传》,上海:古典文学出版社,1957 年。

徐松撰,赵守俨点校:《登科记考》,北京:中华书局,1984 年。

王谟辑:《汉唐地理书抄》,北京:中华书局,1961 年。

子部：
刘肃撰，许德楠、李鼎霞点校：《大唐新语》，北京：中华书局，1984 年。
崔令钦：《教坊记》，上海，古典文学出版社，1957 年。
封演：《封氏闻见记》，北京：中华书局，1985 年。
段成式：《酉阳杂俎》，北京：中华书局，1985 年。
赵璘：《因话录》，北京：中华书局，1985 年
王谠撰，周勋初校正：《唐语林校正》，北京：中华书局，1987 年。
钱易：《南部新书》，北京：中华书局，2002 年。
陶宗仪：《说郛三种》，上海古籍出版社，2012 年。
集部：
曹植著，赵幼文校注：《曹植集校注》，北京：人民文学出版社，1984 年。
元结，殷璠等：《唐人选唐诗》（十种），上海古籍出版社，1968 年。
韩愈：《昌黎先生集》，北京：北京图书馆出版社，2003 年。
元稹：《白氏长庆集》，北京：中华书局，1982 年。
李昉：《文苑英华》，北京：中华书局，1966 年。
计有功：《唐诗纪事》，上海古籍出版社，2013 年。
尤袤：《全唐诗话》，北京：中华书局，1985 年。
洪迈：《万首唐人绝句》，北京：文学古籍刊行社，1955 年。
胡震亨：《唐音癸签》，上海古籍出版社，1981 年。
彭定求等编，中华书局编辑部点校：《全唐诗》（增订本），北京：中华书局，1999 年。
董诰：《全唐文》，北京：中华书局，1983 年。

二、敦煌文献

International Dunhuang Project（国际敦煌项目，简称 IDP），彩色图版。
黄永武编：《敦煌宝藏》（140 册），台北：新文丰出版公司，1981—1986 年。

《英藏敦煌文献》(汉文佛经以外部分)(第1—15卷),成都:四川人民出版社,1990—1995年。

《俄藏敦煌文献》(1—17册),上海:上海古籍出版社,1992—1998年。

《法藏敦煌西域文献》(1—34册),上海:上海古籍出版社,1995—2005年。

《北京大学图书馆藏敦煌文献》(1—2册),上海:上海古籍出版社,1995年。

《天津市艺术博物馆藏敦煌文献》(1—7册),上海:上海古籍出版社,1996年。

《甘肃藏敦煌文献》(1—6册),兰州:甘肃人民出版社,1999年。

《上海图书馆藏敦煌吐鲁番文献》(1—4),上海:上海古籍出版社,1999年。

《浙藏敦煌文献》,杭州:浙江教育出版社,2000年。

《法国国家图书馆藏敦煌藏文文献》(1—20册),上海:上海古籍出版社,2006—2016年。

《中国书店藏敦煌文献》,北京:中国书店,2007年。

《王重民向达先生所摄敦煌西域文献照片合集》,北京:北京图书馆出版社,2008年。

《中国国家图书馆藏敦煌遗书》(1—146册),北京:北京图书馆出版社,2009—2012年。

《敦煌秘笈》(1—10册),杏雨书屋藏,大阪:武田科学振興財団发行,2011年。

《中国文化遗产研究院藏西域文献遗珍》,北京:中华书局,2011年。

王重民:《敦煌古籍叙录》,北京:商务印书馆,1958年。

商务印书馆:《敦煌遗书总目索引》,北京:中华书局,1983年。

王尧:《法藏敦煌藏文文献解题目录》,北京:民族出版社,1999年。

施萍婷主撰,邰惠莉助编,敦煌研究院编:《敦煌遗书总目索引新编》,北京:中华书局,2000年。

郝春文:《英藏敦煌社会历史文献释录》第1—14卷,北京:科学出版社,2001—2016年。

三、专著(以下著作按照作者首字母音序排序)

巴宙:《敦煌韵文集》,台北:台北佛教文化服务处,1983 年。

巴宙:《巴宙文存》,台北:新文丰出版公司,1985 年。

陈登元:《唐人故事诗》,扬州:江苏广陵古籍印刻社,1931 年。

陈寅恪:《元白诗笺证稿》,北京:生活·读书·新知三联书店,2011 年。

陈汝衡:《说书史话》,北京:作家出版社,1958 年。

岑仲勉:《唐人行第录》,北京:中华书局,2004 年。

陈祚龙:《敦煌学海探珠》,台北:台湾商务印书馆,1979 年。

陈祚龙:《敦煌学园零拾》,台北:台湾商务印书馆,1986 年。

[日]池田温:《中国古代写本识语集录》,东京大学东洋文化研究所,1990 年。

[日]池田温著,张铭心、郝铁君译《敦煌文书的世界》,北京:中华书局,2007 年。

岑参著,陈铁民、侯忠义校注:《岑参集校注》,上海古籍出版社,1981 年。

陈尚君集校:《全唐诗补编》,北京:中华书局,1992 年。

陈尚君:《敬畏传统》,上海:复旦大学出版社,2011 年。

陈尚君、徐俊、傅璇琮:《唐人选唐诗新编》,北京:中华书局,2014 年。

陈才智:《元白诗派研究》,北京:社会科学文献出版社,2007 年。

崔文印:《古籍常识丛谈》,北京:中华书局,2009 年。

曾贻文、崔文印:《中国历史文献学述要》,北京:商务印书馆,2010 年。

柴剑虹:《柴剑虹敦煌学人和书丛谈》,上海:上海古籍出版社,2013 年。

柴剑虹:《敦煌学与敦煌文化》,上海:上海古籍出版社,2007 年。

丛振:《敦煌游艺文化研究》,北京:中国社会科学出版社,2019 年。

长沙窑课题组编:《长沙窑》,北京:紫禁城出版社,1996 年。

长沙窑编辑委员会:《长沙窑·综述卷》,长沙:湖南美术出版社,2004 年。

戴伟华:《唐代使府与文学研究》,桂林:广西师范大学出版社,1998 年。

傅璇琮主编:《唐才子传校笺》,北京:中华书局,1987 年。

范鹏主编《陇上学人文存·颜廷亮卷》,兰州:甘肃人民出版社,2011 年。

伏俊琏:《敦煌文学总论》,兰州:甘肃教育出版社,2013 年。

高国藩:《敦煌俗文化学》,上海三联书店,1999 年。

[日]高田时雄著,钟翀等译:《敦煌·民族·语言》,北京:中华书局,2005 年。

葛晓音:《山水田园诗派研究》,沈阳:辽宁大学出版社,1993 年。

黄永武:《敦煌的唐诗》,台北:洪范书店,1987 年。

黄永武、施淑婷:《敦煌的唐诗续篇》,台北:文史哲出版社,1989 年。

黄永年:《学苑与书林》,上海:上海书店出版社,2006 年。

胡可先:《出土文献与唐代诗学研究》,北京:中华书局,2012 年。

韩宁:《初唐乐府诗研究》,北京:社会科学文献出版社,2013 年。

罗振玉:《鸣沙石室佚书正续编》,北京:北京图书馆出版社,2004 年。

罗振玉:《罗雪堂先生全集》,台北:大通书局,1989 年。

刘复:《敦煌掇琐》,黄永武编:《敦煌丛刊初集(十五)敦煌掇琐》,台北:新文丰出版公司,1985 年。

林平和:《罗振玉敦煌学析论》,台北:文史哲出版社,1988 年。

林聪明:《敦煌文书学》,台北:新文丰出版公司,1991 年。

刘文刚:《孟浩然年谱》,北京:人民文学出版社,1995 年。

[日]林衡辑:《佚存丛书》,扬州:江苏广陵古籍刻印社,1992 年。

马茂元:《唐诗选》,上海:上海古籍出版社,1999 年。

毛水清:《唐代乐人考述》,北京:东方出版社,2006 年。

赖瑞和:《唐代基层文官》,北京:中华书局,2008 年。

潘吉星:《中国造纸技术史稿》,北京:文物出版社,1997 年。

《唐人选唐诗》(十种),北京:中华书局,1958 年。

丘琼荪:《燕乐考源》,上海:上海古籍出版社,1989 年。

任半塘:《敦煌歌辞总编》,上海:上海古籍出版社,2006 年。

任半塘:《唐戏弄》,上海:上海古籍出版社,1984 年。

荣新江:《敦煌学十八讲》,北京:北京大学出版社,2001 年。

[日]松浦由久:《中国诗歌原理》,沈阳:辽宁教育出版社,1990 年。

尚永亮:《元和五大诗人与贬谪文学考论》,台北:台湾文津出版社,1993 年。

邵文实:《敦煌边塞文学研究》,兰州:甘肃教育出版社,2007 年。

施蛰存:《施蛰存全集》,上海:华东师范大学出版社,2011 年。

唐长孺:《唐长孺社会文化史论丛》,武汉:武汉大学出版社,2001 年。

万曼:《唐集叙录》,北京:中华书局,1980 年。

王国维:《观堂集林》,北京:中华书局,1959 年。

王昆吾:《隋唐五代燕乐杂言歌辞研究》,北京:中华书局,1996 年。

吴松弟:《中国移民史》(第 3 卷),福州:福建人民出版社,1997 年。

吴相洲:《唐诗创作与歌诗传唱关系研究》,北京:北京大学出版社,2004 年。

王寿南、陈水逢主编,陈祚龙著:《敦煌资料考屑》,台北:台湾商务印书馆,1979 年。

王定勇:《江苏道情考论》,北京:社会科学文献出版社,2013 年。

吴廷燮:《唐方镇年表》,北京:中华书局,1980 年。

向达:《唐代长安与西域文明》,石家庄:河北教育出版社,2001 年。

项楚:《敦煌诗歌导论》,成都:巴蜀书社,2001 年。

项楚:《王梵志诗校注》,上海:上海古籍出版社,2009 年。

项楚:《敦煌歌辞总编卷二匡补》,成都:巴蜀书社,2000 年。

白居易著,谢思炜校注:《白居易诗集校注》,北京:中华书局,2006 年。

徐俊:《敦煌诗集残卷辑考》,北京:中华书局,2000 年。

薛天纬:《唐代歌行论》,北京:人民文学出版社,2006 年。

严耕望:《唐代交通图考》,上海:上海古籍出版社,2007 年。

颜廷亮、赵以武:《〈秦妇吟〉研究汇录》,上海:上海古籍出版社,1990 年。

颜廷亮:《敦煌西汉金山国文学考述》,兰州:甘肃人民出版社,2009 年。

颜廷亮:《敦煌千年文学史》,北京:人民文学出版社,2013 年。

周云青:《〈秦妇吟〉笺注》,上海:商务印书馆,1934 年。

周贻白:《中国戏剧史》,上海,中华书局,1953 年。

张锡厚:《王梵志诗校辑》,北京:中华书局,1983 年。

张锡厚:《敦煌本唐集研究》,台北:新文丰出版公司,1995 年。

张锡厚:《全敦煌诗》,北京:作家出版社,2006 年。

张涌泉:《敦煌写本文献学》,兰州:甘肃教育出版社,2013 年。

朱玉凤:《王梵志诗研究》,台北:台湾学生书局,1986 年。

朱金城:《白居易集笺校》,上海:上海古籍出版社,1988 年。

周祖谟:《唐五代韵书集存》,北京:中华书局,1983 年。

周祖谟:《文字音韵训诂论集》,北京:北京大学出版社,2000 年。

周勋初主编:《唐人轶事汇编》,上海古籍出版社,1995 年。

周谷城主编,陈正宏、章培恒卷主编:《中国学术名著提要文学卷》,上海:复旦大学出版社,1999 年。

周勋初:《高适年谱》,上海:上海古籍出版社,1980 年。

周绍良主编:《全唐文新编》,长春:吉林文史出版社,2000 年。

四、论文和论文集

陈寅恪:《读〈秦妇吟〉》,《清华学报》1936 年第 11 卷第 4 期。

陈寅恪:《〈秦妇吟〉校笺旧稿补正》,《岭南学报》1950 年第 10 卷第 2 期。

陈祚龙:《新校重订敦煌古抄李唐词人陷蕃诗歌初集》,《夏声月刊》1975 年第 133 期。

陈国灿:《敦煌五十九首佚名氏诗历史背景新探》,《敦煌吐鲁番研究》第 2 卷,北京:北京大学出版社,1997 年。

陈国灿:《唐朝吐蕃陷落沙州城的时间问题》,《敦煌学辑刊》1985 年第 1 期。

陈静:《敦煌诗歌写本的传播特征及其形成原因》,《首都师范大学学报》2013 年第 3 期。

柴剑虹:《岑参边塞诗和唐代的中西交往》,《西北大学学报》1984 年第 1 期。

柴剑虹:《秦妇吟敦煌写卷的新发现》,《光明日报》1983 年 6 月 7 日。

柴剑虹:《岑参边塞诗中的“阴山”辨》,《北京师范大学学报》1982 年第 3 期

柴剑虹:《葫芦河考——岑参边塞诗地名考辨之一》,《新疆师范大学学报》1981 年第 1 期。

柴剑虹:《俄藏敦煌诗词写卷经眼录》,《敦煌吐鲁番学论稿》,杭州:浙江教育出版社,2000 年。

车锡伦:《“道情”考》,《戏曲研究》第 70 辑,北京:文化艺术出版社,2006 年。

戴伟华:《论中唐边塞诗》,《内蒙古大学学报》第 1991 年 1 期。

费省:《论唐代的人口迁移》,《中国历史地理论丛》1989 年第 3 期。

傅璇琮、罗联添主编,陈友冰、戴伟华、李丰楙副主编,张明非本卷主编:《唐代文学研究论著集成》(第 5 卷),西安:三秦出版社,2004 年。

伏彦冰、杨晓华:《敦煌文学的传播方式》,《敦煌学辑刊》2012 年第 2 期。

高嵩:《敦煌唐人诗集残卷的文学价值》,《(甘肃)社会科学》1980 年第 3 期。

高平:《〈秦妇吟〉的现实主义成就》,《阳关》1981 年第 4 期。

高国藩:《谈敦煌唐人诗》,《社会科学》1983 年第 3 期。

高国藩:《敦煌遗书中的唐诗研究的进展》,《许昌师专学报》1991 年第 3 期。

高国藩:《敦煌唐人诗〈白云歌〉与〈周易〉考述》,《文化遗产》2011 年第 4 期。

高国藩:《敦煌本高适佚诗〈因书即事〉析论》,《南京大学学报》1995 年第 1 期。

高国藩:《敦煌本〈秦妇吟〉新论》,《许昌师专学报》1987 年第 3 期。

葛晓音:《创作范式的提倡和初盛唐诗的普及》,《文学遗产》1995 年第 6 期。

葛晓音:《初盛唐七言歌行的发展——兼论歌行的形成及其与七古的分野》,《文学遗产》1997 年第 5 期。

葛剑雄:《移民与文化传播——以绍兴为例》,《绍兴文理学院学报》2010 年第 4 期。

郭锋:《唐代流外官试探——兼析敦煌吐鲁番有关流外文书》,《敦煌学辑

刊》1986 年第 2 期。

郝立权:《韦庄〈秦妇吟〉笺》,《齐大月刊》1931 年第 2 卷第 3 期。

黄仲琴:《〈秦妇吟〉补注》,《国立中山大学文史学研究所月刊》1943 年第 1 卷第 5 期。

黄广生:《韦庄自禁〈秦妇吟〉原因再探》,《吉林大学学报》1979 年第 4 期。

胡大浚:《再论岑参“西征”诗本事——答孙映逵同志》,《西北师范大学学报》1984 年第 3 期。

胡大浚:《敦煌遗书伯 3619 号唐诗选残卷校注述略》,《社科纵横》1993 年第 4 期。

胡大浚:《敦煌写卷中的唐人边塞佚诗(一)》,《社科纵横》1993 年第 2 期。

胡大浚、王志鹏:《敦煌边塞诗歌综论》,《敦煌研究》1998 年第 1 期。

胡大浚:《敦煌写卷中几首佚名诗的考释》,《2000 年敦煌学国际学术讨论会文集——纪年敦煌藏经洞发现暨敦煌学百年》(历史文化卷下),兰州:甘肃民族出版社,2003 年。

胡大浚:《贯休的边塞诗作与晚唐边塞诗》,《河西学院学报》2007 年第 6 期。

胡可先、胡凌燕《唐人编选诗文总集与唐代文学研究的学术史建构》,《中国图书评论》2015 年第 5 期。

[日]和田浩平:《敦煌学与白居易诗抄本之研究》,郑炳林主编:《中国敦煌吐鲁番学会 2008 年度理事会暨“敦煌汉藏佛教艺术与文化学术研讨会”论文集》,西安:三秦出版社,2011 年。

[日]荒见泰史:《九、十世纪的通俗讲经和敦煌》,《敦煌学辑刊》2008 年第 1 期。

蒋礼鸿:《〈补全唐诗〉校记》,甘肃省社会科学院文学研究所编:《敦煌学论集》,兰州:甘肃人民出版社,1985 年。

暨远志:《论唐代打马球——张议潮出行图研究之三》,李金梅主编:《中国马球史研究》,兰州:甘肃人民出版社,2002 年。

暨远志:《张议潮出行图研究——兼论唐代节度使旌节制度》,《敦煌研究》1991年3期。

罗振玉:《敦煌石室书目及发现之原始》,《东方杂志》1909年第6卷第10期。

罗振玉:《莫高窟石室秘录》,东方杂志社编纂:《考古学零简》,上海:商务印书馆,1924年。

罗香林:《唐代波罗球戏考》,李金梅主编:《中国马球史研究》,兰州:甘肃人民出版社,2002年。

林聪明:《敦煌本李翔涉道诗考释》,中国文化大学、中国文学研究所敦煌学会编《敦煌学》第7辑,台北:中国文化大学、中国文学研究所敦煌学会,1984年。

刘铭恕:《〈长兴四年中兴殿应圣节讲经文〉的讲经者》,杭州大学古籍研究所编《敦煌语言文学论文集》,杭州:浙江古籍出版社,1988年。

刘修业:《〈秦妇吟〉校勘续记》,《学原》1947年第1卷第7期。

李正宇:《敦煌学郎题记辑注》,《敦煌学辑刊》1987年第1期。

李正宇:《敦煌特型诗破解》,《寻根》2001年第2期。

李正宇:《〈敦煌十字图诗〉解读》,《社科纵横》1994第4期。

李正宇:《归义军乐营的结构与配置》,《敦煌研究》2000年第3期。

李浩:《论唐代文学士族的迁徙流动》,《文学评论》2005年第2期。

李晓岑、贾建威:《甘肃省博物馆藏敦煌写经纸的初步检测和分析》,《敦煌学辑刊》2013年第3期。

李金梅、郑志刚:《中国古代马球源流新考》,《敦煌学辑刊》2014年第1期。

黎虎:《唐代的酒肆及其经营方式》,《浙江学刊》1998年第3期。

马茂元、刘初棠:《〈秦妇吟〉注》,《中华活页文选》,上海:上海古籍出版社,1983年。

马茂元、刘初棠:《韦庄讳言〈秦妇吟〉之由及其他》,《文史》第22辑,1984年。

马德:《〈敦煌廿咏〉写作年代初探》,《敦煌研究》创刊号1983年。

宁志新:《岑参的边塞诗与唐朝在西域的战争》,《敦煌学辑刊》1993年第

2期。

潘吉星:《敦煌石室写经纸的研究》,《文物》1966 年第 3 期。

潘重规:《补全唐诗新校》,《华冈文科学报》1981 年第 13 期。

潘重规:《敦煌唐人陷蕃诗集残卷校录》,《幼狮学志》1979 年第 15 卷第 4 期。

潘重规:《〈秦妇吟〉新校》,《敦煌学》第 8 辑,台北:台湾中国文化大学中国文学研究所,1984 年。

荣新江、徐俊:《新见俄藏敦煌唐诗写本三种考证及校录》,《唐研究》第 5 卷,北京:北京大学出版社,1999 年。

舒学:《敦煌唐人诗集残卷》,文物编辑委员会编:《文物资料丛刊》,北京:文物出版社,1977 年。

宋遂良:《话说〈秦妇吟〉》,《读书》1981 年第 5 期。

宋雪春:《敦煌本〈下女夫词〉的写本考察及相关问题研究》,《敦煌学辑刊》2012年第 4 期。

邵文实:《敦煌边塞文学之〈征妇怨〉作品述略》,《敦煌学辑刊》1995 年第 2 期。

邵文实:《敦煌 P.2762 等卷诗集试探》,《文献》2000 年第 1 期。

孙福轩:《道情小释》,《中国道教》2005 年第 2 期。

孙少华:《抄本时代的文本抄写、流传与文学写作观念》,《华中师范大学学报》2015 年第 3 期。

[日]藤枝晃著,白文译,李爱民校:《中国北朝写本的三个分期》,《敦煌研究》1990 年 2 期。

藤枝晃著,徐庆全、李树清译,荣新江校:《敦煌写本概述》,《敦煌研究》1996 年 2 期。

[日]太田次男:《旧抄本を中心とする白氏文集本文の研究》,《成田山佛教研究纪要》1996 年第 19 期。

汤君:《敦煌唐人诗集残卷作者考辨》,《西南民族学院学报》1999 年第 6 期。

田卫卫:《〈秦妇吟〉敦煌写本研究综述》,《敦煌学辑刊》2014年第4期。

田卫卫:《〈秦妇吟〉之敦煌传播新探——学士郎、学校与诗学教育》,《文献》2015年第5期。

王国维:《敦煌发现唐朝之通俗诗及通俗小说》,《东方杂志》1920年第17卷第8期上。

王国维:《韦庄的〈秦妇吟〉》,北京大学《国学季刊》1923年第4期。

王重民:《补全唐诗》,《中华文史论丛》第3辑,北京:中华书局,1963年。

王重民著、舒学整理:《敦煌唐人诗集残卷》,《文物资料丛刊》第1辑,1977年。

王重民著、刘修业整理:《〈补全唐诗〉拾遗》,《中华文史论丛》1981年第4辑。

王锳:《敦煌唐人诗集残卷考释注释部分商榷》,《文献》1992年第3期。

王水照:《关于韦庄〈秦妇吟〉评价的两个问题》,《古典文学论丛》(《复旦学报》增刊),上海:上海人民出版社,1980年。

王勇:《佚存日本的唐人诗集〈杂抄〉考释》,《文学遗产》2003年第1期。

王志鹏:《敦煌写卷P.2555〈白云歌〉再探》,《敦煌研究》2004年第6期。

王三庆:《也谈蔡省风〈瑶池新咏〉》,北京大学中国古文献研究中心编:《北京大学古文献研究中心集刊》第7辑,北京:北京大学出版社,2008年。

王力平:《莫高窟汉文化游人题记史料价值探析》,《敦煌学辑刊》2010年第3期。

王金娥:《敦煌训蒙文献研究述论》,《敦煌学辑刊》2012年第2期。

汪泛舟:《敦煌道教诗歌补论》,《敦煌研究》1998年第4期。

吴其昱:《敦煌本〈故陈子昂集〉残卷研究》,香港大学五十周年纪念论文集编印委员会:《香港大学五十周年纪念论文集》第2册,香港大学中文系,1966年。

吴其昱:《李翔及其涉道诗》,[日]吉冈义丰编:《道教研究》第1册,东京:昭森社,1965年。

吴其昱:《〈甘棠集〉与刘邺传研究》,香港新亚研究所敦煌学会:《敦煌学》

第 3 辑,香港:香港新亚研究所敦煌学会,1976 年。

吴企明:《敦煌伯氏 2555 号写卷是唐代边塞诗(文)选集的残卷》,《苏州大学学报》1985 年第 2 期。

吴夏平:《唐代秘书省社会地位变迁考论》,《兰台世界》2008 年 4 期。

吴夏平:《校书郎考述》,《贵州文史丛刊》2005 年第 1 期。

吴淑玲:《论敦煌唐写本秦妇吟的传播学价值》,《唐代文学研究》第 12 辑,2006 年。

徐嘉瑞:《〈秦妇吟〉本事》,《国文月刊》1944 年第 27 期。

徐俊:《敦煌本〈珠英集〉考补》,《文献》1992 年第 4 期。

徐俊:《敦煌写本〈张祜诗集〉二种》,《文献》1993 年第 2 期。

徐俊:《敦煌学朗诗作者问题考略》,《文献》1994 年第 2 期。

徐俊:《唐五代长沙窑瓷器题诗校证》,《唐研究》1998 年第 4 卷。

徐晓丽、郑炳林:《晚唐五代敦煌吐谷浑与吐蕃移民妇女研究》,《敦煌学辑刊》2002 年第 2 期。

徐朝东:《俄藏敦煌韵书考释》,《艺术百家》2009 年第 5 期。

项楚:《〈补全唐诗〉二种续校》,《四川大学学报》1983 年第 3 期。

熊飞:《〈敦煌唐人诗集残卷(P.2555)补录〉校勘斟补》,《敦煌研究》1991 年第 2 期。

谢思炜:《〈新乐府〉版本及序文考证》,《北京师范大学学报》1996 年第 3 期。

谢思炜:《敦煌本白居易诗再考证》,《文献》1997 年第 1 期。

新疆维吾尔自治区博物馆:《新疆博物馆在吐鲁番阿斯塔那北区墓葬发掘简报》,《文物》1960 年第 6 期。

严耕望:《唐代方镇使府佐僚考》,《唐史研究丛稿》,香港:新亚研究所,1969 年。

颜廷亮:《全敦煌诗的重大贡献及其所提出的一些问题》,《敦煌研究》2008 年第 3 期。

阴法鲁:《晚唐佚诗〈敦煌二十咏〉所反映的当地情况》,选自阎文儒陈玉龙主编《向达先生纪念文集》,乌鲁木齐:新疆人民出版社,1986年。

阎文儒、陈玉龙主编:《向达先生纪念文集》,乌鲁木齐:新疆人民出版社,1986年。

杨承祖:《敦煌唐写本唐人选唐诗校记(伯二五六七)》,《南洋大学学报》1967年第1期。

杨雄:《〈长兴四年中兴殿应圣节讲经文〉研究》,《敦煌研究》1990年第1期。

杨宝玉:《〈张淮深碑〉抄件卷背诗文作者考辨》,《敦煌学辑刊》2016年第2期。

杨富学:《少数民族对古代敦煌文化的贡献》,《敦煌学辑刊》2005年第2期。

余欣:《索象于图,索理于书:写本时代图像与文本关系再思录》,《复旦学报》2012年第4期。

余欣:《整体书写文化史构筑刍议:关于东西古写本研究的思考》,《敦煌研究》,2012年第3期。

翟理斯著,张荫麟译:《秦妇吟之考证与校释》,《燕京学报》第1卷第1期,1927年。

张锡厚:《浅谈敦煌写本〈秦妇吟〉》,《唐代文学论丛》1982年第1期。

张锡厚:《敦煌诗歌考论》,《敦煌学辑刊》1989年第2期。

张锡厚:《敦煌本〈故陈子昂集〉补说》,《敦煌学辑刊》1994年第2期。

张锡厚:《敦煌本〈高适诗集〉考述》,《敦煌研究》1996年第1期。

张涌泉:《〈补全唐诗〉两种补校》,《敦煌学辑刊》1991年第2期。

张涌泉:《敦煌写本〈秦妇吟〉汇校》,《中国典籍与文化论丛》第4辑,北京:中华书局,1997年。

张涌泉:《敦煌文献的写本特征》,《敦煌学辑刊》2010年第1期。

张鸿勋:《敦煌写本〈清明日登张女郎神〉诗释证》,《敦煌吐鲁番研究》第2卷,北京:北京大学出版社,1997年。

张弓:《〈英藏敦煌文献〉第六卷叙录》,选自宋家钰,刘忠编:《英国收藏敦煌汉藏文献研究》,北京:中国社会科学出版社,2000 年。

张先堂:《〈敦煌写本晚唐佚名氏残诗集新校〉》,《2000 年敦煌学国际学术讨论会文集——纪年敦煌藏经洞发现暨敦煌学百年》(历史文化卷下),兰州:甘肃民族出版社,2003 年。

张宗品:《写本考略》,《中国典籍与文化》2014 年第 2 期。

张小艳:《稽故寻例三十载,写本文献铸成"学"——读〈敦煌写本文献学〉》,《敦煌学辑刊》2014 年第 4 期。

张子开:《敦煌文献中的白话禅诗》,《敦煌学辑刊》2003 年第 1 期。

张延清:《吐蕃敦煌抄经坊》,《敦煌学辑刊》2011 年第 3 期。

周丕显:《敦煌佚诗杂考》,《敦煌学辑刊》1992 年第 1、2 合期。

周丕显:《敦煌古钞〈兔园册府〉考析》,《敦煌学辑刊》1994 年第 2 期。

周容良:《〈秦妇吟〉的起落及其再认识》,《青海民族学院学报》1996 年第 3 期。

郑阿财:《论敦煌俗字与写本学之关系》,《敦煌研究》2006 年第 6 期。

郑阿财:《唐代汉字文化在丝绸之路的传播》,《浙江大学学报》2016 年第 4 期。

郑振满、郑莉、梁勇:《新史料与新史学——郑振满教授访谈》,《学术月刊》2012 年第 4 期。

赵青山:《敦煌写经道场纸张的管理》,《敦煌学辑刊》2013 年第 4 期。

赵青山:《唐末宋初僧职判官考——以敦煌文献为中心》,《敦煌学辑刊》2013 年第 1 期。

[法]皮埃尔-西尔万·菲利奥扎著,李洁茹译,苏杰校:《传统印度的抄写匠职业》,《文汇报》2014 年 12 月 26 日。

附表索引

后 记

2012年，我回到了阔别已久的母校兰州大学历史文化学院敦煌研究所求学，跟随冯培红教授研读敦煌文献。

培红师是一个特别严谨的学者，从我入校初就不断地和我沟通博士选题的计划。在他的要求下，我做的第一个学术训练是对P.2492卷进行录文。这个写卷是白居易、元稹等人的《诗文丛抄》。当时我浅薄地认为自己对元白诗有些了解，又有传世本校对，无非是简单容易的文字搬家，出现的异文只要罗列说明即可。然而在录文的过程中，我发现唐代的民间抄本竟异常复杂，任何一个细节都可能暗含着非常具体的写本传抄问题。白居易诗的传世抄本情况更为复杂，有60多种不同的传抄本，仅仅收集这些抄本就耗费了大量的时间和精力。而诗歌的异文之处，正是抄本流传演变的细节所在。我几乎用了近半年的时间，才将P.2492的录文做完，在培红师主持的法藏读书会上仍受到了质疑和批判。在不断完善录文中，我对P.2492卷的传抄流传方式有了些不成熟的想法，并将之写成了《敦煌写本P.2492+Дx.3865〈唐诗文丛钞〉考辨》一文。

徐俊老师在《敦煌诗集残卷辑考》一书中说他用十多年的时间投入敦煌诗集的整理研究工作，但回过头仍发现了很多没有来得及研究的地方。结合自己在释录敦煌写卷中的体悟和徐俊老师的经验，我的博士论文最终确定为《唐五代敦煌诗歌写本及其传播、接受》。从中原传播到敦煌的唐诗，详细的传播过程早已湮灭在历史中，只留下具体的写本，让我们看到从中原到敦煌，诗歌文化流传带来的人类文明的传播。唐代敦煌地区民间流传的抄本和中原有一定的差别,这个差别是由地域的偏远、政治的阻隔等问题造成的,但是,极大程度上又取决于敦煌民间对诗歌的理解和认同。一位诗人和他的作品会不会在一个地区流传,原因是非常复杂而具体的,甚至也带有某种偶然性。文人士大夫对唐诗及诗人的评价往往和民间的接受认同有偏差。

在五年的时间内,我的研究常常陷入一种山重水复疑无路的境地。写本时代的传播细节难以还原,仅仅依靠不同的版本未必能说明问题,而且前人已经做了相关的研究,能够比勘的传世写本并不多,流传到日本等海外诗歌抄本和西传的敦煌抄本并非一个体系,能做对比的非常有限。

我没有过多采用传统的版本比勘的研究方法,而是从写本学的角度入手,希望从写本抄写传达出的蛛丝马迹中寻找新的线索。很多时候,必要的推测和猜想是我获得灵感的方式,但是这样的推测又要强有力的史料作为证据支撑。寻找相关证据的过程是非常艰难的,在经历了各种寻觅之后,我也收获了柳暗花明的喜悦。

近五年的时间,《唐五代敦煌诗歌写本及其传播、接受》终于完成。在写作过程中,我深感论文中存在的种种局限和不足,很多问题没有来得及深入挖掘,还有一些内容没有深入研究,深感遗憾。

特别感谢我的两位导师:林家英教授和冯培红教授。林先生是我在兰大中文系读硕士时的导师,是她把我引进了唐代文学研究的殿堂。读博期间,我有幸得到了冯老师严格的指导。我是在二位导师谆谆教导下逐渐成长起来的,林老师、冯老师是我一生的楷模。

衷心感谢兰州大学历史文化学院敦煌学研究所的郑炳林教授、魏文斌教授、王晶波教授、杨富学教授、马德研究员、魏迎春教授,读博期间曾聆听过这些老师为我们开设的课程,受益匪浅。

感谢吕德廷、石建刚、朱艳彤、王蕾、张丽娜、殷盼盼、贺钢、陆晨晨等诸位同学,在论文完成后帮助校对初稿,在此一并表示感谢。

时光荏苒,在兰州我时断时续地度过了近十年时光。感谢这片土地培育了我,我在这里度过了人生中一段又一段最值得记忆的时光。此后的人生,在学术上唯有更加勤奋努力,才能回报这片土地!

张利亚

2022 年 12 月于西安